KB083991

제명 공주

제명 공주 1

일본의 천황이 된 백제 공주

2018년 5월 3일 초판 1쇄 발행
2018년 5월 23일 초판 3쇄 발행

지은이 · 이상훈

펴낸이 · 김상현, 최세현
책임편집 · 이기웅, 정선영, 김새미나
마케팅 · 심규완, 김명래, 권금숙, 양봉호, 최의범, 임지윤, 조히라
경영지원 · 김현우, 강신우
해외기획 · 우정민

펴낸곳 · 박하

출판신고 · 2006년 9월 25일 제406-2006-000210호
주소 · 경기도 파주시 회동길 174 1층
전화 · 031-960-4800 | 팩스 · 031-960-4805 | 이메일 · bakha@bakha.kr

ISBN 979-89-6570-626-7 04810
ISBN 979-89-6570-628-1 04810 (세트)

제명공주

일본의 천황이 된 백제 공주

이상훈 장편소설

1

박하

일본은 백제다

이 소설은 작은 의문에서 시작됐다. 《삼국사기》엔 없고 《일본서기》엔 있는 백제의 기록들…. 왜 우리의 역사서엔 언급하지 않았고, 왜 일본은 백제를 기록했을까? 분명한 이유가 있을 것이다. 그것이 알고 싶었다.

백제 제27대 위덕왕의 장남, 왕위 계승 1순위였던 아좌 태자. 그는 《일본서기》에 중요한 인물로 자주 언급된다. 그런데 정작 백제를 기록한 《삼국사기》에는 한 줄의 언급도 없다. 아좌 태자는 왜 우리 역사에서 존재를 부정당했을까? 그럼에도 왜 일본의 역사는 그를 기록했을까?

이 작은 의문에서 시작되어 방문하게 된 일본 아스카 지역. 그곳엔 백제역, 백제 소학교, 백제교, 백제천 등 백제라는 이름이 남아 있었다. 놀라웠다. 왜? 바다 건너 일본에는 백제라는 이름이 지금까지 남아 있는 것일까?

또 한 명의 인물 백제 20대 개로왕의 아들인 곤지. 우리에겐 낯선 그 이름이 《일본서기》에는 자주 언급되어 있다. 또한 실제로 일본엔 곤지를 곤지왕으로 지칭하며, 그를 신으로 모시는 신사가 여러 군데 존재한다. 오사카 인근의 하비키노시에도 곤지왕을 제신으로 모시는 아스카베 신사가 있다. 곤지왕이 죽은 후 1,500여 년이 흘렀다. 그런데 지금까지도 일본인들이 신으로 추앙하면서 모시는 이유는 뭘까? 백제가 아닌 일본에서 곤지왕은 무슨 일을 했던 것일까?

그리고 이 소설의 제목이기도 한 제명 공주! 삼천궁녀로 유명한 의자왕의 사촌누이가 바로 제명 공주다. 일본의 35대(재위 642년~645년)와 37대(재위 655년~661년) 천황인 그녀는 일본 역사상 두 번째 여성 천황이며, 두 번이나 천황에 오른 유일한 인물이다. 백제의 공주인 제명 공주는 어떻게 일본에서 두 번이나 천황에 오른 것일까?

이런 수많은 궁금증을 어떻게 설명해야 하며 어떻게 받아들여야 할까? 백제는 무엇을 숨기고 있으며, 일본과 백제는 무슨 연관이 있는 것일까? 알고 싶었다. 아니 꼭 알아야만 했다. 우리가 외면한 우리의 뿌리와 관련이 있는 것은 아닐까?

　그렇게 이 소설을 시작했다. 나는 사라져버린 백제의 일부분을 찾아내기 위해 일본을 수십 차례 드나들었다. 그 세월이 10년이었다. 그 시간이 바탕이 되어 소설 《제명 공주》를 엮어낼 수 있었다. 이 소설을 쓰기 위해 치밀한 역사적 고증을 거쳤고 잃어버린 고리들을 찾으려고 혼신의 노력을 경주했다. 그럼에도 공백으로 남는 부분들은 사실 史實에 근거하여 합리적인 상상력으로 채워나갔다. 그러한 지난한 과정 속에서 내가 얻은 결론은 백제의 역사가 심각하게 왜곡되고 뒤틀렸다는 참혹한 진실이었다.

　백제 역사의 왜곡은 백제가 멸망한 뒤 500년의 세월이 흐른 후에야 쓰였기 때문이었다. 특히 백제의 역사는 사대주의 역사관과 1145년 신라 왕족인 김부식에 의해 작성된 《삼국사기》를 바탕으로 기록되었다. 하나둘 진실에 접근해나가는 과정에서 백제처럼 철저하게 왜곡되고 찢겨진 역사가 없다는 사실을 알게 되었다. 그런데 우리는 아무렇지도 않게 왜곡된 백제를 그대로 받아들인 채 살아왔다. 백제의 역사는 어디로 사라져버린 것일까.

　가깝고도 먼 나라 일본. 일본이라는 단어를 떠올리면 미움이 앞선다. 일본과 우리는 왜 원수처럼 서로를 맹목적으로 미워하는가? 일본이 우리를 식민지로 만들었다는 연유도 없지는 않을 것이다. 하지만 우리 마음에 자리 잡고 있는 미움은 그보다 훨씬 더 오래되었고 깊다. 뿌리 깊은 원한의 이유를 밝혀내야만 비로소 서로에 대한 미움이 순화될 터였다.

내가 만난 일본 사람 개개인들은 친절하고 따뜻했다. 생김새도 비슷하고 어순도 동일하여 언어에 대해 조금만 배우면 서로의 말을 쉽게 구사할 수 있다. 게다가 일본은 어디를 가도 풍광이 낯설지가 않았다. 어디서 본 듯한 마을과 산세들, 그리고 우리와 비슷한 정서와 문화를 공유하는 사람들이 살고 있다. 유전학적으로나 언어학적으로나 일본과 우리는 거의 일치한다. 중국과는 언어학적·유전학적으로 다른 부분이 많지만, 일본과는 거의 100퍼센트 일치한다고 어느 인류학자가 밝히기도 했다. 그처럼 형제나 다름없는 두 나라가 왜 원수가 되어 서로를 증오하지 못해 안달을 내는가? 답은 역사에 있었다. 그 역사의 답이 바로 백제였다.

역사를 되짚어보고 지명을 살피며 애써 밝히려들지 않는 사실들을 접하게 되면서 우리나라에서 사라진 백제가 일본에서 생생하게 살아 있다는 걸 알게 되었다. 그리고 일본 곳곳에 남아 있는 백제의 지명을 통해 멸망할 수밖에 없었던 백제의 한이 지금도 일본인의 핏속에서 무의식적으로 전달되어 내려오고 있다는 점도 깨닫게 되었다. 1,400년의 시간을 거슬러 올라가 백제의 한이 무엇이었는지를 알게 되면 증오의 뿌리도 알 수 있다는 말이었다.

백제가 멸망한 서기 660년, 그 후 부흥운동이 실패하면서 백제 인구의 절반 정도가 죽음을 피해서 왜로 건너갔다. 백제 멸망 후 '왜'라는 국호에서 '일본'이라는 국호로 바꾼 후 일본은 아스카 시대, 나라 시대, 헤이안 시대를 거치면서 끊임없이 우리나라를 공격했다. 영토를 확장하려 했다거나 일본 내부의 정치적인 불안을 외부로 돌리려는 목적이 아니라 신라에 대한 백제의 복수극이었던 것이다. 일본의 침공이 얼마나 지긋지긋했는지 문무왕은 죽어서도 왜적을 물리치기 위하여 자신의 주검을 수중릉으로 하라는 유언을 남겼을 정도였다. 역사의 기록을 보면 762년, 일본이 발해와 함께 신라를 침공하려고 했던 여러 가지 정황들이 문서로 남아 있다. 일본은 오래전부터 끝없이 신라를 공격해왔고 결국 한반도 전체를 침공했던 것이다. 그들의 가슴에 깊게 물든 한이 그토록 끈질기게 신라를 침공하게 만들었고 훗날 조선을 공격하게 만들었다. 그 출발이 백제의 멸망에 있었다. 그 멸망의 한을 끊어야만 했다. 어떻게 하면 고리를 찾아내고 끈질긴 증오를 끊어낼 수 있을까. 이것이 나의 가장 큰 고민이었다. 그런데 한국과 일본의 사료를 공부하면서 두 나라의 연결고리가 '제명 공주'라는 사실을 알게 되었다.

우리 국민 중에 제명 공주를 아는 사람은 열 명 중에 한 명이나 될까.

그만큼 제명 공주는 우리 역사에서 잊힌 인물이었다. 제명 공주의 모습을 상상해보았다. 전형적인 백제 여인의 얼굴이었으리라. 의자왕이 평생을 바쳐 사랑한 여인. 백제의 공주 제명이 바로 일본에서 두 번씩이나 천황의 자리에 올랐던 사이메이 천황이다.

사이메이 천황, 즉 제명 천황은 과연 어떤 여자였을까?《일본서기》에서는 그녀의 출신성분에 대해 "곤지왕의 손자인 비다쓰 천황의 후손이자 조메이 천황의 왕비였다"라고만 적고 있다. 당시 왜(일본)의 실권자이자 백제 도래인인 목협만치의 후손으로 알려진 소가노 이루카의 세력을 등에 업고 조메이 천황의 배우자로 들어간 것은 역사적인 사실이다. 하지만《일본서기》에서도 제명 천황의 출신에 대한 언급은 없었다. 돌연 일본의 천황으로 등장한 제명 천황은 과연 어디에서 왔을까? 그리고 그녀의 아들인 중대형, 나가노 오에 中大兄 왕자가 그 당시의 실권자인 소가노 이루카를 암살하는 '을사의 변'이 일어나자, 제명 천황은 왕위를 아들 중대형이 아닌 자신의 동생에게 양도한다. 그가 바로 그녀의 동생인 36대 효덕 천황 孝德天皇(고토쿠 천황, 재위 645년~654년)이다.

그런데 654년 고토쿠 천황이 사망하자 왕위를 중대형이 이어받지 않고 다시 제명이 왕위에 올랐다. 이러한 역사적인 기록만 보더라도 의문점이 한두 가지가 아니었다. 왕비가 어떻게 두 번씩이나 왕의 자리에 오를 수 있다는 말인가? 일본 역사를 통틀어 전무후무한 사건이었다. 제명 공주에 대한 풀리지 않는 진실이 일본의 역사에 교묘하게 감추어져 있을 터였다. 제명 공주에 대한 모든 자료를 분석하고 10년 넘게 사료를 찾아서 헤매었지만 누군가가 제명 공주를 감추고 있다는 인상을 지울 수가 없었다. 누가 왜 제명 공주에 대해 감추어야만 했는지 그 역사적인 이유를 찾아야만 했다. 그러나 아무리 자료를 뒤져도 그 역사적인 미스터리를 풀 수 있는 길은 어디에서도 찾을 수 없었다.

백제 위덕왕의 아들인 임성 태자의 손녀가 바로 제명 공주라는 사실을 일본의 민간 기록을 바탕으로 소신 있는 역사학자가 밝혔지만 일제 식민사관에 물든 우리 역사학자와 일본 역사학자는 인정하려고 들지 않았다. 역사적인 사료가 없기 때문이었다. 하지만 나는 역사적인 사료보다도 중요한 것이 역사적 진실이라고 믿었기에 이 이야기를 시작할 수 있었다.

이 이야기는 그 진실을 찾아가는 여정이기도 하며 사료에 없는 부분은 가능성 있는 역사적인 추론과 상상력으로 메꾸었다. 그렇다고 추론과 상상만으로 이야기의 골격이 이루어진 것은 아니다. 부정할 수 없는 역사적 사실에 기반을 두고 있다. 제명 공주가 백제 멸망 후에 일본의 모든 운명을 걸고 백제를 살리기 위해 목숨을 바쳤다는 것이 추론과 상상을 뒷받침해주는 중요한 근거였다. 그 사실을 아는 사람은 그리 많지 않았다. 하지만 나 역시 제명 공주가 무엇 때문에 목숨을 걸고 백제를 살리려고 했을까에 의문을 품지 않을 수 없었다. 백제부흥군의 불씨를 살려서 마지막까지 목숨을 걸고 백제를 지키려고 한 이유가 도대체 무엇이었을까? 그 당시 제명 공주는 왜의 수도까지 옮겼다. 그리고 전 국민에게 동원령을 내려 왜의 운명을 걸고 당나라와 싸우겠다며 바다를 건너왔다. 당시의 상황으로 본다면 이건 국가의 운명을 건 도박이었다.

제명 공주가 과연 국가의 운명을 걸고 지키려 했던 사람은 누구였을까. 백제의 마지막 왕 의자왕이었을 것이다. 의자왕의 아버지인 무왕은 어릴 때 일본에서 자란 사실이 사료를 통해서 밝혀졌다. 무왕의 아들인 의자왕과 제명은 어릴 때 할아버지인 임성 태자의 집에서 같이 자랐다. 우리 역사상 가장 왜곡되고 뒤틀린 비운의 왕인 의자왕이 일본에서 추앙시되는 임성 태자의 궁에서 살았던 것이다. 의자왕과 제명의 관계를 밝히려고 10년 동안 자료를 뒤졌지만 그 역시 어디에서도 찾을 수가 없었다. 하지만 제명 천황의 백제 사랑은 《일본서기》 곳곳에서 찾을 수가 있었다. 그렇게 제명과 의자의 관계를 역사적 고증이 바탕이 된 상상력으로 채우게 되었다.

삼천궁녀와 함께 호색의 대명사이며 사치와 방탕의 주인공이 된 의자왕은 외교에 실패한 지도자이기도 했지만 결코 타락한 군주는 아니었다. 그는 삼국 통일을 꿈꾸던 위대한 대왕이었다. 의자왕에 대한 잘 못된 평가를 밝히고, 일본의 천황이 된 제명 공주의 한 많은 인생을 역사적 고증에 의해 파헤치고 싶었다. 식민사관의 일본학자와 거기에 편승한 일부 학자들의 왜곡된 역사관은 그녀를 한일 양국에서 철저히 소외되고 외면받게 만들었다. 일본인들조차 잘 알지 못할 정도로 외면받은 인물이라 역사적인 진실을 밝혀내고 왜곡된 자료를 바로잡는 작업은 결코 쉬운 일이 아니었다.

역사는 과거와 현재의 대화라고 했다. 왜곡된 백제 역사를 바로잡는 것은 과거와 현재의 대화를 위해 필요하며 아무리 강조해도 지나치지 않은 일이었다. 역사적인 사실과 고증만으로 역사의 진실을 밝히는 역사학도들은 "심증은 있지만 물증이 없어서 답답하다"라고 말했다. 언젠가 사라진 역사의 진실이 담긴 사료들이 밝혀져 이 상상력이 헛되지 않기를 바랄 뿐이다.

요즘 사람들의 얼굴을 쳐다보면 참 재미있고 신기하다는 생각이 든다. 각자의 얼굴에서 역사가 묻어나기 때문이다. 그 각각의 얼굴들 속에 우리의 이야기가 숨어 있다. 인간은 모두 죽는다. 그러나 죽음은 끝이 아니라, 또 다른 역사의 연결이다. 우리의 역사가 현재 우리의 얼굴 속에서 살아 있는 걸 보면 틀린 추론은 아니라는 생각이 든다.

우리의 역사 속에 미래가 있다. 특히 우리는 역사 속에서 선조들의 지혜를 배워야 할 것이다. 단순히 역사의 지식을 배우는 것이 아니라, 지혜를 배워야 한다. 요즘 우리 세대는 지식은 있어도 지혜는 없고, 검색은 있어도 사색은 없는 듯하다. 요즘 젊은이들은 지식을 위해 인터넷을 검색하는 법은 본능적으로 알아도 지혜를 위해서 사색하는 법은 미처 익히지 못한 것 같다. 우리는 역사의 사색을 통해 선조들의 지혜를 배워야 한다. 역사를 잊은 민족에게는 미래가 없다. 우리 대한민국의 미래를 위해서도 잊히고 뒤틀린 역사를 바로잡아야 할 것이다. 백제는 과거의 우리와 현재의 우리가 대화하기를 원하고 있다. 나는 그렇게 일본에서 백제를 찾았다. 백제는 우리의 과거이자 미래이다. 그리고 그 미래는 우리와 일본이 함께 걸어가야 할 길이다. 그러려면 일본과 우리를 연결하는 백제의 진실을 찾아내야만 한다. 특히 일본에서 두 번이나 천황의 삶을 살았던 제명 공주의 삶을 밝혀낸다면 증오의 뿌리도 서서히 사라지리라.

일본은 백제이고, 나는 일본에서 백제를 찾았다.

첫 번째 이야기

chapter 1

구다라, 2018년

의자왕과 삼천궁녀

　도쿄의 여름은 태양이 속마음을 다 보여주는 듯 뜨겁게 내리쬐고 있었다. 도쿄 도都 고가네이 小金井 시의 가쿠게이 学芸 대학 세미나실. 국립대학이자 사범대학인 이 대학 문화재과학과 세미나실의 100석 남짓한 자리가 사람들로 가득했다. 정통 역사학과라기보다는 교원 양성을 목적으로 역사를 가르치는 사범대학인 가쿠게이 대학에서 '백제와 왜의 고대사'의 주요 내용이라 할 수 있는 '왜와 백제의 왕릉 유물 고찰'에 대한 학술 발표회가 열릴 준비가 진행되고 있었다. 문규백 교수는 이런 중요한 발표를 사범대학에서 하려는 일본 역사학계의 의도를 헤아릴 수가 없었다.

　"교수님, 달랑 초청장 한 장만 보내와서 작은 규모의 세미나라고 생각했는데 이건 완전히 학술발표회인데요."

조민국이 문규백에게 귓속말을 했다.

문규백은 머리통 하나만큼 더 키가 큰 조민국을 힐끔 올려다보았다. 매번 드는 생각이지만 조민국이 왜 역사학과 조교를 하는지 알다가도 모를 일이었다. 체육학과나 스포츠 선수가 되었으면 어울릴 덩치의 소유자가 역사를 파고들었다. 그래서 더욱 기특했다. 궂은일 마다하지 않는 성격도 좋았고 힘쓸 일이 생기면 누가 부르든 먼저 달려갔다. 한 가지 염려스러운 게 있다면 종종 덜렁대는 면이었다.

"얘들은 뭘 하나 해도 왜 그리 감추고 조심하고 그러는지 모르겠습니다."

한국도 그렇고 일본에서도 왕릉 유물이 지닌 역사적 진실을 밝히는 데 오랜 시간 공을 들이고 있다는 걸 감안하면, 이번에 보낸 공문은 동네 강연회에 참석해 달라는 수준이었다. 그런데 막상 일본으로 날아와 가쿠게이 대학 세미나실에 들어선 순간, '알리긴 알리되 축소해서 알린다'라는 의도가 명백히 보여 문규백의 심사가 여간 불편한 게 아니었다.

'어디 제명 공주라는 이름을 거론하는지 두고 보자. 하다못해 백촌강 전투[1]라도 언급을 해야 왕릉 유물에 대한 진실에 접근할 수 있을 텐데⋯.'

문규백은 연단을 내려다보며 혼자 속으로 중얼거렸다. 문규백이 일본까지 달려온 목적은 사실 분명했다. 일본 역사학자들이 제명 공주,

즉 제명 천황斉明天皇[2](사이메이 천황)에 대해 어떤 시각을 가지고 있는지를 보기 위함이었다. 일본 역사상 두 번째 여자 천황이었으며 두 번이나 천황으로 등극한 여인이었다. 왜와 백제의 진실의 키는 제명 공주, 즉 제명 천황이 쥐고 있다고 해도 과언이 아니었다.

"제명에 대해 검토해봤어?"

"제명 공주 말씀하시는 거죠?"

문 교수가 고개를 끄덕였다.

"임성 태자의 손녀이고 의자왕의 사촌누이이지 않습니까."

"저들이 그 이야기를 할까?"

"모르긴 몰라도 아마 그쪽으로는 입을 꾹 다물지 않을까 싶습니다. 일전에도 일본역사학회에 자료 요청을 했었는데, 자신들에게도 기본적인 자료 이외에 백제와의 관계에 대해 해석해줄 만한 자료가 없다는 내용의 공문을 보내온 적이 있었습니다. 우리나라에는 자료가 거의 없다 해도 일본에서 천황을 두 번이나 한 여자 천황인데 자료가 없다는 게 말이 됩니까."

---

1 백촌강 전투白村江戰鬪는 백제 멸망 3년 후 663년 한반도의 백강(현재의 금강 하구 및 그 부근)에서 벌어진 '백제부흥군·왜의 연합군'과 '당·신라의 연합군' 사이의 전투이다. 당·신라 연합군의 승리로 끝났다. '백강 전투'라고도 하고, 중국에서는 '백강구 전투'로 표기한다. 백강에 집결해 있던 1천 척의 함선 가운데 4백 척이 불탔으며, 신·구《당서》와《자치통감》, 그리고 이들 사료를 참조한《삼국사기》는 "연기와 불꽃은 하늘을 붉게 물들였고, 바닷물마저 핏빛이 되었다"라고 당시의 처절했던 전쟁을 묘사하고 있다.

2 황극 천황皇極天皇(고교쿠 천황)은 제명 천황斉明天皇(사이메이 천황)과 동일인물이며 일본의 35대(재위 642년 1월 15일~645년 7월 12일)와 37대(재위 655년 2월 14일~661년 8월 24일) 천황이다. 그녀는 일본 역사상 두 번째 여자 천황이며, 두 번이나 천황에 오른 유일한 인물이다.

문 교수는 그저 고개만 끄덕거렸다. 조민국의 말 그대로였다. 궁극적으로 해석해야 할 역사적 사건의 키를 그녀가 쥐고 있는데 일본은 자료가 없다며 발뺌했다. 그래도 이제는 세월이 많이 흘렀고 일본역사학계 내에서도 진실을 갈구하는 목소리들이 높아지고 있으니, 어쩌면 오늘은 제명 공주에 대한 언급을 하지 않을까 내심 기대를 걸었다.

문 교수와 조민국은 세미나실 맨 뒷좌석에 앉아 연단을 내려다보았다. 좌석이 모자라 벽 쪽에 서서 세미나가 시작되기를 기다리는 학자들도 많았다. 애초에 예상했던 소규모 세미나가 결코 아니었다. 국제적인 심포지엄 수준이었다. 세미나실은 에어컨을 풀가동하는 듯한데도 후끈거렸다.

가쿠게이 대학은 도쿄 중심에서 벗어난 곳에 위치한 그리 크지 않은 대학이었다. 일본의 여름은 한국보다 후덥지근했다. 에어컨을 가동하지 않으면 불쾌지수 때문에 견디기 힘들었다. 더군다나 일본의 날씨에 적응되지 않은 사람들에게 이곳의 여름은 곤욕이었다. 에어컨 바람이 분명하게 느껴지는데도 세미나실은 후끈거렸다. 세미나에 참석한 사람들은 두런거리는 소리도 내지 않았으며 함부로 발자국 소리조차 내지 않고 걸었다. 사람들은 잔뜩 어깨를 웅크리며 움직였고 발뒤축을 들고 걸어 다녔다. 아는 사람을 만나면 그냥 눈인사만 나눌 뿐 별말 없이 지나갔다. 일본의 학자들은 대단히 조심스러워 부산한 기운이 느껴지지 않았다. 그런 가운데서도 실내 온도가 25도는 족히 됨직했다.

연단 왼편 벽에 걸린 전자시계가 정확하게 2시를 알리자 출입문이 열리며 발표자들이 들어왔다. 모두 일곱 명. 연단에 준비된 의자는 여덟 개인데 사람은 일곱 명만 들어왔다. 어딜 가나 나름의 사정으로 참석지 못하는 사람들이 있기 마련이었다. 사회자가 연단에 서며 세미나가 시작되었다.

"오늘 우리는 왜와 백제에서 발굴된 왕릉의 유물에 대해 접근해보고자 모였습니다. 그동안 약간의 논란이 있어 온 유물의 제작 연대 등에 대해 오랜 시간 연구해온 이시모라 다라시 교수님의 서두 발언을 시작으로 세미나를 시작하겠습니다. 이시모라 다라시 교수님이십니다."

사회자가 맨 왼쪽 의자에 앉아 있는 남자를 가리켰다. 문 교수는 연단에 앉아 있는 그를 쳐다보았다. 이시모라 다라시는 여전히 비쩍 마른 몸이었다. 매사에 신경질적인 반응을 보이는 인물이라고 들었는데 여전한 모양이었다. 전에 봤을 때도 가늘던 눈매가 오늘 보니 더 작아진 듯했다. 그의 곁에 앉아 있는 후지와라 교수도 눈에 들어왔다. 이 두 사람은 문 교수의 스승인 김성태 교수의 살아생전에 가끔 심포지엄이나 세미나에서 얼굴을 익혀온 학자들이었다. 그들은 특별한 이유가 아니면 알은체를 하지 않았다. 스승인 김성태 교수와도 데면데면하는 사이였다. 문 교수도 서로 모르는 사이는 아니라서 어쩌다 마주치면 가볍게 악수 정도만 했다. 문 교수는 심기가 불편했다. 그런 줄알고 날아온 일본이지만 결국엔 백제를 부정하는 자리가 될 터였다.

"6세기 백제는 우리가 알다시피 작고 힘없는 나라였습니다."

아니나 다를까 이시모라 다라시 교수는 제대로 인사말도 하기 전에 백제에 대한 이야기부터 꺼냈다. 백제를 해상 강국이자 대국으로 인식하고 있는 문규백 교수의 신경줄을 팽팽하게 잡아당기는 발언이었다. 의자에 느긋하게 등을 붙이고 앉아 있던 문 교수는 등을 쭈뼛 세우고 자세를 바로잡았다.

"도쿄 대학 역사학과의 이시모라 다라시 교수입니다. 반갑습니다."

자신이 주장하고자 하는 논제부터 툭 던진 후 자기소개를 하는 그의 발표 스타일은 여전했다. 문 교수는 세미나실 안을 둘러보았다. 모인 학자들이며 기자들도 흐트러진 자세를 보이지 않았다. 익히 들어오긴 했지만 일본 내에서 이시모라 교수의 인기를 실감하는 순간이었다.

고대사는 많은 부분 미스터리로 남아 있었다. 그런 고대사를 이시모라 교수는 단언하듯 말하고 있었다. 고구려와 신라에 비해 백제는 소국이었다고. 그런데 백제의 왕릉 유물들은 왜의 천황릉의 유물들을 닮아 있다고. 익히 들어온 레퍼토리였다. 새로운 내용은 거의 없었다. 그는 유물에 대한 집중적인 언급은 더 하지 않고 삼국의 나라에 대해 먼저 언질했다. 고대는 영토의 크기가 곧 국력의 크기를 나타내는 증표라는 것이었다. 예상했던 대로 칠지도의 의미도 일본의 방식으로 해석하는 이야기를 펼쳤다.

'10년 전이나 변한 게 하나도 없군.'

문 교수는 혀를 찼다. 지금 이시모라 교수는 백제를 최대한 작은 소국으로 깎아내리려 하고 있었다. 조민국이 콧방귀를 뀌었지만 문 교수는 그가 어떤 논리로 그런 말을 하는지 궁금했다. 최소한 지식인의 양심이라는 걸 믿고 싶었다. 어쩌면 일본 어디에선가 중요한 사적이 발굴되었을지도 모를 일이었다. 그걸 은밀하게 조사하다 어떤 내용이 발견되었다면 그 자료를 바탕으로 자신 있게 발언을 할 수 있지 않을까. 문 교수는 그런 생각을 했다.

"저 양반은 무슨 근거로 저런 말을 하는 거죠?"

"지나친 애국적 자존심이겠지."

조민국이 조용히 웃었다.

"하지만 우리도 제대로 된 자료를 발굴해내지 못하거나 증명해내지 못하면 이시모라 교수의 발언을 부정할 수가 없게 돼."

"공주에 무령왕릉이 있잖습니까. 거기서 나온 동경銅鏡만 해도 이미 왜가 백제의 속국이나 다름없을 정도로 왜소한 나라였다는 걸 충분히 증명하고도 남습니다."

"그건 우리 입장이지. 저들은 그렇게 생각 안 해."

문규백의 한마디에 조민국의 얼굴은 금방 굳어버렸다.

문 교수는 20년 넘는 세월 동안 백제의 마지막 왕인 의자왕과 백촌강 전투 그리고 백제 멸망의 원인을 제공한 하나의 축으로 알려진 삼천궁녀의 허구성을 밝히려고 노력했다. 그리고 그 중심에 있는 제명 공주의 진실에 대해 밝혀내려 했지만 매번 사실과 진실 사이에서 무릎을 꿇었다. 거의 사실에 접근했다는 판단이 들어도 진실을 밝힐 순 없었다.

"학부 시절 교수님께서 해주셨던 말이 아직도 생생하게 생각나네요. '우리의 뿌리인 백제는 어디로 사라졌는가?' 그렇게 말씀하셨죠."

"역사는 승자의 기록이야. 그럼에도 그 기록 뒤엔 항상 숨겨진 진실이 있는 법이지. 숨겨진 진실을 발굴해내 왜곡된 역사를 바로잡는 게 우리의 사명이고."

틀에 박힌 이야기이지만 일본의 한복판에서 하는 말이라 그런지 한국의 강의실에서 학생들을 상대로 말할 때와는 무게감이 달랐다.

"교수님 때문에 저도 백제의 역사에 미쳐버렸잖습니까. 어쨌든 아무리 이해하려고 해도 이해가 안 되는 게 있습니다. 왜 일본이 국가 운명을 걸고 목숨을 바치며 백제를 구원하려고 한 걸까요. 단지 돕는다는 이유를 넘어서 패망한 백제를 되살리기 위해 일본의 운명을 걸만큼 그렇게 급박했나 하는 점입니다."

조민국은 백촌강 전투에 대해 말하고 있었다. 1천 척의 배와 5만이 넘는 대군을 이끌고 바다를 건너와 백제를 도우려 했던 전투. 그 원조를 지시했던 인물이 바로 의자왕의 사촌누이인 제명 천황이었다.

문 교수는 연단에서 발표를 하고 있는 일본 학자들의 이야기에 귀를 기울이느라 조민국의 말을 흘려듣고 있었다.

"교수님!"

"왜?"

"일본이 왜 백제를 구원하려고 했는지, 일본의 운명을 걸 정도로 급박했던 이유가 뭐였는지 이해가 안 된다고요."

"그걸 알아보려고 너랑 나랑 여기에 와 있는 거잖아."

문 교수는 조민국에게 연단을 주시하라고 눈짓을 주었다. 문 교수와 조민국은 연단에 눈길을 준 채 말을 나누었다.

"너도 알겠지만 백제의 왕가와 일본의 왕실은 밀접한 관계가 있었어. 드문드문 기록들이 있어. 하지만 명확하게 밝혀줄 사료가 없어서 아직 밝히지 못하고 있지만 유물과 고증을 거쳐서 반드시 밝혀내야 할 거야. 역사에 있어 절대로 추측이나 가정은 존재하지 않아. 명확한 사료와 철저한 고증에 의거해서 밝혀나가야 하는 거지. 어떤 면에서 역사란 소름이 끼칠 정도로 차가운 생물이기도 해."

문 교수는 연단의 발표자에게 집중하기 시작했다. 비슷한 류의 해석들이 오갔다. 일본 역사학계가 오래전부터 주장하는 내용들로 새로운 내용은 없었다. 그런데 굳이 한국에 있는 문 교수를 초청한 이유를 알 수가 없었다. 의뢰적인 절차인지도 몰랐다.

문 교수는 세미나실을 둘러보았다. 몇몇은 낯이 익었다. 한국에서 백제사를 발표할 때 일본 역사학자들 수십 명이 몰려왔었다. 몇 명 초청을 하긴 했지만 기이할 정도로 많은 역사학자들이 한국까지 건너왔었다.

그 자리에서 인사도 나누고 명함도 주고받은 학자들도 보였다. 세미나실로 들어서기 전 눈이 마주치면 그들은 예의 바르게 눈웃음을 지으며 허리를 숙였다. 그런데 지금 연단에 선 학자들의 낯빛에서는 고대 일본에 대한 자부심이 하늘을 찌르는 듯했다.

문 교수가 예상했던 대로 발표에서 '백촌강 전투'나 '제명 천황'이 일본 고대사에 제시하는 의미에 대해 언급하는 학자들은 단 한 명도 없었다.

"일본까지 괜히 나들이 왔다는 생각이 든다."

"그러게 말입니다. 기왕 왔으니 바람이나 쐬고⋯⋯."

조민국이 너스레를 떨었다. 하지만 문 교수의 얼굴은 변함없이 굳어 있었다.

문 교수는 지루함을 달래려 연단에서 눈길을 떼고 창가를 내다보았다. 대학의 캠퍼스답게 학생들로 넘쳐났다. 일본 굴지의 사범대학이니 그럴 법도 했다. 거리를 지나는 학생들은 뜨거운 햇살을 피해 그늘로 걸어 다녔다. 새삼 공항에서 내려 가쿠게이 대학에 올 때까지 들러붙던 후텁지근한 공기가 떠올랐다. 이제 에어컨이 제대로 효력을 발휘하는지 세미나실은 제법 시원해졌다. 캠퍼스 안의 수목에서도 학생들의 옷차림에서도 여름이 가득했다. 곧 여름방학이 시작될 터였다. 문 교수는 해찰하듯 다시 사방을 둘러보았다.

창가에 제법 큰 벚나무가 문 교수의 눈에 들어왔다. 나무가 창으로 밀려 들어오던 햇빛을 막아주어 창가에서도 시원한 느낌이 들었다. 문 교수는 그렇게 귀는 연단을 향해 열어놓고 눈은 창밖으로 향하고 있었다. 그러다 문득 자신처럼 창밖으로 시선을 둔 채 좀체 연단 쪽으로 눈길을 주지 않는 한 여자를 발견했다. 풀어헤치면 어깨까지 내려올 법한 긴 머리카락을 하나로 묶어 뒤로 넘긴 여자는 살짝 보인 옆얼굴에도 뚜렷한 얼굴 윤곽선이 보였다.

조민국의 눈길이 문 교수의 시선을 따라갔다가 돌아왔다.

"그런데 교수님, 여기 학자들은 제명 천황에 대해 왜 그렇게 소극적인 거죠?"

"그러게 말이다."

연단에서는 계속해서 백제가 왜의 속국이었다는 뉘앙스의 발표를 이어나갔다. 문 교수는 귀만 열어둔 채 조민국을 바라보았다.

"대충은 짐작이 가지만 우리 쪽에 제명 천황에 대한 기록도 거의 없고, 일본 역사학자들도 중요하게 다루지 않으니 진짜 이유나 진실을 알 턱이 없죠."

"그렇겠지. 감추고 왜곡하려 들면 뭐든 왜곡되지 않는 게 있겠냐."

"안내서에도 그렇고 발표하는 학자들도 제명에 대해선 한 마디도 안 하네요. 백촌강도 그렇고요."

조민국이 투덜거렸다. 연단에서 발표하는 학자들은 하나같이 왜의 우수성만 지루하게 늘어놓고 있었다. 조민국이 투덜거릴 만도 했다.

문 교수는 오늘 아침까지도 몽롱한 상태였다. 일본으로부터 초청을 받고 일본의 주장을 반박할 만한 내용들을 준비하려고 사료를 뒤지고 뒤지다가 한계에 부딪혔기 때문이었다. 한국의 역사학자로서 자존심을 가지고 백제사를 파헤쳐나갔지만 커다란 벽에 부딪치고 말 때는 항상 실망을 넘어 절망을 느끼곤 했다. 그런 감정은 이번 일본행을 앞두고도 달라지지 않았다.

'제명 천황이 준비했던 백촌강 전투의 미스터리.'

문 교수가 일본까지 달려온 건 바로 제명 천황이 2년여의 세월 동안 준비했던 백촌강 전투의 진실을 알기 위해 사라진 《씨족기》를 찾는 것이 절대적으로 필요했기 때문이었다. 아무래도 오늘의 세미나에서는 그 진실을 알아내기 힘들 것 같았다. 몇몇 학자들은 한국의 자료와 문화가 이동하는 속성만으로도 충분히 일본의 입장을 반박할 수 있다고들 말했지만 그럴 수는 없었다.

역사학자는 정확한 사료와 엄정한 역사적 고증에 의해서 발표해야지 개인적 의견이나 추측만으로 발표하는 것은 학자적 양심에 반하는 짓이었다.

그러나 백제가 멸망한 후에 일본, 그 당시 왜가 운명을 걸고 백제를 구하려 했다는 역사적 사실을 어떻게 해석해야 한단 말인가?

문 교수의 그런 의문에 쐐기를 박기라도 하려는 듯 연단에 나선 와세다 대학 역사학부의 후지와라 교수가 침을 튀겨 가면서 열변을 토했다.

그는 임나일본부설을 다시 한 번 되짚으며 목에 핏대를 세웠다. 그는 임나일본부설의 계승자임을 자처하고 고대부터 일본이 한국을 지배했다는 식민지시대의 역사관을 이론적으로 완성시킨 사람이었다. 거짓말이 거짓말을 만들고 그 거짓말을 계속하면 어느새 거짓을 진실이라고 믿게 되는 일종의 정신병에 걸린 게 아닌가 싶었다. 그의 식민사관은 확고했다. 일본의 속국인 백제를 돕기 위해 정의의 심판자처럼 약소국을 돕는 큰 나라, 일본의 천황을 신격화했다. 후지와라 교수는 신념에 찬 어조로 말을 이어나갔다

"당시 백제는 일본에 조공을 바치는 나라로 신라와 고구려를 대적하기 위해서는 일본과 손잡을 수밖에 없었습니다. 무령왕이 일본에서 태어나 일본 천황에 의해 백제왕으로 봉해졌다는 사실은《일본서기》에도 다 나와 있습니다. 무령왕 이후 백제왕들은 모두 일본에서 교육을 받고 백제로 보내졌습니다. 백촌강 전투도 이런 시각으로 보면 아무런 의문점 없이 그 자체로 정답을 내려줄 것입니다."

문 교수는 심장이 두근거렸다. 이번 심포지엄에서 처음으로 '백촌강 전투'에 대해 언급한 학자가 나왔기 때문이었다. 그것도 임나일본부설의 계승자 입에서. 좌중은 동의하는 뜻으로 고개를 끄덕거리거나 낮은 탄성을 뱉었다.

"백촌강 전투를 준비했던 기록에 대해 조사해본 적 있어?"

문 교수가 조민국에게 물었다.

"저 그게, 대충은 알고 있지만 면밀하게 검토는 아직 못했습니다. 연역적으로나 귀납적으로 검증도 해야 하는데 시간이 부족해서 아직 그런 과정은 거치지 못했습니다. 박사 논문 쓰는데 시간도 부족하고 대학원생들 논문 코치하고 학과 잡무들 처리하고…."

조민국이 말끝을 흐렸다. '백촌강 전투'에는 깊이 집중하지 않으면 사실 놓치고 갈 수밖에 없는 사실들이 존재했다. 그걸 지금 조민국에게 강의할 수는 없는 노릇이었다.

"…《일본서기》를 보시면 아시겠지만 백제를 일으켜 세우려는 세력을 돕기 위해서라는 점을 이 자리에서 다시 한 번 말씀드리고 싶습니다. 당시 백제는 우리의 속국이었으니 우리 선조들로서는 당연한 결정이었을 것입니다….."

일본에서 온 나라의 운명을 걸고 멸망한 백제를 다시 일으켜 세우기 위해 자국의 백성과 모든 물자를 동원했다? 조금 전 발표한 학자의 발언에 따르자면 속국을 돕기 위해 일본의 운명을 걸고 바다를 건넜다는 말이다. 아무리 생각해도 논리가 맞지 않는다. 국가의 존망을 걸고 일본이 당나라와 신라에 대적해 싸울 수밖에 없었던 그 이유의 실마리를 조금이라도 찾을 수 있을까 싶어 일본행을 결심했는데, 이런 말도 안 되는 논리라니 실망스러웠다.

"…한국에서는 당시 왜가 수도를 옮긴 이유를 백제를 돕기 위해서라고 주장하지만, 아시다시피 그런 역사적 사료와 고증은 존재하지 않습니다."

문 교수는 더 이상 세미나에 앉아 있고 싶지 않았다.

"학자라는 사람이 어쩌면 저렇게 추측만으로 세미나 발표를 할 수 있는지 의문입니다. 보통의 일본 사람들은 그렇지 않은데 왜 유독 역사학자들만 무슨 억하심정이 있어서 저렇게 우리를 못 잡아먹어 안달일까요?"

조민국은 당장이라도 자리에서 벌떡 일어나 연단으로 달려 나갈 태세였다. 문 교수는 가만히 그의 팔을 잡았다. 비행기를 타고 일본으로 건너와 공항에서 토스트와 우유로 간단하게 점심을 때우며 본 텔레비전 방송이 생각났다.

아베 총리가 평화헌법 개정을 담은 내용을 발표하고 있었다. 다혈질인 조민국은 씩씩거리며 빵을 씹어댔다. 아베 총리는 끝까지 2차 대전 피해 국가들에게 사과한다는 표현을 하지 않았다. 한데 놀라웠던 건 호텔 식당 여기저기서 고개를 끄덕이는 사람이 많았다는 점이었다. 그들에게 무슨 잘못이 있겠는가? 국민이기에 정부의 발표를 그저 믿는 것일 뿐인데. 속이 타는 건 문 교수와 조민국뿐인 듯했다. 문 교수가 밝혀내려는 '제명 천황과 백촌강 전투'의 진실 속에는 근원에 대한 질문이 있는데 일본 학자들은 그걸 외면하고 있었다. 오히려 진실을 꽁꽁 숨기고 왜곡하려고만 들었다. 그런 행태가 피해의식으로만 보였다. 일본인들의 의식 속에 뿌리 깊은 피해의식이 자리 잡고 있다고 느낄 수밖에 없었다. 텔레비전을 보며 고개를 끄덕이는 일본인들에게 측은한 마음까지 들었다

후지와라 교수는 마이크를 들고 좌중을 자신만만한 표정으로 훑어보며 계속 발표를 이어나갔다.

"…임나일본부설을 다시 한 번 되짚어봅시다. 다들 아시겠지만 임나일본부설은 진실입니다. 고대 우리 일본의 야마토 정부가 4세기 후반 한반도 가야 지방에 일본부라는 통치 기관을 설치하여 지배했다는 설이죠. 이건 한국의 광개토대왕 비문에도 엄연히 나와 있는 내용입니다. '왜가 신묘년辛卯年(391년) 이래 백제와 신라를 쳐서 신민으로 삼았다'라고 적혀 있습니다. 이뿐입니까.《일본서기》에 보면 '진구 황후가 369년 한반도를 정벌하고, 임나에 일본부를 설치했다가 562년

의자왕과 삼천궁녀

신라에 멸망당했다'라는 기록도 있습니다. 고대 일본이 한국을 지배했다는 명백한 사실인 것입니다."

문 교수는 저희들끼리 떠드는 이야기를 공개적인 자리에 나와서 저렇게 공언하는 후지와라 교수가 역사학자라 말할 수 있을까 싶었다. 그는 우선 기본적인 사실조차 모르고 있었다.

'일본'이라는 단어는 백제가 멸망한 뒤인 서기 670년에 '왜'라는 이름을 버리고 새롭게 사용한 국호였다. 임나일본부설 속의 '일본부'라는 명칭은 4세기 후반으로 되어 있는데 이때에는 '일본'이라는 단어조차 없었다. 그래서 광개토대왕비에 쓰인 명문이 일제강점기에 조작되었다고 보는 견해가 확실시 되고 있었다.

"고대부터 우리 일본은 한국을 지배했습니다. 우리의 속국인 백제를 돕기 위해 정의의 심판자처럼 약소국을 돕는 큰 나라, 일본 천황의 이름으로 바다를 건너 백촌강으로 가게 되었던 것이죠."

문 교수는 물론 조민국 역시 부글부글 화가 치밀어 올라 엉덩이를 들썩거렸다. 그런 두 사람을 세미나실 뒷문 쪽 구석에서 살펴보는 한 사내가 있었다. 그는 세미나에는 관심이 없고 문 교수와 조민국만 유심히 살폈다. 하지만 문 교수나 조민국은 그의 눈길을 느끼지 못했다. 문명의 기본적인 흐름조차 이해하지 못한 채 연단에서 떠드는 후지와라 교수의 무지에 분노하다 못해 측은하기까지 했다.

문제는 세미나실에 모인 학자들의 반응이었다. 후지와라 교수의 발언은 어제 오늘의 일이 아니었다. 우익 계열의 보수진영 학자들의 레

퍼토리이기도 했다. 왜곡할 수 있는 지점을 모조리 왜곡해버리고는 '아니면 말고' 식의 무책임한 발언들이었다. 그런데 그런 발언을 듣고도 세미나실에 모인 학자들이 나지막이 탄성을 지르며 박수를 쳐댔다. 문 교수가 걱정하고 염려하는 건 그런 면모였다. 이 자리에 모인 학자들은 대부분 우익 계열의 학자라는 뜻이었다. 그것도 극렬한 우익 학자들의 모임이었다. 이런 자리에 문 교수를 초청한 그들의 저의를 알 수가 없었다.

문 교수는 창가 쪽의 여자를 힐금 쳐다보았다. 여자는 세미나실의 반응과는 달리 그저 조용히 관망만 하는 태도를 취하고 있었다. 미소를 짓지도 않았고 흥분하지도 않은 얼굴이었다.

"자, 마지막 발제자의 발표입니다. 이번에 새롭게 발제자로 나선 여성 역사학자로 이곳 가쿠에이 대학 문화재과학과를 졸업한 재원입니다. 오늘 우리의 발표를 훌륭하게 빛내줄 이 세미나실을 사용할 수 있게끔 도움을 주신 분이기도 합니다. 오우치 마사코 양을 소개하겠습니다."

오우치? 사회자가 호명하자 문 교수가 관심을 보였던 창가의 여자가 자리에서 일어나 연단으로 향했다. 순간 세미나실에는 수군거리던 기운이 사라지고 긴장이 가득 찼다. 문 교수는 자신도 모르게 침이 넘어갔다.

"교수님, '오우치'라면 많이 들어본 성씨인데요."

"너는 역사학과 조교라는 녀석이 오우치도 모르면 되냐?"

"그러게요. 많이 들어 본 성씨이긴 한데."

의자왕과 삼천궁녀

"그럼 다타라 씨라는 성은 들어봤고?"

"다타라 씨라. 그건 제철을 의미하는 말인데. 아, 임성 태자[3]를 말하는 거잖습니까."

"그럼, 오우치는?"

"오우치와 다타라가 같은 성씨인가요?"

문 교수는 연단에 올라서는 여자에게서 시선을 떼지 않고 고개만 끄덕였다. 여자는 전체적으로 묘한 분위기를 풍겼다. 칠흑처럼 진한 머리카락에 눈썹은 매초롬했고 눈매가 길고 가늘었다. 문 교수는 분명 어디선가 본 듯하다는 느낌에 사로잡혔다. 살짝 튀어나온 광대뼈 부근의 살과 둥글게 그려진 턱 그리고 부드럽게 처진 어깨가 눈에 들어왔다.

문화와 문화가 결합된, 오랜 세월 두 개의 문화가 선조의 피에 누적되어 전달되어 내려온 것 같은 느낌도 들었다. 전쟁에 패해 볼모로 잡혀간 공주와 같다고 할까. 오랜 세월 타지에 살다보니 고국에 대한 그리움이 몸에 밴 듯한 분위기를 풍겼다. 여자가 주먹을 가볍게 쥐고 밭은기침을 했다.

3　임성 태자琳聖太子(577년~657년)는 백제의 마지막 왕족 중 하나로 성씨는 부여, 이름은 의조義照다. 14세기 무렵 일본 유력 호족인 오우치 가의 족보에 실리면서 알려졌다. 족보에 따르면 임성 태자 부여 의조는 백제 위덕왕의 셋째 아들 또는 위덕왕의 아버지인 성왕의 셋째 아들이라고 한다. 일본에서는 도요타豊田 씨 등 오우치大內 씨의 현손들이 14대조로 주장하고 있다. 611년(스이코 천황 19년) 3월 2일 야마구치 현에 상륙해 성덕 聖德(쇼토쿠) 태자에게 영접을 받았다. 그의 후손인 다타라多々良 씨는 12세기에 오우치가 됐고 한반도와의 무역을 거의 독점하면서 일본 최대의 세력으로 성장했다.

"12세기에 다타라 씨는 오우치 씨가 되었잖아."

"아, 맞다."

"이제 생각나네요. 12세기 우리나라랑 무역을 독점했던 일본 최대의 거상이기도 했던 가문이잖아요."

"그래, 일본에 성이 좀 많아야지. 그래도 오우치 가문은 늘 기억해 둬야 해."

"요즘 저도 머릿속이 복잡합니다. 뒤져야 할 사료들이 얼마나 많은지 헷갈리기도 하고요."

"내가 왜 '오우치'라는 성씨에 긴장하는지 알겠지."

"그럼, 저 여자가 임성 태자의 후손이라는 말입니까?"

문 교수는 등골에 소름이 돋는 걸 느꼈다. 임성 태자의 후손이 있다? 일본 철기 기술 발전에 중대한 역할을 한 인물로 알려져 있음에도 일본의 역사는 그를 부정하고 있었다. 그가 백제인이라는 이유 때문이었다. 그런데 임성 태자의 후손이 '백제와 왜의 미스터리'에 대해 발제를 한다? 그럴 리가 없었다.

"성씨만 같을 수 있어. 아닐 거야. 일본에 성씨가 10만 개가 넘어. 때론 다른 가문이 마음에 들어서 그 성을 따르는 경우도 있고. 일본의 성은 하루에도 수십 개가 사라지기도 하고 생기기도 하거든."

문 교수는 스스로 흥분되는 감정을 억누르려 그런 말을 늘어놓았다.

"하여간 복잡한 나라입니다."

오우치 마사코는 작지만 분명한 목소리로 발제를 이어나갔다. 그런데 세미나실의 분위기가 점점 뜨겁게 달아올랐다. 그녀는 조금 전까지 발표를 했던 후지와라 교수의 의견에 정면으로 맞서는 이야기를 꺼냈기 때문이었다. 문 교수는 팔걸이를 쥔 손에 잔뜩 힘이 들어갔다. 손에 땀이 차오르고 심장이 뛰기 시작했다.

"교수님, 뭔가 이상한데요?"

"가만히 있어봐. 좀 들어보게."

"…그래서 저는 후지와라 교수님의 의견에 동의할 수 없습니다. 상식적으로 생각해도 당시의 문화와 기술은 백제가 왜보다 앞섰다고 중국의 기록에도 나와 있습니다. 611년 임성 태자가 왜에 건너오기 전까지만 해도 왜의 철기 기술은 형편없었습니다. 그런데 임성 태자가 왜로 건너온 이후부터 일본의 철기 기술은 눈부시게 발전했습니다. 그뿐만이 아닙니다. 불교문화도 그렇고 건축이나 예술 분야에 있어서까지 그 발전의 속도가 무서울 정도였습니다. 백제가 왜보다 여러모로 앞섰다는 증거입니다. 이런 사실을 외면하려는 역사가 저는 부끄러울 따름입니다."

학자들이 웅성거리기 시작했다.

"아니, 마사코 양이 원래 발표하기로 했던 논문의 내용과 전혀 다른데요."

마사코를 소개했던 사회자가 당황해서 안내문과 마사코를 번갈아 보았다. 마사코는 사회자와는 눈도 마주치지 않고 제 할 말만 했다. 그러자 구석에서부터 서서히 야유가 터져 나오기 시작했다. 하지만 마사코는 당황하거나 긴장하지 않고 차분하게 이야기를 계속해 나갔다. 좌중을 쳐다보지도 않았다.

"백제가 왜의 속국이 되었다는 건 왜곡입니다. 저뿐만 아니라 여러분들도 그 진실을 알고 있습니다. 그 진실이 두려운 것뿐입니다. 두렵다고 피하거나 거짓말을 하는 것은 비겁한 행동입니다. 역사는 승자의 기록입니다. 700년 찬란한 문화를 꽃피웠던 백제는 사라졌습니다. 그 백제의 기록은 어디에도 남아 있지 않습니다. 그러나 기록에 남아 있지 않다고 해서 모든 역사를 부정하지는 마십시오. 우리가 한반도를 점령하고 있을 때에도 우린 다분히 진실을 지우고 왜곡하는 데 혈안이 되어 있었습니다. 저는 우리의 역사가 그렇게 왜곡되어선 안 된다고 믿습니다. 우리 후손에게 거짓을 가르칠 수는 없기 때문입니다. 모든 게 《일본서기》에 기록되어 있는 이야기라고 말하지 마십시오. 중요한 것은 역사적 기록이 아니라 역사적 진실입니다. 저는 다른 누구보다 우리가 이 역사적 진실을 되찾기 위해 노력해야 한다고 생각합니다. 감사합니다."

그때까지 입을 다물고 객석에 앉아 있던 이시모라 다라시 교수가 벌떡 일어났다. 덩달아 곁에 앉아 있던 후지와라 교수도 의자에서 일어났다.

"마사코 양, 그러면 역사적 진실이 뭐라고 생각하시오?"

마사코는 오른쪽으로 흘러내린 머리카락을 차분하게 위로 쓸어 올린 후 세미나실을 둘러보았다. 사람들은 그녀의 입을 바라보며 침묵을 유지했다. 캠퍼스 거리를 지나며 웃고 떠드는 학생들의 목소리가 세미나실의 고요를 더욱 확인시켜주었다. 마사코는 마이크를 바르게 잡고 입을 열었다.

"학자적인 양심을 걸고 상상력으로 역사를 예단할 수는 없습니다. 그러나 진실은 언젠가는 밝혀질 것입니다. 왜가 온 나라의 운명을 걸고 망해가는 백제를 구하기 위해 백촌강 전투에 참여한 것은 분명히 다른 이유가 있을 것입니다. 목숨 걸고 지켜야 할 명분이 틀림없이 있을 것입니다. 저는 그 이유를 찾고 싶은 것입니다."

"그러니까 마사코 양도 상상력만으로 발표를 하고 있는 거군요."

후지와라 교수의 얼굴에 차가운 미소가 서렸다.

"꼭 그렇지만은 않습니다."

"그렇지 않다니요?"

발표의 자리가 논쟁의 자리로 바뀌고 있었다. 구경하는 사람들은 세 사람이 주고받는 이야기를 듣느라 숨을 죽였다. 문 교수는 입천장이 바짝 마르는 기분이었다.

"5만 명이 넘는 병사가 배를 타고 건너갔습니다. 그 병사를 태울 배를 건조하는 데에만도 족히 2년 이상 걸립니다. 그 배를 만드는 일만 해도 수만 명의 기술자를 필요로 합니다. 당시 대략 30만 명 정도이던 왜의 인구를 감안해보았을 때 대역사가 아닐 수 없습니다. 이게 속국을 돕기 위한 결정이었을까요?"

"전략적으로 중요하다면 국가의 운명을 걸고 지켜야 하는 건 당연지사."

이시모라 교수가 말했다.

"마사코 양도 아시겠지만 당시 동북아시아는 당나라가 패권을 쥐고 있었소. 당나라의 확장을 막으려면 우리로서도 어쩔 수 없었던 일 아니오."

"그 역시 말이 안 됩니다. 내부적으로는 당의 속국이 되려고 당나라에 사정을 했던 대신이나 왕족과 호족들이 있었습니다. 그런 사람들이 있는데 대대적으로 백제를 구한다는 게 말이 됩니까? 당나라에 속국이 되기로 결정했다면 나당연합군의 공격을 받는 백제를 그대로 두는 게 맞지 않나요?"

마사코의 말은 당당하고 강렬했다. 문 교수는 자신이 해야 할 이야기를 대신해주는 것 같아 막혀 있던 체증이 단숨에 뚫리는 듯했다.

"마사코 양 정말로 말 잘하셨소. 우리 입장에서는 백제가 속국이었으니 그리고 당나라가 세력을 확장해나가고 있는 상황이니 우리의 힘도 보여주고 또한 우리의 의지를 분명하게 해두어야 할 필요가 있었을 것이오. 그러니 국운을 걸 수밖에요. 당시 당나라는 파죽지세로 주변의 국가들을 모두 집어 삼키고 있는 판국이었으니 우리로서도 어떤 대비를 해야만 했겠지요. 그 대비란 두 가지인데 하나는 당나라와 맞서느냐 아니면 당나라에 복속당하느냐, 아니겠소."

"그거야말로 추측이고 가정이잖습니까."

두 명의 늙은 여우와도 같은 역사학자 앞에서 마사코는 한 걸음도 물러서지 않고 당당히 맞섰다.

"마사코 양도 추측이고 가정이지 않소?"

이번엔 이시모라 교수가 마사코의 말을 받아쳤다.

"그 사실을 증명해낸다면 공개석상에서 내가 사죄하리다. 역사학자는 역사적 사실에 근거해서 발언해야 마땅하나, 우리 민족의 우수성을 감안해보면 백제나 가야 등을 속국으로 두었다는 추측은 합리적인 추측 아니겠소."

"제가 반드시 역사적 진실을 찾아서 증명해내겠습니다."

"무엇을 찾겠다는 것이오?"

"그건 말씀드릴 수가 없습니다."

마치 끝이 없는 종교 논쟁을 보고 있는 듯했다. 문 교수는 마사코가 찾고 있는 것이 자신이 20년 동안 찾고 있는 것과 같지 않을까 하고 조심스럽게 생각했다.

사회자가 시간상의 이유로 그들의 논쟁을 제지하지 않았다면 오후 내내 이어질 판이었다.

"저도 일본 사람입니다. 일본인으로서의 자긍심도 가지고 있습니다. 하지만 역사를 왜곡해야 할 정도로 우리 민족의 자긍심이 천박하지 않다고 생각합니다."

후지와라 교수의 얼굴이 벌겋게 달아오르는 게 보였다. 마사코가 쐐기를 박듯 한마디를 더 보탰다.

"이게 한 번뿐이었다면 학계의 주장을 이해할 수도 있습니다. 하지만 다들 아시겠지만 그 이전에도 1만 명에서 2만 명의 기병을 백제에 보낸 적이 있습니다. 기록에 나와 있어요. 부정할 수 없는 또 하나의 역사적 사실은 백제나 가야 도래인들이 우리 땅에 건너오기 전까지 말이 없었다는 겁니다. 이전의 왕릉에서는 말의 부장품이 단 한 점도 나오지 않았다는 거 아시잖아요. 말은 백제에서 건너온 겁니다. 그런 명백한 사실을 제가 존경하는 학자님들이 부정하거나 왜곡하지 않으셨으면 합니다."

세미나실은 한순간에 얼어버린 듯 고요하고 싸늘해졌다. 마사코는 제 할 말을 막힘없이 또박또박 말한 뒤에 연단에서 내려왔다. 그녀가 연단을 다 내려오기도 전부터 여기저기에서 야유 소리가 터져 나왔다. 그녀는 자신의 자리로 가지 않고 출입문 쪽으로 걸어가더니 세미나실과 싸늘하게 일별했다. 잠깐 야유 소리가 멎는 듯했지만 이내 세미나실은 야유의 소란 속으로 묻혀버리고 말았다. 그 순간 문 교수는 그녀가 낯설지 않았던 이유를 깨닫고 손바닥으로 무릎을 쳤다.

"너 사진이 없던 시절에 초상화를 어떻게 그렸는 줄 알아?"

문 교수가 조민국에게 물었다.

"교수님도 참, 지금 이 판국에 무슨 초상화입니까?"

"알아, 몰라?"

"초상화니까 최대한 비슷하게 그렸겠지요."

문 교수가 조민국에게 과거 동양의 화가들이 초상화를 그릴 때 중시해오던 것이 무엇인지 알려주기 위해 질문을 했다.

"초상화에는 그 사람의 영혼이 담기는 거라고 보았어. 그래서 최대한 초상화의 모델과 한 점도 틀리지 않게 그리려고 했어. 미술사조가 바뀌기 전까지 사실주의적 초상화는 사실상 생전의 모델과 거의 똑같다고 보면 돼."

"그런데 그 이야기를 왜 지금….."

민국의 말에 마땅히 대꾸할 말이 없었다. 조금 전 연단에서 내려와 사라진 마사코라는 여자가 낯설지 않았던 건 문 교수가 지난 수년간 머리맡에 두고, 보고 또 보았던 제명 공주, 즉 제명 천황의 초상화와 너무도 닮았기 때문이었다.

"나중에 이야기해줄게."

심포지엄이 끝나고 세미나실을 빠져나온 문 교수는 조민국과 함께 대학 교학처를 찾아갔다.

"혹시 오우치 마사코라는 분을 만날 수 있을까요?"

"오우치 마사코요?"

교학처의 여직원이 고개를 갸웃거렸다.

"오늘 학술 심포지엄의 세미나실 대여에 도움을 주셨다는 분이라는데요. 아, 이 학교 문화재과학과 졸업생이라고 했습니다."

조민국이 마사코의 신원을 확인하기 위해 문 교수를 쳐다보며 물었다. 문 교수가 고개를 끄덕거렸다.

"문화재과학과라, 잠시만 기다려보세요."

여직원은 졸업생 명단을 검색해보기 위해 컴퓨터를 통해 학교 데이터베이스에 접속했다. 그녀는 한동안 모니터에 눈을 둔 채 말이 없었다.

문 교수는 창밖으로 자유롭게 오가는 일본의 청춘들을 보며 생각했다.

'너희들과 우린 애초 하나였을 것이다.'

만 가지 사념들이 교차했다. 청년 문규백은 일본까지 역사적 진실을 밝히기 위해 날아오게 되리라고는 상상해본 적이 없었다. 대학 시절 공주로 MT를 가게 되었는데 무슨 연유인지 모르겠지만 문규백은 혼자 무령왕릉을 찾아갔던 일이 있었다. 문규백과 백제와의 인연은 그곳 무령왕릉에서부터 시작되었다. 일본에서 왕으로 불렸던 곤지왕[4]의 아들인 무령왕의 무덤이었다.

무덤의 둥근 윗부분은 '하늘-사람-이승'을 표상하지만 땅속의 네모난 공간은 '땅-주검-저승'을 표상하는 세계였다. 한 기의 무덤 안에 우주가 모두 들어 있다는 말이기도 했다. 그때 청년 문규백이 무령왕릉을 보면서 가졌던 의문이 중년 문규백을 지금 이 순간까지 이끌었다.

'백제의 왕자, 곤지가 왜 일본으로 건너가게 된 것일까? 가족까지 모두 데리고 가다 산모가 산기를 느껴 아이를 낳은 곳이 어디였더라? 그래 각라도[5]였지….'

문 교수는 여직원이 정보를 찾는 동안에 과거의 시간들을 되짚어보았다.

---

4 《삼국사기》와 《삼국유사》에 따르면, 곤지는 개로왕의 아들이자 문주왕의 동생이다. 일본의 고대 씨족 일람서인 《신찬성씨록》에 의하면 그의 아들인 동성왕은 일본 여성 축자녀筑紫女의 소생이라고 한다. 458년에 중국 송나라에 간 사신 여곤餘昆이 동성왕과 무령왕의 아버지 곤지라는 설이 있다. 사후 하비키노시의 하비키노야스카 마을에 곤지의 위패를 모신 아스카베 신사飛鳥戸神社가 세워졌다. 곤지는 아스카베 마을의 수호신이자 조상신으로 숭배된다.

의자왕과 삼천궁녀

"그런 이름은 없습니다만…."

"네? 문화재과학과 맞나요? 서른쯤 되어 보였으니까 아마 90년대 학번일 텐데."

여직원은 한 차례 더 훑어보더니 재차 그런 이름이 없다고 말했다.

"교수님 어떻게 된 거죠?"

조민국이 몇 차례 더 확인을 부탁했지만 여전히 허상의 인물이었다.

"교수님 기분이 좀 이상하네요."

문 교수는 여자가 세미나실을 나갈 때 뒤쫓아가지 못한 게 후회스러웠다.

"그만 가자. 우리도 갈 길이 멀다."

그냥 우연이라 생각하기로 했다. 단체로 모여 역사를 왜곡하려는 학자들도 있지만 진실을 밝히려는 학자들도 있다는 사실을 안 것만으로 만족하기로 했다.

교학처에서 나오는 문 교수와 조민국을 유심히 살피는 두 명의 눈이 있었다. 흰색 반팔 셔츠에 남색 면바지 차림이었다. 문 교수는 그

---

5   《일본서기》 권제14에 언급되고 있다.

六月丙戌朔, 孕婦果如加須利君言, 於筑紫各羅嶋産兒, 仍名此兒曰嶋君.於是軍君, 卽以一船送嶋君於國, 是爲武寧王.百濟人, 呼此嶋曰主嶋也.

6월 병술삭(1일), 임신한 부인이 가수리군(곤지왕)의 말처럼 축자(쓰쿠시)의 각라도 各羅島(가카라노시마)에서 아이를 낳았다. 그래서 아이 이름을 도군嶋君이라 하였다. 이에 군군이 곧 배에 태워 도군을 본국으로 돌려보냈다. 그가 바로 무령왕이다. 백제 사람들은 이 섬을 주도主嶋라 불렀다.

들과 잠깐 눈이 마주쳤다. 세미나실에서 잠깐 봤던 얼굴 같기도 했다. 문 교수와 조민국이 주차장으로 걸어가자 그들도 일정 간격을 두고 따라붙었다.

백제 역

문 교수와 조민국은 렌트카를 몰고 아스카로 출발했다. 고대 일본의 수도였으며 일본 최초 고대 문명의 발상지이기도 했다. 교토, 나라, 오사카 모두 일본 고대 수도가 위치한 곳이기도 했으며 고대 일본에서는 가장 번성한 수도이자 위성 도시였다.

"어제 하루 운전을 해봤는데도 오른쪽에 운전대가 있는 건 여전히 익숙하지 않네요."

일본에서 조민국의 운전 실력은 아직 좀 불안했다. 게다가 소형차를 빌리는 바람에 여간 불편해 보이는 게 아니었다. 운전석은 조민국의 덩치로 꽉 차서 허리를 놀릴 공간조차 없어 보였다. 사실 차가 작다기보다는 조민국의 덩치가 너무 컸다. 소형차를 빌리자 렌터카 직원이 조민국을 한참 쳐다본 이유도 그의 덩치 때문이었다. 그래도 아직까지 접촉 사고 한 번 없이 무사히 왔다. 문 교수는 진실을 밝히려는 자신들을 백제의 선조들이 보살펴주고 있다는 생각이 들었다. 차창 밖으로 비치는 일본의 산하가 한국과 별반 다르지 않았다. 창밖으로 흘러가는 논과 밭, 과수원 역시 한국의 들판과 다르지 않았다. 백제 유민들이 일본에서 어렵지 않게 적응할 수 있었던 건 고향과 닮은 모습을 하고 있었던 때문이었으리라.

나라 현의 아스카사飛鳥寺까지 달려가는 동안 오사카의 한 화물 기차역에 잠시 정차했다. 인근 주차장에 차를 주차하고 문 교수와 조민국은 기차역 앞에 섰다. 문 교수는 기차역을 디지털카메라로 사진 속에 담았다.

"이 역은⋯."

조민국은 처음 방문하는 지역이니 신기할 법도 했다.

"무슨 역인지 잘 봐봐."

"백제 역? 백제 역이네요!"

조민국의 목소리가 떨렸다.

"한국에도 없는 백제 역이 다 있다니."

오사카는 한국인들만 모아도 하나의 시를 이룰 수 있을 만큼 많은 한국인이 거주하는 곳이었다. 아스카와 거리적으로 가깝기도 했다.

"일본이 백제와 얼마나 가까웠는지 실감이 나?"

조민국은 빠르게 고개를 끄덕거렸다. 두 사람은 지나가는 교복을 입은 학생에게 부탁해 백제 역을 배경으로 사진을 한 장 찍었다. 이제 화물만 취급하는 그런 낡은 역을 배경으로 사진을 찍어달라고 부탁하자 학생이 신기한 듯 웃어 보였다. 평범한 몸집의 문 교수 곁에 산만한 덩치의 조민국이 보좌하듯 딱 붙어 서 있는 모습 때문에 웃은 것인지도 몰랐다. 문 교수는 희끗해지기 시작한 머리카락만 아니라면 나이 많은 형쯤으로 보였을 정도로 동안이었다. 제법 오뚝한 코와 얇은 입꼬리도 부드럽게 휘어져, 미소를 지을 때면 특히 제 나이보다 어려 보였다. 전체적으로 부드러운 인상과 달리 눈매는 또렷하고 날카로웠다. 그래서 문 교수는 가능한 웃음을 지으려 노력했다. 눈매가 날카롭다는 말을 자주 들었던 터였고, 그 때문에 사람들이 마음 편히 접근하지 못하는 건 아닌지 늘 걱정스러웠기 때문이다. 문 교수는 무서워 보이는 인상을 떨쳐버리려 활짝 웃어 보였다. 어쩌면 그런 문 교수의 인상 때문에 학생이 미소를 지은 것인지도 몰랐다.

두 사람은 일본 최초의 사찰로 알려진 아스카사를 목적지로 정해 출발했다. 부여의 왕흥사를 바탕으로 건축한 사찰이 아스카사였다. 그곳에서 4킬로미터 남짓 떨어진 곳에 백제계 아스카베 일족인 곤지왕을 모신 곤지신사도 있었다. 그리고 천황의 권력을 능가했던 소가 대신의 터전과 그를 기리는 신사도 있었다. 오사카와 아스카 일대에서 백제의 흔적을 만나는 일은 쉬웠다. 지금 문 교수는 백제의 유민이었던 소가 대신의 흔적을 찾아 나선 길이기도 했다.

일본 최초의 사찰 아스카사

두 사람이 탄 차가 아스카사 주차장에 도착했다. 길을 달려오며 보니 작고 한적한 기차역을 지나치게 되었다. 가미노타이시 역이었다. 멀지 않은 곳에 곤지왕 신사가 있다는 말이었다. 문 교수는 몇 년 전에 기차역에서 나와 10분 남짓 걸어갔던 기억이 났다. 곤지왕은 아스카 일대를 장악했던 백제의 도래인이었다. 백제로부터 문명을 들여와 고대 일본 국가의 기틀을 세운 인물이기도 했다. 하지만 4년 전 곤지왕 신사를 찾았을 때 적잖이 실망을 했다. 일본 고대 국가의 기틀을 세운 인물이라기에는 신사의 규모도 그리 크지 않았고 관리 또한 허술한 편이었다. 일본이 곤지왕을 인정하고 싶지 않은 듯한 속내가 드러나는 것 같아 기분이 썩 좋지 않았던 기억이 남아 있었다. 한 가지 위안이라면 일대의 일본 사람들이 그를 신으로 모신다는 사실이었다.

바다를 지배한 백제, 즉 백제인들에게 바다는 새로운 개척의 지름길이었으며 그들이 일본으로 건너가는 것은 육지로 이동하는 것보다 훨씬 쉬운 길이었다. 《송서》에 의하면 '백제는 점령지의 각 지역에 22담로를 두고 왕족을 보내서 다스렸다'라고 기록되어 있다. 일본 역사학자들도 역대 일본의 천황가계도에서 응신應神(오진) 천황[6] 이전을 전설의 시대로 평가하고, 실제 조직을 갖춘 첫 번째 고분古墳시대의 천황으로 응신 천황을 꼽았다. 이 응신 천황이 백제가 처음으로 파견한 22담로 중 왜에 파견된 담로왕이었다. 당시 미개했던 일본에 처음으로 바다를 건너온 백제의 힘으로 조직을 갖추고 나라의 모양을 갖추게 된 것이다. 응신 천황과 그의 아들 인덕仁德(닌토쿠) 천황의 묘가 전방후원분前方後円墳[7]의 형태로 백제 왕족의 묘와 동일하였다. 우리나라에서도 함평이나 나주 등지에서 백제 담로왕의 무덤과 같은 양식인 전방후원분의 묘가 다량으로 발견됨으로써 이를 뒷받침하고 있었다. 문 교수는 자신의 논문에서 일본에서 발견된 고분의 부장품과 전남 보성 등에서 나오는 금동, 금제 신발 금관 등이 비슷한 것으로 봐서 일본에도 담로를 파견하여 백제 왕족이 다스리고 있었다는 사실을

6　　응신 천황은 일본의 제15대 천황이다. 오진應神은 중국식의 시호이며, 일본식 시호는 호무다와케노미코토誉田別尊, 또는 오토모와케노미코토大鞆和気命라고 전해진다. 실제 국가 형태를 갖춘 일본의 최초 천황이라고 알려져 있다.

7　　그 형태가 우리나라의 전통 타악기인 '장고'와 비슷하다고 하여 장고분長鼓墳이라고도 한다. 전방후원분이라는 용어는 앞이 모가 지고 뒤가 둥글다고 하여 붙여졌다. 우리나라의 전방후원분은 영광 월산리 월계, 함평 죽암리 장고산, 함평 예덕리 신덕, 광주 명화동, 나주 등지에 많이 분포하고 있다.

밝히기도 하였다. 또한 369년 근초고왕이 왜의 담로 제후왕인 응신에게 보낸 칠지도[8]에서도 왜가 백제의 22담로 중의 하나인 제후국이었다는 사실을 명백하게 밝혀내었다. 문 교수는 칠지도를 생각하면 가슴이 뛰었다.

칠지도에 새겨진 명문銘文은 다음과 같았다

泰和四年五月十一日丙午正陽 造百練鐵 七支刀 以酸百兵 宜供供供候王 □ □ □ □作

先世以來夫有此刀 百滋王世子奇生聖音 故爲倭王旨造 傳示後世

서기369년(태화 4년) 음력 5월 16일 병오날 대낮에 무수히 거듭 담금질한 강철로 이 칠지도를 만들었노라. 모든 적병을 물리칠 수 있도록 제후왕에게 보내주는도다.

선대 이후에 아직 볼 수 없었던 이 칼을 백제왕 및 귀수 세자는 성스러운 말씀으로서 왜왕을 위해서 만들어주는 것이니, 이 칼을 후세까지 길이 전해서 보이도록 하라.

---

8   일본 나라 현奈良縣 덴리 시 天理市에 있는 이소노가미 신궁石上神宮에 봉안되어 있다.《일본서기》〈신공기神功紀〉에 백제가 왜에 하사했다는 기록이 있다. 길이는 74.9㎝이며 단철鍛鐵로 만든 양날 칼이다. 칼의 몸 좌우로 각각 가지칼이 3개씩 뻗어 모두 7개의 칼날을 이루고 있기 때문에 '칠지도'라는 이름이 붙었다.

이와 같이 당시 백제 근초고왕은 전대미문의 칠지도를 만들어서 왜에 있는 대백제의 제후왕인 응신 천황에게 보내었다. 그 칼로 천황은 모든 적군을 무찔러서 백제 식민지의 보전에 힘쓰며 번창할 것을 어명御命한 것이었다.

칼에 새겨진 글은 거짓말을 하지 않는다. 분명히 왜왕을 제후의 왕이라 표시하고 왜가 백제의 제후국이라는 사실을 명기하고 있다. 그러나 일본의 역사학자들은 이 칠지도를 숨기고 심지어는 왜에서 백제로 준 것이라고 뒤집어씌우면서 백제가 왜의 식민지였다고 칠지도의 글자마저 조작하고 있었다. 이 모두가 허구의 임나일본부설을 뒷받침하기 위한 것으로 거짓말이 거짓말을 낳고 있는 역사의 아이러니를 그들은 태연자약하게 조작해버린 것이다. 칠지도의 명문을 살펴보면, 명문 끝에 4개의 글자가 깎여 있다. 즉 □□□□作으로 되어 있다. 누가 이 네 글자를 깎아버린 것인가? 일본의 양심적인 학자 우에다 마사아키 교수는 그 네 글자는 누군가에 의해서 고의로 깎인 것이라 지적한 바 있다. 왜 일본은 손바닥으로 하늘을 가리는 격인 뻔한 거짓말을 계속하고 있는 것일까? 문 교수는 그 의문을 파헤치고 싶은 열정으로 지금껏 불타올랐다. 한일 간의 역사에 조직적인 음모가 개입하고 있는 것은 아닐까? 그 음모에 한국의 역사학자들도 암묵적인 동의를 하고 있는 것일까? 그 이유는 무엇일까? 순식간에 쏟아지는 의문들이 문 교수의 호흡을 가파르게 하고 있었다.

옆에서 지켜보던 조민국이 걱정스러운 듯 물었다.

"교수님 어디 편찮으세요?"

"아니야, 잠깐 생각 좀 하느라⋯."

문 교수는 대충 얼버무리고는 또다시 역사의 상념에 잠겼다.

백제의 왕실이 직접 왜왕을 맡은 것은 고구려 장수왕이 남하하면서 한성백제가 함락되고 개로왕이 전사한 이후부터이다. 개로왕의 첫째 아들 문주왕이 웅진으로 피난 가고, 둘째 아들 곤지왕이 왜로 건너가서 그의 아들 계체(게이타이)를 왜의 왕으로 앉힘으로써 백제와 왜는 형제가 다스리게 된 것이다. 그것이 3왕조 교체설이다. 왜의 3왕조란 첫 번째 왕조가 신화시대이고 두 번째 왕조가 백제에서 건너온 담로왕 시대, 그리고 세 번째 왕조가 지금까지 이어지고 있는 것이다.

계체 천황은, 백제 개로왕의 전사 이후 왜로 건너온 개로왕의 동생 곤지왕이 기존의 담로왕을 폐지하고 그의 아들을 왜의 왕으로 임명하는 시점과 즉위 시점이 같다.

문 교수는 일본 역사학계가 계체 천황이 어디에서 왔는지 얼버무리고 있다는 사실을 발견하였다. 백제 곤지왕의 아들이라는 사실이 양심적인 일본 학자에 의해 밝혀졌지만 정설로는 인정되지 않고 있었다. 문 교수는 학자적인 양심을 걸고 자신이 정리해보고 싶었다. 동성왕에 이어 백제 25대 무령왕이 된 곤지의 둘째 아들 사마는 동생에게 왜왕(계체 천황)의 자리를 물려주고 형의 뒤를 이어 백제의 왕이 되었다. 계체 천황은 곤지왕의 다섯 번째 아들로 무령왕의 친동생이다. 곤지왕의 후손이 지금 일본의 천황가를 잇고 있다.

문 교수와 조민국은 차에서 내려 아스카사로 걸어 들어갔다. 문 교수는 한국 사찰의 양식과는 조금 차이가 있지만 고향에 돌아온 것 같은 평온함을 느낄 수 있었다.

이 사찰을 불사한 사람이 소가 대신이었다. 곤지왕과 함께 백제에서 왜로 건너온 목협만치 장군의 후손인 '소가노 우마코'[9]로 일본 고대 국가에서 막강한 영향력을 행사했던 대신이었다. 일본의 고분 중에 네 번째로 큰 고분에 묻힌 7세기 고대 일본의 최고 권력자였던 소가노 우마코. 천황에 버금가는 권력을 누리다가 당나라 그리고 신라와 연합해야 한다는 세력에 의해 살해당한 백제의 유민. 그는 1,500년 전의 사람이었다.

문 교수는 '아스카 대불'을 보기 위해 본당으로 향했다. 조민국이 가방에서 사진기를 꺼내들고 부리나케 그의 뒤를 쫓았다.

"이 아스카 대불은 소가노 우마코 주도로 불사가 시작되었다고 하네요."

"너도 알겠지만 아스카 지역은 '리틀 백제'였어. 인구의 90퍼센트 가까이가 백제 도래인들이었으니까."

"그런 말씀은 안 하셨잖아요."

9　소가노 우마코蘇我 馬子(551년?~626년)는 일본 아스카 시대의 귀족, 정치가이다. 비다쓰 천황 때 대신大臣(오오미)에 취임하고, 이후 요메이 천황, 스슌 천황, 스이코 천황까지 4대, 54년에 걸쳐 최고의 권세를 누리며, 소가 씨의 전성기를 이룩하였다.

"당연히 알고 있는 줄 알았지."

"역사책에도 기록이 안 나와 있는 걸 제가 어떻게 압니까."

조민국이 문 교수를 쳐다보며 구시렁거렸다. 문 교수가 그의 어깨를 가볍게 두드렸다.

"민국아, 너 백제의 마지막 왕이 어디에서 태어난 줄 아니?"

"그야 웅진이나 사비 그런 곳 아니겠습니까?"

"너 지금 나 놀리는 거지?"

문 교수의 말에 조민국이 히죽 웃었다.

"교수님도 참, 그걸 제가 왜 모르겠습니까. 제가 확실히 압니다. 의자왕이 태어난 곳이 바로 이곳 아스카 아닙니까."

"그래. 그러니까 '목협만치'의 후손인 소가 대신이 본국 백제에서 건너온 임성 태자를 자신의 집에 기거할 수 있게 해주어서 그 집에 머물렀다고 하는데 백제 24대 왕이 된 무왕도 소가 대신 집에서 기거를 했던 모양이야. 그래서 아마 왜왕의 궁이 아닌 소가 대신의 집에서 생활하면서 의자왕이 탄생했을 거야."

비운의 왕이자 타락한 왕으로 알려진 의자왕은 옛 일본의 수도였던 아스카에서 태어났다. 그는 백제의 마지막 전쟁에서 패하고 당나라로 끌려가 수개월 후 병사한 것으로 알려졌지만 그의 시신은 돌아오지 못했다. 중국 북망산의 귀족들 공동묘지에 묻혔다고는 하나 정확한 위치는 현재까지 아무도 찾아내지 못했다. 고국을 떠나 고국에 대한 그리움도 묻어버리고 평생을 잊지 못했던 사랑도 지워버리고 1,400년이 흘러서는 타락한 왕이라는 오명을 안은 불행한 왕 의자.

문 교수는 코끝이 찡했다. 그가 겪어야 했을 고독과 외로움이 느껴졌다. 그는 왜곡된 역사의 기록이 얼마나 무섭고 두려운지 알고 있었다. 백제의 마지막 왕인 의자는 역사가 전하는 것처럼 향락에 젖어 살았던 인물이 아니었다. 그 진실을 누구도 밝히려 들지 않았다. 그가 어떻게 왜에서 태어났는지, 그리고 백제 멸망의 책임을 왜 혼자서 지고 갔는지, 그 사실을 밝히는 것 또한 문 교수의 역할이라 믿고 있었다.

"들으면 들을수록 일본 성씨는 재미있는 구석이 많습니다."

"그렇지. 소가 대신도 백제에서는 '목'씨였으니까. 그런데 아스카에 정착하면서 이 지역 이름을 성씨로 쓴 거야. 많은 성씨들이 지명이나 위인의 이름 혹은 여러 자연물의 명칭 등에서 따서 썼다고 하더군."

"여기 지명이 당시 어떻게 불렸기에 그렇습니까?"

"너는 네 스스로 공부해서 알려고 하질 않고…. 1,400년 전 주소까지 알 방도가 없지만, 지금 여기 아스카 지역은 '나라 현 가시하라 시 소가 촌'이라고 알려져 있지."

"아, 그래서 소가 대신!"

문 교수는 본당 안으로 들어갔다. 아스카 대불을 마주하고 서서 삼배를 올리고는 지금까지 흘러온 시간들을 되돌아보았다. 조민국은 사찰 이곳저곳을 카메라에 담느라 여념이 없었다. 20분 남짓 넋 놓고 앉아 있던 문 교수가 본당에서 나오며 신발을 신다가 눈앞에 나타난 익숙한 여자의 실루엣에 저절로 고개를 들었다.

'아, 그 여자. 오우치 마사코!'

분명 가쿠게이 대학에서 마지막 발제자로 나섰던 마사코였다. 문 교수는 반가운 마음이 앞서 신발도 제대로 꿰어 신지 못한 채 그녀에게 달려갔다.

"마사코 양, 마사코 양!"

여자가 걸음을 멈추고 문 교수를 돌아다보았다. 가까이에서 보니 그녀는 영락없이 제명 천황의 얼굴이었다.

"누구시죠?"

"아, 예, 그러니까 저는 한국에서 온 교수이자 역사학자로….."

문 교수는 지갑에서 얼른 명함을 꺼내 마사코에게 전달했다.

"오늘 발표를 정말 재미있게 들었습니다."

"그런가요? 그분들 말씀대로 증명할 자료가 없으면 추론이기만 할 뿐인 이야기죠. 아무튼 감사합니다."

마사코는 천천히 입구 쪽으로 걸음을 옮겼다.

"혹시 한국인이세요?"

문 교수가 물었다.

"아닙니다. 발표에서도 말했지만 일본인입니다."

문 교수는 마사코를 붙잡고 이야기를 나누고 싶었지만 딱히 그녀를 잡을 방도가 떠오르지 않았다.

"실례라는 거 압니다만, 오늘 발표한 주제와 관련하여 제가 궁금한 점이 있으면 나중에 따로 연락을 드려도 될까요?"

문 교수는 최대한 정중하게 말했다. 그의 정성이 닿았는지 마사코는 선뜻 명함을 내밀었다.

"이 명함은 진짜죠?"

"네?"

"아니, 아까 발표할 때 학회에서 원하는 발표가 아니라 마사코 양이 계획한 대로 발표하는 모습을 봐서 말이죠."

마사코는 고맙다는 인사로 미소를 지어 보였다. 그녀는 손에 쥐고 있던 문 교수의 명함을 한 차례 더 꼼꼼하게 살폈다.

"역사학자이시군요."

명함을 핸드백에 넣은 후 마사코가 물었다.

"맞습니다. 발표하신 내용을 보면 한두 달 준비한 게 아닌 듯싶습니다만."

마사코는 그저 미소만 지어 보였다.

"그럼, 전 이만…."

어느새 조민국이 달려오다 마사코를 보곤 걸음을 멈추었다. 그는 천천히 걸어오며 문 교수와 마사코를 번갈아 쳐다보았다. 괜히 이마를 훔치고 손바닥을 바지에 문질렀다. 문 교수는 그런 그를 보며 희미하게 미소를 지었다. 유행가 가사 속의 주인공이라고 해도 과언이 아니었다. "그대 앞에만 서면 나는 왜 작아지는가"라는 가사 속의 주인공. 조민국은 여자가 가까이 있으면 한없이 머뭇거리며 식은땀을 흘렸고 평소보다 더 덜렁댔다. 순수해서 그러리라. 조민국이 주뼛거리며 문 교수 옆에 섰다. 조민국은 차마 마사코 쪽으로는 시선을 돌릴 수 없는지 눈을 내리깔고 문 교수에게 말을 붙였다.

"교수님, 이제 어디로 가죠?"

"소가 대신 집터로 가봐야겠지."

"거긴….."

"어찌 됐건 거긴 한번 가봐야지. 그리고 아까도 말했지만 이곳엔 의자왕이 태어난 집이 있잖아."

마사코는 잠깐 깊은 생각에 빠진 듯 눈의 초점을 잃었다. 일본에서도 그렇고 한국에서도 의자왕은 비운의 왕자요, 타락한 왕으로 알려져 있었다. 그 안에 왜곡이 숨어 있었다. 한 시대를 풍미했던 영웅이 후인들의 사사로운 욕망에 의해 변질되었다는 건 비운일 수밖에 없었다. 마사코는 이미 닿을 수 없을 만큼 멀어진 학계를 생각하면 마음이 아팠다.

"혹시 소가 대신의 집이 어디인지 아시나요?"

"거긴 지금은 흔적만 남아 있을 텐데요."

"그래도 그곳에서 의자왕이 태어났으니까요."

"의자왕을 찾아오셨나요?"

문 교수는 고개를 저었다.

"아닙니다. 백제 고대사 중 몇 가지를 확인하러 온 겁니다."

"백제 고대사라….."

마사코는 혼잣말을 중얼거리더니 차로 돌아가 시동을 걸었다. 문

일본 최초의 사찰 아스카사

교수는 손을 뻗었다가 마지못해 접었다. 조민국은 그제야 마사코에게 눈길을 주었다.

"나이가 서른인데 아직도 여자가 무섭냐?"

"교수님도 참, 여자가 무섭다뇨. 전 덩칫값은 합니다. ."

"그래, 덩칫값 좀 해라. 공부만 하지 말고 연애도 좀 하고 그러란 말이다."

"제가 연애할 시간이 어디 있겠습니까. 오줌 누고 뭐 볼 시간도 없다고요."

문 교수는 웃었다. 젊은 시절 자신 역시 여자와는 담을 쌓고 살았다. 오로지 공부에만 몰두했던 시절이었다. 문 교수가 조민국을 믿는 데에는 그런 열정을 그에게서 본 때문이기도 했다.

문 교수와 조민국은 마사코가 떠나는 걸 지켜보았다.

"나중에 인연이 있으면 또 보겠죠."

문 교수와 조민국은 마사코가 탄 소형차가 시야에서 사라질 때까지 바라보았다.

"자, 우리도 이젠 쉬러 가야겠다."

조민국이 시동을 걸었다.

"그런데 숙소를 어디에 잡으셨어요?"

"가와치 해변 쪽에 있는 해상 호텔이야."

"가와치도 어디서 많이 들어본 이름인데 가물가물하네요."

"백제사를 파다 보면 알 수 있는 이름인데, 네가 내 조교라는 게 의

심스럽다."

"교수님, 학교에서 제가 봐야 할 자료가 죽을 때까지 봐도 시간이 모자랄 만큼 엄청나다는 거 아시잖아요."

조민국이 볼멘소리로 말했다.

"그래 알지. 네 덕에 백제에 관해 찾은 자료도 많고. 가와치는 여기서 그리 멀지 않아. 그곳은 의자왕의 할아버지이자 정신적 지주인 임성 태자가 백제의 유민들과 함께 백제를 떠나 도착한 해변이지. 알겠지만 임성 태자는 백제의 제27대 왕인 위덕왕의 두 번째 아들이야. 첫째가 아좌 태자, 둘째가 임성 태자야. 위덕왕과 아좌 태자가 죽자 귀족들은 왕권을 무력화시키기 위해 쿠데타를 감행했지. 임성 태자는 아버지인 위덕왕을 잃고 쿠데타 세력을 피해 일본으로 건너온 거야. 그때 백제 유민 천여 명이 함께했다고 해. 임성 태자의 어머니를 비롯해서 아좌 태자의 아들인 부여 장 등 왕족들 모두 데리고 말이야. 그들을 성덕 태자, 일본에서는 쇼토쿠 태자로 알려진 성덕 태자가 마중을 한 거야. 성덕 태자가 의자왕의 할아버지인 임성 태자와 아버지가 될 사람들을 맞이하러 나온 거지. 당시 왜의 국정은 성덕 태자와 소가 대신의 영향력 아래 있을 때였거든."

두 사람이 도착한 가와치 해변은 아름다웠다. 해변의 모래사장 위로 노을이 내려앉아 붉게 물들고 있었다. 문 교수는 잠깐 차에서 내려 붉게 젖은 해변을 거닐었다. 임성 태자의 마음이 어떠했을까? 고향을 등지고 식솔들을 데리고 왜로 건너올 때, 그가 느꼈을 심정을 어느 정도 헤아릴 수 있을 것도 같았다. 훗날 임성 태자는 의자왕과 두 번이나 왜국의 천황에 오른 제명 공주에게 중요한 영향을 미친 인물이었다.

"교수님, 백제에 대해 공부를 하면 할수록 일본이 백제라는 걸 부정할 수 없게 되더군요. 일본 학자들도 그걸 모르진 않을 텐데 말이죠."

"우리와 닮았다는 게 싫을 수도 있지. 궁극적으로 보면 그들의 내면에는 자신의 나라를 멸망시킨 신라와 중국에 대한 증오가 남아 그 뒤로도 꾸준히 한반도를 침략해왔던 것인지도 모르고."

"그럴지도 모르겠네요."

문 교수가 한 가지 더 찾고자 했던 인물의 기록이 있었다. 어쩌면 왜와 백제의 관계를 한번에 밝혀줄 수 있는 인물이었다. 바로 제명 공주였다. 일본에서 유일하게 두 번씩이나 천황의 자리에 올랐으며, 여자인 그녀. 의자왕의 사촌누이이자 그의 영원한 사랑이었던 제명 공주가 백제를 돕기 위한 결정을 내릴 수밖에 없었던 연유의 실마리라도 알게 된다면 이번 일본 여행은 성공일 수도 있었다. 이번 여행길에 제명 천황의 능도 둘러볼 참이었다. 그곳에 가면 그녀가 문 교수에게 어떤 일말의 실마리라도 안겨줄지 모른다는 엉뚱한 생각도 들었다.

'제명 공주….'

문 교수는 제명 공주의 모습을 상상해보았다. 전형적인 백제 여인의 얼굴이었으리라. 의자왕이 평생을 바쳐 사랑한 여인인 제명 천황, 즉 제명 공주는 과연 어떤 여자였을까?《일본서기》에 그녀의 출신성분에 대해서는 "곤지왕의 손자인 비다쓰 천황의 후손이자 조메이 천황의 황후(배우자)였다"라는 기술이 전부였다. 당시의 실권자인 소가노의 세력을 등에 업고 조메이 천황의 배우자로 들어간 것은 역사적인 사실이었다. 《일본서기》에서도 제명 천황의 출신에 대한 언급은 없었다. 돌연 일본의 천황으로 등장한 그녀는 과연 어디에서 왔을까? 그리고 그녀의 아들인 중대형 왕자가 그 당시의 실권자인 소가노 이루카를 암살하는 을사의 변이 일어나자, 고교쿠 천황인 제명은 왕위를 아들 중대형 왕자가 아닌 자신의 동생에게 양도했다. 이에 그녀의 동생이 36대 고토쿠 천황孝德天皇(효덕 천황, 645년~654년)이 되었다. 그리고 654년 고토쿠 천황이 사망하자 왕위를 아들인 중대형 왕자가 이어받지 않고 다시 제명이 두 번째 왕위에 올라 제명 천황이 된다. 이러한 역사적인 기록만 보더라도 의문점이 한두 가지가 아니었다. 왕비가 어떻게 두 번씩이나 왕의 자리에 오를 수 있다는 말인가? 일본 역사를 통틀어서 전무후무한 사건이었다. 제명 천황에 대한 풀리지 않는 진실을 일본의 역사서는 교묘하게 감추고 있음이 분명했다. 문 교수는 제명 천황에 대한 모든 자료를 분석하고 10년 넘게 사료를 찾아서 헤매었지만 누군가가 자꾸만 그녀를 꼭꼭 숨기고 있다는 인상을 지울 수가 없었다. 문 교수는 누가, 왜 제명 천황에 대해 꼭 숨겨야만 했는지 그 역사적인 이유를 찾아야만 했다. 그러나 아무리 자료를 뒤져도 그 역사적인 미스터리를 풀 수 있는 길은 어디에서도 찾을 수 없었다.

일본 최초의 사찰 아스카사

'오우치 마사코가 임성 태자의 후손이라면 어쩌면 그녀의 얼굴에 제명 공주의 모습이 남아 있을지도 모르겠군.'

두 사람의 얼굴 위로 노을이 물러나며 남긴 땅거미가 스며들고 있었다. 바다를 건너가면 한국에 가 닿을 수 있었다. 멀지도 않은 길이었다. 하지만 7세기에는 멀고도 먼 길이었다. 임성 태자는 다시는 돌아갈 수 없으리라는 걸 알고 있었을지도 몰랐다.

문 교수는 해변 호텔로 걸어 들어가는 자신의 발걸음이 꼭 임성 태자의 발걸음처럼 무겁게 느껴졌다. 고향을 등진 백제의 왕족을 건사해야 하는 그의 책임과 잃어버리고 왜곡된 백제의 역사를 찾으려는 자신의 처지가 다르지 않다는 생각이 들었다.

'어디로 가야 제명 공주의 진심과 진실을 알 수 있을 것인가. 그래야 혼백조차 찾을 수 없는 의자왕의 설움을 위로해줄 수 있지 않겠는가.'

문 교수가 밟고 지나간 모래사장엔 그의 발자국이 선명하게 남았다. 그의 어깨가 더 무거워 모래사장에 발자국이 더 깊이 새겨진 것인지도 몰랐다.

문 교수와 조민국은 출출해진 배를 채우기 위해 호텔 옆의 식당으로 들어갔다. 한국관이라는 식당으로 한정식을 하는 식당이었다. 깨끗한 기와집으로 한국에 있는 여느 식당과 다를 바가 없었다. 문 교수와 조민국이 식당으로 들어가자, TV를 보고 있던 60이 갓 넘은 머리가 희끗한 주인이 어두운 표정으로 인사를 했다. TV 속에는 아직도 험한 데모가 거리를 휩쓸고 있었다. 문 교수는 주인에게 먼저 말을 걸었다

"저 혐한파 시위대들은 저렇게 시끄럽게 데모를 계속하고 있습니까?"

주인은 마침 하소연할 곳이 없어서 안달이 난 사람처럼 속마음이 속사포처럼 튀어 나왔다

"말도 마십시오. 제가 이 자리에서 장사한 지 30년이 넘었는데 이런 경우는 없었습니다. 평상시 일본인들은 친절하고 상냥한데 저렇게 변할 때는 무섭습니다. 완전히 딴사람이 돼요. 아니 무슨 원수가 졌는지 남의 장삿집 앞에서 저렇게 떠들고 데모를 하는지 그 속내를 이해할 수가 없네요. 우리나라 뉴스에서도 이걸 좀 다뤄줘야 하는데 일본에서 장사하는 사람들한테는 전혀 관심이 없어요."

식당 주인의 한탄 섞인 말 가운데 "무슨 원수가 졌는지"가 유독 문 교수의 가슴을 찔렀다. 일본인들이 가슴에 무슨 원한이 있어서 이리도 한국을 싫어하고 원망을 할까? 통일신라 이래로 우리나라는 왜구의 괴롭힘에 시달려왔다. 고려 시대에도 왜구의 침략으로 수많은 양민이 학살됐고, 조선 시대에는 도요토미 히데요시가 임진왜란을 일으켜 조선을 침공해서 수많은 인명이 학살됐고 조선 반도는 유린되었다. 그리고 마침내 구한말에 일본은 조선을 식민지로 집어삼켰다. 무슨 원한이 있기에 지금까지 일본은 우리를 이렇게도 미워하고 끝까지 괴롭히고 있을까? 반드시 그 뿌리 깊은 이유가 있을 것이다. 문 교수는 그 이유를 역사 속에서 찾고 싶었다.

chapter 2

제명과 의자, 운명의 시작

임성 태자, 바다를 건너다

서기 596년 새해 벽두, 백제의 사비성. 이미 여러 차례 고구려와 당 그리고 신라 등을 견제하기 위해 사비성으로 천도를 했던 백제는 늙은 장수처럼 쇠약해지고 있었다. 해상강국인 백제 대국의 위상이 예전처럼 막강하지 못했다. 산둥반도 일대와 일본까지 22담로를 두었던 과거의 위세는 사그라지고 지금의 백제는 초라하기 이를 데 없었다.

시간이 흐르며 백제의 상황은 심상치 않았다. 백제의 제27대 위덕왕은 불교에 깊이 빠져 정사를 돌보지 않고 있었다. 그런 와중에 지방 호족들과 귀족들은 군주가 되려는 욕망을 드러내기 시작했다. 왕권이 약화되자 각자의 세력 구축에 열을 올렸다. 더욱이 위덕왕의 큰아들인 아좌 태자가 왜를 시찰하던 즈음에는 백제의 정세가 더 나빠지고 있었다. 임성 태자는 왜 탐방을 나선 형 아좌 태자[10]를 대신해 아버지인 위덕왕을 보좌하고 있었다. 아좌 태자가 돌아오기를 기다리고 있던 와중에 왜의 성덕 태자로부터 급보가 날아왔다.

'아좌 태자께서 왜의 실정을 살피시던 중에 풍토병과 전염병으로 인해 돌아가셨습니다.'

느닷없는 변사였다. 위덕왕은 물론 임성 태자 역시 하늘이 무너지는 듯했다. 위덕왕은 아좌 태자의 죽음을 전달받고 그 자리에서 혼절하고 말았다. 위덕왕은 물론 임성 태자 역시 아좌 태자가 백제 왕실에 반기를 든 다른 귀족 세력들에 의해 살해된 것이라 추측했다. 워낙 건강한 몸이었고 활달한 성격으로 어디에서든 적응을 잘하는 태자였기에 그렇게 추측할 수밖에 없었다. 아좌 태자는 위덕왕의 대를 이어 백제를 다스려야 할 인물이었다. 그 당시 태자는 즉위하기 전에 담로를 순방하는 것이 관례였다. 그런데 왜에서 아좌 태자가 죽다니 믿을 수 없었다. 위덕왕뿐만 아니라 임성 태자 역시 슬픔이 가슴에 넘쳤다.

임성 태자는 위덕왕의 처소에서 나와 태자전으로 걸음을 옮겼다. 몇몇 대신들도 아좌 태자의 죽음에 관한 소식을 들었는지 어디론가 바삐 향했다. 임성 태자는 태자전으로 들어가 아좌 태자의 아들을 먼저 찾았다. 아직 아버지 아좌 태자의 죽음에 대해 알지 못하는 눈치였

10　아좌 태자阿佐太子(572년~645년)는 위덕왕의 아들이다. 《일본서기》에 의하면 597년(위덕왕 44년) 4월에 일본으로 건너갔다고 한다. 일본에 건너간 후 성덕 태자의 스승이 되었으며, 일본 최고의 걸작품으로 전해지는 성덕 태자의 초상화를 그렸다. 현재 일본의 궁내청에 소장되어 있는 이 그림은 일본에서 가장 오래된 초상화로서 태자를 가운데 두고 오른쪽에 야마시로오에山背大兄 왕자, 왼쪽에 에구리殖栗 왕자를 조금 작게 배치한 구성이다.

다. 가슴이 아팠지만 알려야 할 사실이었다. 아좌 태자의 아들인 '부여 장夫餘 璋'이나 임성 태자의 아들 '부여 의광夫餘 義光'은 열세 살과 열두 살로 아직 어린 나이였다. 위덕왕은 다음 왕위를 임성 태자에게 물려준다고 발표를 하고 임성을 태자로 책봉하였다. 귀족과 지방 호족들은 마음 약한 위덕왕과는 달리 강한 왕권을 외치는 임성 태자를 두려워하고 있었다.

백제궁은 슬픔과 우울함으로 뒤덮였다. 위덕왕은 일어날 기미가 보이지 않고 임성 태자가 아버지의 병간호에 온 정신이 팔려 있는 사이, 귀족 세력과 결탁한 대신들 위주로 나라가 통치되기 시작했다.

"태자야. 아무래도 나는 오래가지 못할 것 같다. 다음 생에는 전쟁 없는 평화로운 나라에 평범한 인간으로 태어나면 좋겠구나."

위덕왕은 큰아들을 잃은 슬픔이 너무나 컸다. 그는 병을 이기지 못하고 일흔네 살의 나이로 생을 마감했다. 위덕왕은 본래 아버지인 성왕이 승하하자 권력의 부질없음을 깨닫고 삭발을 하고 불가에 귀의하려고 했다. 주변의 만류로 삼년상을 치른 뒤 왕위를 이어갔지만 그는 누구보다 불심이 돈독한 왕이었다. 위덕왕의 죽음은 백제 왕가를 혼란의 도가니 속으로 몰고 갔다.

귀족과 지방 호족들은 강력한 왕권을 주장하는 임성 태자가 왕위에 오르는 것을 반대했다. 그들은 자신의 이익을 위하여 다른 꿍꿍이속을 품고 있었다. 결국 나주와 무진주를 중심으로 한 귀족과 호족 세력

임성 태자, 바다를 건너다

들이 반란을 일으켰다. 임성 태자가 위덕왕을 따르고 백제를 지키려는 사람들을 모아 정통성을 잇고자 노력했지만 아직 힘이 부족했다.

"태자마마, 저쪽 세력이 옹립한 분이 마마의 삼촌 되시는 좌평대감 부여 계扶餘 季이십니다."

임성 태자는 이런 권력 놀음이 지긋지긋했다. 위덕왕 역시 이런 권력 놀음에 진절머리가 나서 승려가 되려 했었다. 허나 결국 왕이 되었고 아들을 먼저 보내는 슬픔을 안은 채 불귀의 객이 되고 말았다. 이런저런 사연이 귀족들에게는 의미 없는 노릇이었다. 임성 태자는 왕으로 옹립되면 자신의 아버지와 형제일지라도 반대세력이라면 모두 몰아내야 하는 냉정한 권력의 일면이 새삼 무섭고도 무서웠다.

"이미 움직이기 시작했습니다. 내일 아침이면 사비성으로 들어온다고 합니다. 아무래도 몸을 피하셔야 할 것 같습니다."

이대로 역사를 마무리해야겠다며 삶에 대한 욕심을 내려놓았던 임성 태자에게 끝까지 위덕왕의 정통성을 지키려는 대신들이 눈물로 호소했다.

"어떻게 삼촌이 이럴 수가 있단 말인가?"

"좌평대감께서도 어쩔 수 없는 선택이셨을 겁니다. 역모 세력의 꼭두각시로 끌려다니고 계신 듯합니다. 가족들의 목숨을 담보로 몰아붙이니 대감도 다른 방도가 없으셨을 겁니다."

"그러면 물러나지 않겠다. 삼촌이 우리를 죽이겠느냐?"

"좌평대감이야 그렇게 하지 않으시겠지만 대감을 옹립한 인간들은 태자마마와 모든 왕족들을 죽일 것이 뻔합니다. 늘 그래왔으니까요. 빨리 피신하셔야 하옵니다."

임성 태자가 결정을 하지 못하고 있자 태자의 부인인 목씨가 간청을 했다.

"아이들과 어린 태자를 위해서라도 피신하셔서 뒷일을 도모해야 하옵니다."

"어디로 간단 말이오."

"바다 건너 왜로 가시면 방법이 있을 것이옵니다."

왜로 가자는 목씨 부인의 말에 임성 태자는 왜의 성덕 태자가 떠올랐다. 성덕 태자가 백제를 방문했을 때 가깝게 지냈었다.

"그분뿐만 아니라 왜에는 저희 친정인 목씨들의 후손이 많이 살고 있지 않사옵니까."

목씨 부인이 말하는 왜의 목씨들은 목협만치의 후손인 소가 대신의 일족을 말하는 것이었다. 임성 태자는 결심을 굳히고 아좌 태자의 아들인 부여 장과 식솔들을 이끌고 한밤에 사비성을 탈출하여 백촌강으로 향하였다.

위덕왕을 따랐던 충신들의 염려대로 반란을 일으킨 귀족 세력들은 후환을 없앤다는 명분으로 아좌 태자의 아들, 부여 장과 임성 태자의 아들 부여 의광 그리고 식솔들을 뒤쫓았다.

"내 나라에서 도망가야 하다니…."

임성 태자는 자신의 신세가 처량했다. 혈육 간의 정마저 끊어버리는 권력에 신물이 났다. 권력에 대한 탐욕을 버리지 못하는 인간의 심리를 아무리 이해하려고 해도 이해가 되지 않았다. 아버지 위덕왕이 살아 계실 때는 목숨이라도 내어놓을 듯이 아첨을 떨다가 이렇게 권력이 바뀌니까 시퍼런 칼을 앞세우고 죽이려고 덤비는 무리들을 보면서 이 세상에 대한 염증을 느꼈다.

"부여 장과 부여 의광만 아니었어도⋯."

임성 태자는 이 세상에 미련이 없었다. 어린 두 태자를 생각하며 임성 태자는 자꾸만 약해지려는 마음을 다시 다잡고 백강 나루로 향했다. 임성 태자는 해상강국인 백제가 이처럼 권력의 아귀다툼에 희생되고 있다는 생각이 들자 목이 메었다.

백강 나루에 도착한 임성 태자 일행은 목씨 가문에서 준비한 배에 올랐다. 두 개의 돛을 가진 쌍범당도리선이었다. 해상강국이었음을 입증하는 배였다. 뱃길에 오른 임성 태자는 멀어져가는 사비성을 눈물 젖은 눈으로 바라보았다.

왜로 향하는 바닷길에서 임성 태자는 왜의 고대국가 시조라 일컬어지는 곤지왕을 떠올렸다. 임성 태자의 고조할아버지이기도 했다. 곤지는 개로왕의 아들이자 문주왕의 동생이었다. 고구려 장수왕에게 한성을 빼앗기고 아버지 개로왕이 전사하자, 백척간두의 위기에 처해 있던 백제를 구하기 위해 현해탄을 건너갔던 곤지왕, 그가 바로 백제 왕실과 왜 왕실의 중심에 있었다.

'곤지 할아버지께서도 이 바다를 건널 때 지금의 나와 똑같은 심정이었을까. 역사는 반복한다고 누가 말했던가? 할아버지의 처지와 현재 내 입장이 서럽게도 너무 닮아 있구나. 고구려의 침공을 피해 왜로 피난을 가서 다시 대백제의 부흥을 위해 노력했던 할아버지의 심정이 어떠했을까.'

임성 태자는 자신의 처지가 힘들고 처량했지만 위약해지려는 마음을 강하게 다지려 애썼다.

'할아버지보다는 내 상황이 낫다. 지금의 왜는 할아버지의 후손이 다스리고 있지 않은가.'

바다를 건너는 동안 임성 태자는 곤지왕의 후손으로서 다시금 귀족들의 손에 농락된 부여 왕실의 대백제를 되찾아야 한다고 다짐하고 또 다짐했다. 임성 태자는 바닷길을 지나는 동안 자신이 바로 제2의 곤지왕이 되어야 한다고 다짐했다.

임성 태자 일행이 왜의 가와치 해변에 도착했다. 그들이 도착할 줄 알고 해변에 몸소 성덕 태자가 마중 나와 있었다.

"임성 잘 오셨소."

백제에서 일어난 쿠데타를 피해 임성 태자와 함께 고향을 떠난 사람이 천여 명이었다. 그 식솔을 거느리고 왜에 도착한 임성 태자의 행렬을 보기 위해 나온 왜의 백성들로 해변은 발 디딜 틈이 없을 정도로 빼곡했다. 그들은 본국 백제 대왕의 가족들을 진심으로 환영하였다. 임성 태자는 위덕왕의 황후인 어머니 연씨延氏 부인과 아좌 태자의 아들 부여 장, 그리고 그의 부인과 아들딸을 모두 데리고 왜로 건너왔

임성 태자, 바다를 건너다

다. 성덕 태자는 연씨 부인에게 큰절로 인사하고 모든 왕실가족들에게 일일이 손을 잡고 인사하였다. 자신이 본국 백제에 있을 동안 막내로서 자신을 따랐던 임성 태자를 껴안으며 성덕 태자가 말했다.

"임성, 이제는 마음을 놓으시고 저와 함께 뒷일을 도모합시다. 오시는 길에 고생 많이 하셨소. 이제는 왜를 발판으로 곤지왕 할아버지가 그렇게 꿈꾸시던 대백제의 꿈을 실현하도록 이 성덕이 있는 힘을 다해서 돕겠소."

"형님 감사하옵니다. 형님이 계셔서 든든하옵니다. 여기 있는 이 조카가 아좌 태자 형님의 아들 부여 장, 아명으로 서동薯童입니다. 그리고 여긴 제 아들 부여 의광입니다. 서동과 의광은 삼촌 성덕 태자에게 인사 올리거라."

서동은 나이에 비해 키가 크고 성숙해 보였다.

"서동이라 하옵니다."

성덕 태자는 훗날 백제의 제30대 대왕 무왕[11]이 되는 서동을 보자 돌아가신 아좌 태자가 눈에 들어오는 것 같았다. 성덕 태자는 부여 장

---

[11] 무왕武王(재위 600년~641년)은 백제의 제30대 국왕이다. 성은 부여, 휘는 장, 아명은 서동이다. 무왕의 출생 배경과 가계에 대해서는 정확하게 알려지지 않고 있다. 그의 가계는 사서마다 다르게 나타나고 있다. 《삼국사기》는 무왕을 법왕의 아들이라고 기록하고 있고 《삼국유사》는 과부의 아들이라고 전하고 있다. 일본의 《신찬성씨록》이나 오우치씨의 족보에는 임성 태자 진이왕이 무왕의 아버지로 나타난다. 무왕의 아버지로 추정되는 진이왕의 존재는 오랫동안 알려지지 않았다가, 19세기 이규경이 중국의 묘지명을 자신의 저서 《오주연문장전산고五洲衍文長箋散稿》에 인용하면서 조선에도 알려지게 되었다. 무왕은 왕권의 안정을 최우선으로 여겼으며, 신라를 빈번하게 침공하면서 백제를 안정시켰다. 제31대 의자왕의 아버지다.

과 부여 의광을 힘껏 끌어안았다. 이 두 소년의 어깨에 백제의 명운이 달려 있다는 생각이 들었다. 성덕 태자는 나라의 운명을 감당하기에는 아직 어린 소년들이었지만 둘의 어깨를 어루만지며 백제의 미래가 어둡지만은 않을 것이라 확신했다.

성덕 태자는 아좌 태자를 끝내 살려내지 못한 죄의식에 오랫동안 시달렸다. 아좌 태자가 그려준 자신의 초상화를 밤마다 보며 눈물짓곤 했다. 성덕 태자는 부여 장을 보며 만감이 교차하는 걸 느꼈다. 부여 장은 아좌 태자와 임성 태자의 아들이기도 하지만 자신의 아들이기도 한 것이다.

왜국의 왕인 스이코推古(554년~628년)도 임성 태자 일행을 깍듯이 예우했다. 스이코 왜왕은 곤지왕의 증손녀였다. 그녀는 계체(게이타이)의 아들 긴메이 왜왕과 소가노 이나메의 딸 사이에서 태어나 이복오빠인 비다쓰 왜왕에게 시집간 비운의 공주였지만 비다쓰 왜왕이 죽고 난 후, 권력 싸움의 타협점으로 최초로 여자 왕에 오른 인물이었다. 그녀는 본국 대왕의 예로서 위덕왕의 황후를 맞았으며, 임성 태자와 아좌 태자의 아들을 본국 백제 왕실의 예로서 정중하게 모셨다. 본국 백제의 상황을 잘 알기에 스이코 왜왕은 조카인 성덕 태자에게 임성 태자를 도와서 만반의 준비를 하라고 일렀다. 스이코 왜왕은 소가 대신과 협의하여 그의 저택 옆에 임성 태자 식솔들이 살 대저택을 지으라고 명했으며, 그 집이 완공될 때까지 소가 대신의 저택에 머물게 했다. 이는 본국 백제 왕실의 안전을 위해서도 경비가 완벽한 소가 대신의 저택이 적합했기 때문이었다. 그리고 스이코 왜왕은 성덕 태자의 건의를 받아들여 다음과 같은 조서를 발표하였다.

"돌아가신 아좌 태자를 대신하여 앞으로 임성 태자로 하여금 본국 백제의 정통을 이어가게 하도록 하겠다."

임성 태자가 스이코 왜왕에게 말했다.

"제가 반드시 본국의 사악한 무리들을 물리쳐 백제 왕실의 정통성을 잇겠나이다."

스이코 왜왕은 임성 태자에게 백제 본국 대왕의 예로 대하며 말했다.

"앞으로 본국 백제의 일을 도맡아주시기 바랍니다."

임성 태자는 아좌 태자의 아들 부여 장을 자신의 큰아들로 입적시키고 백제 왕실의 정통을 잇고자 했다. 임성 태자 일행은 저택이 완공될 때까지 6개월 동안 소가노 우마코의 저택에 머물렀다. 목협만치의 후손인 소가 대신은 목씨 부인을 가족처럼 맞이해주었다.

제명 공주의 탄생

임성 태자는 부여 장이 대왕의 기질을 타고난 것을 누구보다도 잘 알고 있었다. 어릴 때부터 총명한 모습이 형님인 아좌 태자의 모습과 꼭 닮았다.

'부여 장은 대백제의 꿈을 이룰 대왕의 재목이 확실하다.'

임성 태자는 항상 마음속으로 생각했다. 친아들인 부여 의광은 착하고 성실했지만 대왕의 재목은 아니었다.

부여 의광은 백제에서부터 혼인을 약속한 사람이 있어 부여 장보다 먼저 혼인하게 되었다. 부여 장 서동은 무예와 학문에 전념하느라 아직 혼인할 생각이 없었다. 아좌 태자가 살아 있었다면 누가 먼저 혼인을 하든 개의치 않을 일이었지만 지금은 임성 태자만 살아 있는 상황이었다. 부여 장은 훗날 왕으로 옹립되면서 왕비를 정해야 하는 입장이라 혼사가 늦어졌던 것이다.

마침 소가 대신이 자신의 여식과 부여 장의 혼인을 바라고 있었다. 잘된 일이었다. 한 가지 더 기쁜 소식이라면 부여 의광[12]의 처 길비희가 훗날 제명왕에 오르는 아이의 출산을 앞두고 있었다.

비록 백제를 등졌지만 왜로 건너온 1년 후, 왕족의 아이가 태어난다는 건 길조라 여겼다.

임성 태자는 소가 대신이 건축한 저택의 정원을 산책하며 부여 의광의 처소에서 소식이 오기를 기다렸다. 정원엔 목련과 벚꽃이 만발했다. 자연 현상은 세상의 순리를 가르쳐주는 척도라는 걸 임성 태자는 직감적으로 알고 있었다. 이전까지는 미처 알지 못했는데, 정원을 둘러보니 전체가 꽃밭이었다. 백제의 산하에 흔한 진달래에서부터 철쭉, 벚나무, 목련, 제비꽃, 패랭이, 능소화…. 만물이 개화하는 시간이 정원을 뒤덮었다. 임성 태자는 귀한 아이가 태어나리라는 예감이 들었다.

임성 태자의 마음을 읽기라도 했는지 의광의 처소에서 산파와 의광이 밖으로 나오다 임성 태자를 보고 그에게 달려왔다.

"그래, 어찌 되었느냐?"

"딸이옵니다. 산모도 건강하고 아이도 건강합니다."

"오, 잘됐구나."

---

12   《일본서기》에 의하면 모정왕으로 이름만 기록되어 있을 뿐 자세한 내용은 나오지 않는다.

임성 태자가 그들과 함께 처소로 향했다. 아직 세상의 이치 따위 모를 아이임에도 아기보에 쌓인 아이는 임성 태자를 보고 눈웃음을 지었다. 권력의 다툼도 없고 욕망도 없고 더군다나 술수 따위 모르는 무욕의 세상이 아이의 눈 속에 있었다.

아지랑이가 피어오르는 따뜻한 봄. 훗날 왜에서 두 번이나 왕위에 오르는 제명 공주가 태어났다. 부여 의광의 딸이며 임성 태자에게는 손녀이며 나중에 백제를 돕기 위해 대대적인 거병을 지시한 여자 왕이었다.

제명의 탄생은 백제촌의 큰 기쁨이었다. 임성 태자는 부여 의광의 미래도 밝을 것이라는 기분이 들었다. 단지 부여 장이 마음에 걸렸다. 하지만 그 역시 큰 걱정을 하지 않아도 되었다. 아좌 태자의 아들 부여 장을 눈여겨보는 사람이 있었으니 바로 소가노 우마코였다. 소가 집안과 왜 왕실의 실질적 권력자인 소가노 우마코는 아좌 태자를 흠모하고 존경했다. 그는 왜에서 비상한 직감으로 부동의 권력을 누려 온 집안의 어른답게 부여 장의 얼굴에서 대왕의 빛을 발견하였다.

임성 태자와 소가노 우마코

소가노 우마코, 고대 왜에서 막강한 권력을 누리고 행사하는 그에게 막내딸이 있었다. 이름은 소가노 하나히메로 나이는 열다섯 살이었다. 피부가 희고 마음씨도 고와서 왜 왕실에서도 탐내는 규수였다. 소가 대신은 아좌 태자의 아들이지만 이젠 임성 태자의 큰 아들이 된 서동(부여 장)을 보자마자 자신의 막내딸과 맺어줘야겠다고 생각했다. 절호의 기회였다. 소가 대신은 왜 왕실에 대를 이어 딸을 시집보내서 왕실과 끈끈한 인연을 맺고 실세 권력으로 본국 백제와 왜의 가교 역할을 하고 있었는데, 본국의 정통 적자인 서동이 자신의 집에 머물게 되었으니 이런 좋은 기회가 어디 있겠는가? 소가 대신은 하인들에게 임성 태자 가족들이 머무는 동안 불편함이 조금도 없도록 하라고 철저히 일렀다.

임성 태자 일행은 소가 대신의 안내를 받아 그의 저택으로 향했다. 소가 대신의 집으로 들어가기 전 임성 태자는 적잖이 놀랐다. 담과 지붕이 모두 궁궐 양식이며 그 크기 또한 궁궐 못지않았다. 정원이며 건물 하나하나가 궁궐 양식 그대로였다. 백제의 어느 귀족의 집도 이렇게 호화롭지는 않았다. 왜의 궁궐인 판개궁板蓋宮에 못지않았는데, 대국의 명을 받고 건너온 대신이니 그에 걸맞은 궁이라는 생각도 들었다.

임성 태자는 소가 대신 집안의 권력을 이 집의 규모를 보면서 평가하기 시작했다. 왜의 실권을 장악하고 있는 소가 대신은 백제의 귀족들과는 달리 본국 왕실에 대한 충성심은 어느 누구나 인정할 정도로 강했다. 그 후손들이 곤지왕과 목협만치[13] 장군의 유훈을 잊지 않고 대대로 지켜왔기 때문이었다. 목협만치 장군은 백제가 수도 한성을 고구려 장수왕에게 빼앗기고 위기에 처했을 때 개로왕의 명을 받고 곤지왕과 함께 백제를 살리기 위해 왜로 건너온 장군이었다. 곤지왕과 목협만치 장군은 본국 백제에 생길 만약의 사태에 대비하기 위해 군사를 이끌고 왜로 건너와 있었다. 목협만치 장군의 후손인 소가

13　《삼국사기》 권25 〈백제본기百濟本紀〉 개로왕 蓋鹵王 21년(475년)조에는 목협만치 木劦滿致라는 인물이 등장하고 있다. 목협만치는 백제의 수도 위례성으로 쳐들어온 고구려군의 공격 앞에서 개로왕이 죽음 직전에 피신시킨 왕자 문주文周를 호종하여 남쪽으로 갔던 인물이다. 일본의 사학자 가도와키 데이지門脇禎二에 의해 처음으로 소가 씨蘇我氏의 시조인 소가노 마치蘇我滿智와 목만치를 동일인물로 보는 주장이 등장하였고, 나아가 《일본서기》에 등장하는 '목만치'와 '목협만치'를 동일인물로 추정하는 설이 제기되었다

임성 태자와 소가노 우마코

대신은 왜의 군권을 장악하고 막강한 권력을 행사하였다. 그러면서도 목협만치 장군이 곤지왕과 피로 맺은 맹약, 즉 대백제의 꿈을 이루기 위해 본국 백제에 충성을 지키라는 유훈을 후손으로서 지키고 있었다. 따라서 목협만치 장군의 후손인 소가 씨의 백제에 대한 충성심은 왜 왕실도 인정하고 있었다.

임성 태자가 정원의 물고기들이 노는 모습을 보고 있는데, 소가노 우마코의 하인이 전갈을 가지고 왔다.

"마마, 어르신께서 주안상을 마련했다고 건너오시라고 하옵니다."

임성 태자는 왜에서 여전히 입지가 굳건한 백제의 위상을 실감하며 어쩌면 허물어가는 백제의 옛 영광을 찾을 수 있으리라는 희망을 품었다. 아버지 위덕왕보다 반년 먼저 불귀의 객이 된 형 아좌 태자 역시 백제의 부흥을 바랐을 것이다. 이제 그 임무가 임성 태자 자신에게로 넘어왔다. 본국 백제에 도움을 줄 수 있는 사람이라면 누구든 만나 그의 말을 경청해야겠다는 판단이 들었다. 임성 태자는 소가 대신이 머무는 본당으로 향했다.

소가 대신은 각종 진기한 해산물로 가득한 안주와 함께 백제에서 마시던 소주를 준비하고 임성 태자를 기다리고 있었다. 단숨에 술잔을 비우고 소가 대신은 임성 태자에게 잔을 돌렸다.

"마마, 누추하지만 마마의 집이라 여기시고 머무실 집이 완성될 때까지 편안히 지내시기 바랍니다."

"아닙니다. 대감, 이렇게 훌륭한 집에서 제가 폐를 끼쳐 죄송합니다."

"무슨 말씀을 하십니까? 저희 소가 가문은 본국 백제의 왕실을 위해서 목숨을 내어놓을 각오를 한시도 잊은 적이 없사옵니다."

"목협만치 장군님은 본국 백제에서도 모든 백성들이 존경하고 있습니다. 왜의 소가 집안이 없었더라면 본국 백제 왕실도 왜 왕실도 누구를 믿고 정치를 하겠습니까?"

소가 대신은 임성 태자의 눈치를 한번 살피고는 임성 태자가 건네는 잔을 또 단숨에 들이켰다.

"오, 이 술은 수수코리[14]가 왜에 전한 그 방식으로 만든 소주군요."

"그렇습니다. 발효를 한 소주이지요."

임성 태자는 소주의 기운이 몸에 퍼지자 누구보다 고조할아버지인 곤지왕이 떠올랐다. 고조할아버지의 염원이 부여 장에게 가 닿기를 마음속으로 기도했다.

"그래서 드리는 말씀인데, 소가 집안과 왜 왕실은 결혼으로 끈끈하게 엮여 있습니다. 그런데 이번 기회에 부여 장 태자께서 저희 집안에 이렇게 오래 계시니 이것도 인연이라고 할 수 있지 않겠습니까?"

임성 태자는 소가 대신의 의중을 단박에 알아차렸다. 그리고 임성

---

[14] 712년 엮은 일본에서 가장 오래된 역사책인 《고사기古事記》에 따르면, 5세기경 왜왕이 "슬기로운 인재가 있으면 일본으로 보내 달라"고 백제왕한테 당부했다는 기록이 있다. 이에 백제왕은 왕인王仁('와니'라고도 불렀다) 박사에게 《논어》 10권, 《천자문》 1권을 전한 후 일본으로 갈 것을 명했고 더불어 천 짜는 여인 사잇소西素와 술을 빚는 수수코리須須許理 등 여러 명의 기술자도 함께 보냈다는 기록이 남아 있다.

임성 태자와 소가노 우마코

태자의 입장에서 백제의 반역세력을 몰아내기 위해서는 소가 대신의 협조가 절대적으로 필요하다는 걸 잘 알고 있었다. 임성 태자는 짐짓 무슨 말인지 모르겠다는 표정으로 술을 한 잔 더 들이켰다.

"우리의 인연은 곤지왕 할아버지와 목협만치 장군으로 올라가지요."

소가 대신은 임성 태자의 말을 자르고 본론으로 들어갔다.

"외람되지만 제게 여식이 있는데 올해 열다섯 살입니다. 막내딸입지요. 제 막내딸과 부여 장 태자님과 백년가약을 맺어주면 어떨까 하여 먼저 마마께 제안을 드리고자 합니다."

거두절미하고 본론을 꺼내는 소가 대신의 제안에 당황스러웠지만 그의 도움이 간절한 임성 태자로서는 거절할 명분도 이유도 없었다.

"대감께서 그렇게 생각해주신다면 저도 한번 진지하게 고민해보겠습니다."

왕실 가문의 위신도 있고 한데 그 자리에서 답을 주는 것은 아닌 듯하여 임성 태자는 오늘은 적당히 넘어가려고 했다. 소가 대신도 임성 태자의 마음을 읽었는지 더 이상 밀어붙이지 않고 웃으며 안주를 권했다.

"이놈 한번 드셔보시지요. 본국에는 나오지 않는 문어라는 놈인데 맛이 아주 특이합니다."

임성 태자는 질긴 문어를 뜯으면서 웃었다.

"질기면서도 씹으니까 단맛이 나는군요."

소가 대신은 화제를 바꿔서 백제의 이야기를 꺼냈다.

"마마께서는 본국의 반역 세력들을 그냥 보고만 계시지 않을 것이라 생각하옵니다만, 무슨 방도를 가지고 계신지요?"

임성 태자는 갑작스런 질문에 치부를 들킨 것처럼 화들짝 놀랐다가, 순간 분이 치밀어 씹던 문어를 뱉어내었다.

"본국을 생각하면 지금도 잠이 안 옵니다. 삼촌이 억지로 왕위에 올라 혜왕의 자리에 올랐지만 귀족들의 꼭두각시로 겁에 질려 지내고 계시다고 합니다."

"저도 들었사옵니다. 혜왕께서도 등 떠밀려 대왕의 자리에 올랐지만 왕실의 권위를 위해서 나름의 대책을 강구하고 있다고 하옵니다. 그리고 좋은 소식은 반란 세력들 사이에서 자기들끼리 권력 분쟁이 일어났다고 하옵니다. 기회를 보고 있다가 마마께서 명령만 내리시면 저 소가노, 이 한 목숨 걸고 대백제의 건설에 앞장서겠습니다."

백제는 임성 태자의 삼촌 부여 계가 제28대 혜왕이 되어 완전히 귀족들의 손아귀에서 헤어나지 못하고 있었고, 귀족들의 권력 다툼으로 민생은 피폐해져서 왜로 피난 오는 백성이 늘고 있었다.

부여 장 서동과 임성의 큰아들인 부여 의광, 그리고 소가노 하나히메, 세 사람은 매일 함께 《사서삼경》을 배웠다. 일부러 소가노 우마코가 서동과 두 살 위인 소가노 하나히메의 선생님을 같이 붙여주었다. 서동과 하나히메는 함께하는 시간이 늘어날수록 서로에 대한 작은 배려가 마음으로 통하게 되었다. 《사서삼경》 공부뿐만 아니라 서동과 의광은 무술연습도 게을리 하지 않았다. 서동은 아버지 임성 태자의 뜻을 알고 있었다. 힘을 키우기 위해서는 소가노 우마코의 세가 필요하다는 것을. 그는 하나히메에게 어리지만 강한 모습을 보여주고 싶었다. 부여 의광은 둘을 위하여 가끔은 자리를 피해주기도 하였다. 둘이서 오랜 시간을 함께하면서 서로 위해주는 두 마음이 조금씩 움직이기 시작하였다. 애틋한 사랑이기보다는 부모의 마음을 헤아리는 심정으로 서로를 향하는 마음이 깊어만 갔다. 자연스럽게 두 집안의 바람대로 둘은 결혼 이야기에 이르게 되었다. 임성 태자와 소가노 우마코에 의한 정략결혼이었으나 둘은 잘 어울리는 한 쌍이었다. 599년 왜의 모든 왕실과 귀족들이 지켜보는 가운데 스이코 왜왕의 집전으로 성대한 결혼식이 거행되었다.

아좌 태자의 아들 부여 장과 소가노 우마코의 딸 하나히메가 결혼식을 올릴 무렵, 본국 백제에서는 귀족들의 횡포가 하늘을 찔렀다. 이를 참지 못한 임성 태자의 삼촌 부여 계, 혜왕은 귀족들을 견제하려다가 암살당하게 된다. 귀족들은 599년 혜왕을 암살한 후에 그의 어린 아들을 왕으로 세우는데, 그가 바로 법왕이다. 법왕은 완전한 귀족들의 꼭두각시로 백제 왕실의 권위는 땅에 추락하고 있었다. 소가노 우마코와 정략결혼으로 힘을 얻은 임성 태자는 왜에서 본국 백제의 반란세력들을 척결하기 위한 만반의 준비를 하고 있었다. 귀족 세력들은 법왕을 감금하고 모든 정사를 그들이 직접 내리며 왕을 허수아비로 만들었다. 어린 법왕은 겁에 질려서 왜에 있는 사촌형인 임성 태자에게 도움의 편지를 비밀리에 보냈다.

"형님 도와주십시오. 저는 무서워서 살 수가 없습니다. 저는 왕도 싫고 모든 것이 두렵습니다. 빨리 저 사악한 무리들을 처단해주시옵소서. 그리고 돌아가신 아버님 혜왕을 원망하지 말아 주시옵소서. 아버님도 끝까지 왕위를 받지 않겠다고 하셨지만 그들이 칼을 들이대며 협박하였습니다. 결국 그들은 아버님마저도 살해했습니다. 아버지를 용서해주시고 백제를 살려주시기를 간곡히 부탁드립니다."

임성은 법왕의 밀서를 받고 손이 떨렸다. 즉시 그 밀서를 소가노 우마코에게 보여주었다.

"이제 더 이상 참을 수가 없습니다. 군사를 일으켜야 할 때가 온 것 같습니다."

임성 태자는 소가노 우마코에게 조심스럽게 말을 꺼냈다. 소가노 우마코는 한참을 생각하다가 입을 열었다.

"마마, 너무 서두르시면 위험하옵니다. 마마의 심정은 충분히 헤아리겠나이다. 본국 백제의 상황을 살피러 사람을 보내었으니 조금만 더 시간을 갖고 기다리시는 게 어떻겠습니까. 다음 달에 돌아올 것이옵니다. 본국의 사정을 좀 더 상세히 파악한 후에 힘을 모아 한 번에 쳐야 하옵니다."

"얼마나 더 기다려야 한단 말입니까?"

"1년만 더 시간을 주시면 저 극악무도한 반역자들을 몰아내고 왕실의 권위를 다시 세워 대백제의 꿈을 이루어내겠나이다."

임성 태자와 소가노 우마코

임성 태자는 서동의 결혼이 끝난 지 얼마 되지도 않았는데 전쟁을 한다는 것이 사실 마음에 걸렸다. 결국 소가노 우마코의 의견에 따르기로 했다. 소가노 우마코는 임성 태자에게 확신을 주려는 듯 강한 어조로 말했다.

"반역의 무리를 처단하는 날, 제가 선봉에 서겠습니다."

"고맙소, 장군. 사위에게 대백제의 왕관은 장인으로서 제일 큰 선물이 될 것이오."

임성 태자는 마음속으로 아좌 태자의 아들인 부여 장, 서동에게 대왕의 자리를 물려받게 해서 백제 왕실의 정통을 잇게 하려는 결심을 하고 있었다. 할아버지 곤지왕이 그랬던 것처럼 백제 왕실을 튼튼하게 하여 왜 왕실과 하나 되게 하는 것이 무엇보다도 중요한 과제였기 때문이었다.

"나도 장군을 따라서 백제로 들어가겠소. 장군과 함께 싸우겠소."

"소장 소가노 우마코, 목숨을 걸고 백제 왕실을 지키겠나이다."

두 사람의 의지는 하늘을 찌를 듯했다. 백제에서 불어오는 바닷바람이 두 사람의 가슴속에 파고들었다.

의자왕의 탄생

서기 600년. 임성 태자가 천여 명의 식솔을 거느리고 왜의 아스카 일대에 정착한 지 3년여의 세월이 지나고 있었다. 제명 공주는 어느새 첫 돌이 지났다.

소가 대신의 궁궐 같은 집 바로 옆에 임성 태자와 그 일족의 집이 있었다. 본국 백제의 왕족에게 예를 다하느라 임성 태자의 거처 역시 궁궐 못지않은 구조와 건물의 양식을 바탕으로 지어 올린 대저택이었다.

백제궁이라 이름 지은 임성 태자의 거처 안쪽 별채인 연화당 앞마당에서, 훗날 백제의 30대 무왕이 되는 부여 장과 그의 아버지인 임성 태자가 초조한 모습으로 서성이며 방을 연신 쳐다보았다. 부여 장의 태자비인 소가노 하나히메가 산통으로 내뱉는 신음이 연화당 앞 정원까지 흘러나왔다.

"어떤 녀석이 나오려고 그러는지 모르겠구나."

임성 태자는 초조해하는 부여 장을 보며 말했다.

"장차 백제를 다스릴 인물이 나오겠지요."

금방이라도 아이 울음소리가 들릴 것 같은데 소식이 없었다. 임성 태자는 자신의 아들로 입적한 형님의 아들인 부여 장의 자식이 곧 세상에 나오기만을 기다렸다. 임성 태자는 아이가 성장해 왕으로 옹립되기 전에 백제가 평온하기를 바라지만 그런 날이 언제 올까 싶었다. 백제는 지방 호족들과 귀족들의 이전투구가 최근 들어 더욱 심해지고 있었다. 뿌리도 명분도 없는 싸움만 늘어나고 있는 판이었다.

임성 태자는 백제가 있는 서쪽으로 시선을 둔 채 연화당의 소란스러움으로부터 귀를 닫았다. 아이의 탄생은 기쁜 일이지만 백제의 사정이 여의치 않은 때문이었다. 임성 태자는 백제를 떠나던 무렵의 급박했던 사정이 지금도 생생했다.

아이였던 부여 장이 장성하여 소가 대신 집안의 여자와 결혼을 했고, 오늘 새로운 생명의 탄생을 목전에 두고 있었다.

"임성 태자님, 부여 장 태자마마의 아드님이 나오셨습니다."

태자전 정원을 산책하고 있던 임성 태자에게 소식이 전해졌다. 임성 태자는 연화당으로 득달같이 달려갔다. 전언대로 아들이었다. 임성 태자는 이제 세상에 갓 나온 아이를 들어 안아 보았다. 갓난아이이지만 훗날 백제를 통치해도 모자람이 없을 정도로 외모에서 귀티가 났다. 그가 바로 백제의 마지막 왕인 의자왕이었다.

아스카 지역의 백제 도래인들로부터 축하의 편지가 도착했다. 왕족의 탄생은 아스카 지역의 축제이기도 했다. 아스카 일대의 인구 대부분이 백제에서 건너온 도래인들이었다. 임성 태자는 누구보다 기뻐했을 아좌 태자와 위덕왕이 없다는 사실이 가슴 아팠다. 그래도 충분히 축복을 받았다. 곤지왕의 후손인 스이코 왜왕이 축사를 보내왔고 아스카사와 교류사 등에서도 스님들이 축언을 해주러 찾아왔다. 임성 태자는 그들을 보며 해양강국 백제가 다시 부활할 수 있을 것이라는 믿음이 싹텄다.

바쁜 일정을 쪼개 소가 대신도 연화당을 찾았다.

"태자님 축하드립니다. 스이코 왕께서도 진심으로 축하드린다고 전하십니다."

"왕의 전갈을 받았습니다. 다들 모두 고맙군요. 이곳이 백제라 해도 의심하지 않을 일입니다."

임성 태자는 손자 의자를 받아들고 둥실둥실 춤이라도 추고픈 기분이었다. 슬픔 뒤에 이런 기쁨이 오는 것이 인생이라고 했던가? 부여 장은 아들이라는 소식에 입을 다물지 못하였다. 소가 대신도 장차 이 아이가 본국 백제의 대왕 자리에 오를 것이라고 생각하니 가슴이 벅찼다. 임성 태자는 아이의 이름부터 지었다. 의롭고 자비로운 사람이 되라는 의미로 아이의 이름을 의자義慈라고 지었다. 백제 왕족은 '부여'라는 성을 따르고 있으니 아이의 이름은 부여 의자扶餘義慈가 되는 셈이었다. 의자의 탄생에 왜의 온 나라가 떠들썩하게 축하를 하였다. 스이코 왜왕과 성덕 태자는 큰 선물을 가지고 의자에게 인사하러 왔다.

　아이는 임성 태자와 소가 대신의 바람대로 무럭무럭 자랐다. 크게 우는 법이 없고 언제나 눈에 총명한 기운이 흘러 넘쳤다. 임성 태자는 아이를 하루 종일 들여다보는 것만으로도 흡족했다. 시간은 화살처럼 흘러갔다. 임성 태자 일행이 아스카에 정착하고 의자가 태어난 후 본국 백제는 더 어지러워졌다.

　부여 의자의 백일잔치를 준비하고 있을 무렵, 백제 본국으로부터 급보가 날아들었다. 귀족 세력들이 왕위에 오른 지 1년 6개월밖에 되지 않은 제29대 법왕[15]을 암살하여 온 나라를 혼란으로 몰아넣고 있다는 전갈이었다. 법왕이 왜에 있는 임성 태자에게 도와달라고 한 서신 내용이 발각되어서 모든 신하들이 보는 앞에서 살해되었다. 부처의 자비마저 백제 땅에선 사라진 듯했다. 임성 태자는 이제는 때가 되었다고 생각하고 무장을 하고 소가 대신의 집으로 찾아갔다. 그는 임성 태자를 보자 웃으면서 먼저 말을 했다.

　"마마, 오래 기다리셨나이다. 이미 출동 명령을 내렸습니다. 각 항구에 모든 군선들이 준비를 하고 있으며 정예병 1만 병이 백제를 향해서 출발합니다. 저번에 말씀드렸듯이 제가 선봉에 서겠습니다."

　이미 갑옷으로 무장을 한 소가 대신을 보자 임성 태자는 눈물이 핑

15　《삼국사기》와 《삼국유사》에 따르면, 법왕은 혜왕의 아들이다. 아버지인 혜왕과 법왕 부자의 재위 기간은 두 사람이 합쳐서 3년이 되지 않았다. 그만큼 불안한 정국이었다.

돌았다. 조국의 일이라 하여도 소가 대신이 외면을 한들 임성 태자로서는 달리 할 말이 없었다. 군사를 모아주는 것만으로도, 백제를 등지고 피신 온 식솔을 흔쾌히 받아주고 거처를 마련해준 것만으로도 고마웠다. 임성 태자는 소가 대신의 행동을 보면서 백제 도래인에게는 백제의 뿌리가 더 깊고 애틋하다는 걸 새삼 깨달았다.

"저도 함께하겠습니다."

"마마께서는 여기 남으셔서 새로 태어난 손주 의자의 백일잔치도 치러주시고 재롱을 보셔야죠."

"아닙니다. 제가 앞으로 백제의 대왕이 될 부여 장을 도와서 백제의 왕권이 안정될 때까지 옆에서 지키겠습니다. 그리고 안정이 되었다고 생각되면 장군과 함께 돌아오겠나이다."

임성 태자와 소가 대신은 부여 장을 새로운 백제의 제30대 대왕인 무왕으로 이름 짓고 백제대왕 무왕의 깃발을 내세우며 군사 1만을 이끌고 현해탄을 건넜다. 임성 태자는 무왕이 된 부여 장에게 단단히 일렀다.

"앞으로 너는 대백제를 이끌어갈 대왕의 자리에 앉는다. 저 역적무리들을 물리치고 선조들이 쌓아온 왕의 자리를 다시 찾아야 한다. 네가 중심이 되어 백제를 다시 살려야 한다. 새로 태어난 너의 아들 의자를 위해서도 두려워해서는 안 된다. 왕이 두려워하면 신하들이 깔보게 된다. 왕은 강해야 한다."

"명심하겠나이다."

600년 5월, 열여섯 살의 무왕은 결의에 찬 표정으로 아버지 임성 태자와 목협만치 장군인 소가 대신과 함께 시퍼런 바닷물을 가르며 백제로 향했다.

돌아가야 할 곳

　백제의 해씨와 진씨 등 반란 귀족 세력들은 사비성을 에워싸고 공격해 들어오는 임성 태자와 무왕의 전술에 대비했지만 이미 명분에서부터 지고 있는 싸움이었다. 위덕왕의 적장자인 아좌 태자의 아들 무왕의 등장에 반란군 세력들의 사기는 땅에 떨어졌다. 무왕은 어린 나이에도 침착하게 임성 태자에게 말하였다.

　"아버님 저들도 우리의 소중한 군사들입니다. 무릇 싸우지 않고 이기는 것이 병가에서 최고의 승리라고 들었습니다. 제가 저들을 설득해보겠습니다."

　임성 태자는 형님 아좌 태자가 이렇게 늠름하게 자란 아들 부여 장을 본다면 하늘에서도 기뻐하실 것 같았다.

　"그래, 네가 앞장서서 설득해보아라."

무왕은 호위병도 없이 말을 타고 앞으로 나아가서 성안의 군사들이 들릴 정도로 쩌렁쩌렁한 목소리로 외쳤다.

"나는 위덕대왕의 장손자이자, 아좌 태자의 아들 부여 장이다. 우리의 원수인 신라와 고구려를 겨누어야 할 여러분의 창끝은 지금 누구를 향하고 있는가? 우리의 대백제는 선조들이 피땀을 흘려서 만든 나라이다. 그런데 이 나라가 자신의 욕심만 내세우는 귀족들에 의해서 농락되어야 하는가? 우리는 힘을 합쳐서 대백제의 건설을 이룩하자. 지금부터 칼을 버리고 나를 따르는 자는 모두 용서하고 대백제 건설의 주요한 일꾼으로 삼을 것이다."

부여 장의 이야기를 들은 성 위의 군사들이 하나 둘 무기를 버리기 시작했다. 진씨와 해씨는 군사들이 싸울 의지가 없는 것을 알고 몰래 성을 빠져나가 도망쳤다. 새벽에 성문이 열리면서 군사들은 새롭게 옹립된 무왕을 열렬히 환영하였다. 이렇게 하여 다시 백제는 반역의 세력을 몰아내고 왕권을 확립하고 새로운 백제 건설에 힘을 모으게 되었다.

사비성을 되찾고 사흘 후, 무진주에 도망가 있던 해씨와 진씨를 모두 잡아서 목을 베었다. 그러고는 다시는 귀족들이나 지방의 호족들이 군사를 거느리고 왕권에 도전할 수 없도록 지방 호족의 군사를 철폐하고 중앙집권의 관제를 확립하였다.

600년, 부여 장 서동은 드디어 백제의 30대 대왕으로 즉위했다. 그가 바로 백제의 무왕이다. 위덕왕의 손자이면서 아좌 태자의 아들 부여 장이 드디어 백제의 무왕이 되어 조상들 앞에 선 것이다. 부여 장이 왕위의 자리에 오르는 대관식이 있던 날, 임성 태자는 조상들의 묘에 제사를 지내면서 대왕의 자리가 얼마나 힘들고 버거운 자리인지 누구보다 잘 알기에 무왕의 앞날을 걱정하였다. 모든 신하가 무왕 앞에 무릎을 꿇고 충성을 약속하였다. 그 맨 앞자리에 임성 태자와 소가 대신이 꿇어앉았다.

"대왕 폐하 만만세."

온천하가 떠나갈 듯한 목소리가 울려 퍼졌다

"대왕 폐하 만만세, 무왕 폐하 만만세."

전쟁에서 승리한 후 소가 대신은 왜로 돌아가고 임성 태자는 백제에 3년을 더 머물면서 왕권에 도전하는 모든 세력의 뿌리를 뽑아내었다. 이에 새로운 인물이 무왕을 보필하게 되었다.

시간이 흘러 무왕의 나이 스무 살이 되자, 이제 무왕도 완전한 성인이 되었고 대백제의 건설의 틀도 마련되었다는 판단에 임성 태자는 왜로 돌아가기로 결심했다. 그 무렵 왜의 정세 또한 복잡했다.

왜로 떠난다는 보고를 받은 무왕은 임성 태자를 찾았다.

"아버님, 왜로 떠나신다는 소식을 들었습니다. 조금만 더 제 곁을 지켜주십시오."

임성 태자는 무왕의 효성과 진심을 느낄 수 있었다.

"아닙니다, 대왕 폐하. 대왕께서 이렇게 나라를 잘 다스리는 모습을 보니 이 아비가 더 간섭하는 것은 사족이 될 뿐이라 생각합니다. 이 아비는 왜로 돌아가 중요한 일을 해야만 합니다. 우리 백제에서 왜의 역할은 아주 중요합니다. 왜가 굳건하게 버텨주었기 때문에 본국 백제의 왕권도 튼튼하게 할 수 있었던 것입니다. 백제와 왜가 하나가 되기 위해서는 이 아비가 왜에서 정리해야 할 일이 많이 있습니다."

무왕은 실제로는 삼촌이지만 자신을 큰아들로 입적시켜 본인의 아들보다도 자신을 사랑한 임성 태자의 마음을 능히 헤아리고도 남았다.

"그렇다면 아버님, 왜에 있는 왕비와 아들 의자는 언제쯤 본국으로 데려오는 것이 좋겠사옵니까?"

무왕은 본국 백제에서의 3년째 되는 해, 반란세력 숙청의 일등 공신인 익산 사택씨의 딸을 두 번째 왕비로 삼아서 정략적으로 결혼을 했지만, 왜에 남아 있는 왕비 하나히메와 아들 의자를 항상 생각하고 있었다. 임성 태자는 무왕의 그 마음을 잘 알고 있었지만, 백제에서 무왕이 완전하게 권력을 잡을 때까지 또 무슨 일이 일어날지 모르는 만큼 하나히메와 의자는 자신이 왜에서 보호하는 것이 맞다고 봤다. 또한 하나히메가 소가 대신의 딸이기 때문에 마음에 걸리는 점이 있었다. 임성 태자는 한참을 고민한 후에 입을 열었다.

"왜에 있는 왕비와 의자는 당분간 이 아비가 잘 보호하겠습니다. 혹시라도 본국 백제에서 무슨 일이라도 생기면 위험하지 않겠습니까. 대왕께서 완전히 왕권을 확립하고, 신라와 고구려의 위협이 사라지면, 그때 데려와도 늦지 않을 듯하옵니다."

"아버님의 뜻대로 하겠나이다. 제가 반드시 백제를 반석 위에 올려 놓은 다음에 처자식을 찾으러 가겠나이다."

"의자는 이 할애비가 잘 키울 테니 걱정하지 마시고 흐트러진 백제의 기틀을 다시 세우시기 바랍니다. 여전히 신라가 호시탐탐 백제의 빈틈을 노리고 있고, 고구려 또한 백제가 허물어지는 순간 쳐들어올 것입니다. 강성 백제를 만드시기 바랍니다. 힘이 있어야 상대방이 얕보지 않습니다."

무왕은 임성 태자가 의미하는 힘 있는 나라가 어떤 나라인지 알 수 있을 것 같았다. 그 힘은 무력뿐만 아니라 백성의 마음도 얻어야 한다.

"아버님, 목숨을 다하여 힘 있는 대백제를 만들어 나가겠습니다."

임성 태자는 무왕의 눈빛에서 돌아가신 할아버지 성왕의 결의가 스쳐 지나가는 것을 보았다.

아좌 태자의 아들 무왕이 대왕으로 등극한 후, 첫 번째 단행한 것이 할아버지 성왕을 죽인 신라에 대한 징벌이었다. 602년에 신라의 아막산성阿莫山城을, 611년에 가잠성椵岑城을, 616년에는 모산성母山城을 공격하여 모두 백제의 영토로 만들고, 신라의 수도 경주로 향하는 교통로를 차단하였다. 신라와의 접경지역을 점령한 후에 무왕은 왕권을 완전히 장악하였다.

의자와 제명

　왜에서는 성덕 태자가 개혁작업에 박차를 가하고 있었다. 성덕 태자는 스이코 왜왕을 대신하여 섭정하며 왜의 법령과 제도를 백제와 통일시켰으며 모든 문서도 백제식으로 만들어 나가면서 본국 백제와 왜를 하나로 연결시켰다.

　임성 태자가 왜의 아스카에 정착한 지도 10여 년의 세월이 흐르고 있었다. 아스카의 봄빛은 향기를 머금고 있었다. 임성 태자의 하루 일과는 한결같았다. 아침에 본당에서 깨어나면 성덕 태자와 소가 대신의 노력으로 완공된 아스카사를 둘러보는 것으로 하루를 시작했다. 발 길이만 60척(18미터)에 이르는 대불 앞에 이르면 언제나처럼 아버지 위덕왕이 떠올랐다.

　권력의 잔혹함과 비정함에 진저리가 나 스님이 되고자 했던 아버지였다. 결국 큰아들을 먼저 보내고 그 뒤를 따라간 비운의 왕이 되었지만 그래도 한 시절 백제를 평온하게 다스렸던 왕이었다. 위덕왕은 말년에 귀족 세력들과 부딪히며 많은 난관을 겪어야만 했다. 위덕왕 사후 결국 임성 태자는 식솔을 데리고 왜로 건너올 수밖에 없었다. 대웅전에 이르면 여지없이 고대국가로서 왜의 기틀을 마련한 고조할아버지 곤지왕이 생각났다. 당시 왜왕이 있었지만 실질적으로 왜를 다스린 건 임성 태자의 고조할아버지 곤지왕이었다. 아스카 마을의 수호신으로 추앙받는 인물이기도 했다. 곤지왕은 왜로 건너와 백제로 오갈 수 있는 배를 만들기 위해 나무를 심게 했다. 백제로 건너왔던 왕족들은 우선 백제로 오갈 배를 만들 나무 심기에 신경을 많이 썼었다. 나무 심기도 중시했지만 배를 건조할 기술자들을 귀히 여기기도 했다. 지금 멀리 펼쳐진 숲은 곧고 굵게 자라는 삼나무 숲이었다. 우여곡절의 세월이었지만 결국 백제의 왕족에 의해 백제와 왜, 두 나라 모두 다스려지고 있었다. 지금은 아들 부여 장이 무왕이 되어 백제로 건너가 과거 해양강국의 영광을 다시 재현할 수 있는 기틀을 마련하고 있었다. 그만하면 임성 태자의 삶도 나쁘지 않는 듯싶었다.

　임성 태자는 아스카사 뒤편으로 멀리 보이는 삼나무 숲을 보았다. 언젠가 저 나무들이 크게 소용되리라. 임성 태자는 삼나무 숲을 바라보면서 생각에 잠기었다.

　"백제를 떠나 왜로 온 게 엊그제 일만 같은데 벌써 10여 년의 세월이 흐르다니…."

회한에 잠겨 혼잣말을 중얼거리긴 했으나 임성 태자는 그 세월이 행복했다. 임성 태자의 손자이며 부여 장의 아들인 의자가 총명하고 늠름하게 자라고 있었기 때문이었다.

"앞으로 백제를 다스려야 할 왕에게 어울릴 배필이 누구이겠는가."

임성 태자는 먼 미래까지 염두에 두고 있었다. 그 모든 게 백제의 영광을 찾기 위한 모색이었다. 그가 부여 의자의 배필로 염두에 둔 인물이 있었다. 임성 태자의 둘째 아들인 부여 의광의 딸이었다. 의자보다 두 살이 많았는데 의자는 유독 제명을 따랐다. 부여 의광의 딸이니 임성 태자에겐 손녀인 셈이었다.

임성 태자에게 낙이 있다면 의자와 제명 공주가 자라는 모습을 보는 일이었다. 임성 태자는 둘을 보면서 해양강국 백제의 부활을 예감했다. 두 사람이 백제를 이끌어 간다면 다시 22담로 시절의 대백제 영광을 찾을 수 있을 것 같았다.

임성 태자는 아스카사의 석탑 쪽으로 발걸음을 옮겼다. 간간이 탑돌이를 하는 백제 도래인들이 보였다. 임성 태자는 탑을 둘러보며 소가 대신이 전해주던 이야기를 생생하게 기억해냈다.

"아스카사의 탑 기둥을 올린 날이었지요. 이날 참석한 백제인들이 천여 명이 훨씬 넘었을 겁니다. 모두 백제 옷을 입고 참석했습니다. 그날 저는 지금 비록 우리가 이곳에 있지만 머잖아 당나라와 신라, 고구려를 모두 우리의 담로로 만들 날이 올 것이라는 기대를 하며 축원을 올렸습니다."

임성 태자는 아스카사 5층 석탑을 올려다보았다. 백제의 양식 그대로였다. 왜 최고의 불상인 아스카 대불도 이곳에 있었다. 소가 대신은 수시로 전문가를 백제에 요청했다. 탑의 금속장식을 다룰 노반 박사, 기와 박사에서부터 벽화를 그려줄 화공까지. 그렇게 많은 전문가들이 동원되어 아스카사가 완공되었다. 아스카사 건설에 필요한 모든 전문가를 백제에서 초빙했다. 불교가 전파된다는 건 종합기술이 전파된다는 말이기도 했다. 문자, 사상, 채색, 그림, 건축 등도 같이 전파되면서 문화적 수준을 한 단계 끌어올린다는 걸 임성 태자는 잘 알고 있었다. 왜의 발전에 백제 도래인들의 역할, 특히 소가 대신의 역할이 컸다. 그가 왜의 조정에서 막강한 권력을 쥐고 있는 것도 어찌 보면 당연한 일이었다.

"할아버지."

제명이 임성 태자를 찾아왔다. 끼니때가 되었는데도 보이지 않자 찾아 나선 모양이었다. 제명 공주는 어릴 때부터 할아버지 임성 태자의 사랑을 독차지할 정도로 똑똑하고 예뻤다. 임성 태자는 여러 손자 손녀들 가운데서도 유독 의자와 제명을 눈여겨보았다. 부여 장이 백제로 떠나기 전날 임성 태자는 큰아들 부여 장과 둘째아들 부여 의광을 불러 놓고 다짐을 해둔 말이 있었다.

"제명이 총명하니 본국 백제의 뒤를 이을 황후로 적합하다. 의자가 저렇게 따르고 좋아하니 둘의 혼약을 미리 약조하고 떠나는 것이 어떠한가?"

부여 장은 머리 숙이며 말했다.

"아버님의 분부대로 그렇게 하겠나이다."

그리고 동생 부여 의광을 보고 말했다.

"자네의 생각도 다르지 않을 것이라 생각하네."

"형님께서 저의 딸 제명을 예뻐해주시니 저로서는 형님께 고마울 따름입니다."

"똑똑한 제명이 의자를 도와서 부부가 되면 우리 백제의 큰 꿈을 마침내 이룰 수 있을 것 같구나."

사실 핏줄로 따지자면 의자와 제명은 6촌간이었지만, 족보상으로는 4촌간이었다. 그 당시는 왕실끼리의 근친혼으로 왕족의 계보를 이었기 때문에 사촌끼리의 결혼은 흔한 일이었다. 제명과 의자는 누가 보더라도 어울리는 한 쌍이었다. 세월이 흘러도 둘의 사랑은 다른 사람의 부러움을 살 정도로 아름다웠다.

아버지인 무왕이 본국 백제로 돌아간 후 의자는 할아버지 임성 태자에게서 대왕의 교육을 엄하게 받으며 자랐다. 대왕의 자리가 얼마나 힘들고 외로운 자리인지에 대해서 임성 태자는 입버릇처럼 의자에게 말하였다.

"백제는 바다를 호령하는 대제국이다. 바다를 통해서 끝없이 펼쳐지는 큰 나라를 만들어야 한다. 삼국 통일의 대업을 이루고 중원을 호령하는 백제를 만들어야 한다."

의자는 할아버지 임성 태자의 말을 들을 때마다 주먹을 불끈 쥐며 자신이 언젠가 이 세상을 호령하는 대제국 백제의 대왕이 되는 모습을 그려보고는 했다. 의자가 수업을 마치고 나오면 항상 제명은 음식을 싸서 기다리고 있었다. 의자는 제명 누나를 볼 때마다 얼굴이 붉어지고 가슴이 뛰었다. 둘이 결혼은 약속한 사이이지만 아버지가 본국 백제에 계시니 혼례를 올릴 수가 없었다.

"자, 이거 먹어."

제명은 꿀에 절인 절편을 내밀었다. 의자는 부끄럽게 손을 내밀고 받아서 먹는데 꿀이 입가에서 떨어지자 제명이 손으로 의자의 입가를 닦아주었다. 제명의 손길이 입가에 닿는 순간 의자는 자신도 모르게 움찔하며 떡을 떨어뜨릴 뻔하였다. 제명은 웃으면서 의자의 입술을 닦아주었다. 소가 대신이 건축해준 궁궐과 다름없는 저택에서 의자와 제명은 함께 생활했다. 아침에 눈을 뜨면 하루 종일 마주 보았다가, 해가 지면 바로 곁의 방에서 잠들곤 했다. 볼수록 정이 쌓이고 쌓였다. 저택 주변의 야산을 돌아다닐 때에도 둘은 같이 다녔고, 도래인들의 밀집촌을 구경 다닐 때에도 둘은 함께였다. 아스카사에 들러 탑돌이를 하거나 아스카대불 앞에서 삼배를 올릴 때에도 둘은 같이 있었다.

의자는 제명에게 말했다

"누나, 우리 바다에 나가 보자. 혹시 백제에서 아버님의 소식이 올지도 모르잖아."

제명은 항상 아버지를 기다리는 의자가 불쌍하기도 하고 애처롭기도 해서 자주 의자와 둘이 가와치 해변을 찾곤 했다.

"우리가 백제에서 배를 타고 와서 닿은 곳이 바로 여기래."

의자와 제명은 태어나기 전이지만 임성 태자를 통해 익히 들었던 말들을 통해 가와치 해변에 대해 알고 있었다. 천여 명의 백제인들이 반란을 일으킨 귀족 세력을 피해 왜로 건너와 가장 먼저 닿은 해변. 가와치 해변은 그런 역사를 아는지 모르는지 그저 유려하고 아름답기만 했다. 그런 바닷가에 나란히 앉아서 의자가 제명에게 물었다.

"누나도 이 섬에서 한 번도 나가보지 않았지?"

"응."

"누나는 나가보고 싶지 않아?"

"나는 이 섬이 좋아. 할아버지가 있고 부모님이 계시니까 그냥 이 섬이 좋아."

"그럼, 누나는 백제에 가보고 싶지 않아?"

"네가 백제의 대왕이 되어서 나를 불러주면 그때는 갈게."

"내가 약속할게. 내가 백제의 대왕이 되어서 꼭 누나를 부를게. 누나가 있으면 나는 뭐든지 할 수 있을 것 같아. 할아버지 말씀대로 나는 백제를 최고의 대제국으로 만들 거야. 그러니까 누나가 꼭 옆에 있어줘야 해. 자, 약속."

의자는 새끼손가락을 제명에게 내밀었다

제명은 의자의 손가락을 살포시 잡으며 의자에게 말했다.

"너는 훌륭한 백제의 대왕이 될 거야."

"내가 훌륭한 대왕이 되어도 누나가 없으면 아무 소용이 없어. 그러니 누나가 꼭 내 옆에 있어줘야 해."

제명은 의자가 귀여워 어쩔 줄 모르겠다는 듯 꼭 껴안았다.

넘실대는 파도가 박수를 치듯 두 사람 주위로 시끄럽게 몰려들었다. 이런 두 사람을 임성 태자는 멀리 서서 흐뭇한 눈길로 지켜보았다. 특별한 운명의 장난만 없다면 저 두 사람의 힘으로 백제는 다시 해양강국의 면모를 드러내리라 의심하지 않았다. 의자의 아버지 부여 장, 무왕도 지금 백제에서 강국으로 거듭날 기틀을 안정적으로 만들어 나가고 있다. 백제를 떠날 때 아버지 위덕왕이 남긴 유언을 지킬 수 있을 것 같았다. 임성 태자는 두 사람의 어깨 너머로 펼쳐지는 가와치 해변을 바라보았다.

chapter 3

일본이지만 일본이 아닌, 2018년

사실과 진실 사이

일본사에서 특히 홀대 받는 두 명의 천황이 있다면 제명 천황과 그녀의 큰아들인 천지 천황이다. 제명 천황은 문 교수가 아직까지 풀지 못한 미스터리이다. 임나일본부설을 들먹이며 백제가 왜의 복속국이었다고 주장하는 일본 역사학계의 오랜 왜곡을 풀어줄 천황일지도 모른다. 그녀의 첫 번째 아들인 천지 천황은 백제를 돕고자 했지만 그녀의 두 번째 아들인 천무 천황은 일본이라는 새로운 이름을 최초로 쓰며 백제와의 연을 끊으려 했던 인물이다. 일본 역사학계가 의도적으로 지워버린 기록 속에 진실이 숨어 있을 텐데, 그 기록을 찾을 방법이 없었다.

'예전에 만들려고 했다가 포기했다는 《씨족기》[16]를 찾아낼 수 있다면 진실의 근원에 다가갈 수 있을지도 모른다.'

생각은 꼬리에 꼬리를 물고 이어지다 마지막에 닿은 결론이 《씨족기》'였다.

문 교수는 헐떡이며 따라오는 조민국의 거친 숨소리에 사념에서 깨어났다.

"애들도 놀며 올라가는 이 길이 뭐가 힘들다고 헐떡거리냐?"

"교수님도 참. 하루 종일 연구실에만 앉아 있는데 몸이 버티겠습니까? 돌아가면 당장 운동부터 할 겁니다."

"나도 하루 종일 의자에 앉아 있기만 하거든."

"교수님이야 워낙 강골이시니까 이런 길쯤 우습겠지만 저 같은 약골한테 이 언덕길은 에베레스트 못지않습니다."

문 교수는 헛웃음을 짓고 말았다. 조민국은 핀잔을 주어도 금방 털어내는 성격이었다. 작업에 몰두할 때는 누가 와도 모를 정도로 집중력이 높은 학생이었다. 우직하고 깊이 생각할 줄 아는 구석이 있었다. 게다가 너스레를 떨며 분위기를 띄우는 유머 감각의 소유자이기도 했다.

제명왕은 망해가는 백제를 돕기 위해 군사 모병을 하고 배 1천 척을 만들었다. 배 한 척을 건조하는데 2년여가 걸린다는 걸 알고 있었다. 게다가 30미터짜리 배 한 척을 만드는데 선공 전문가 여섯 명과 잡부로 일할 사람 네 명이 필요했다. 그렇기에 1천 척의 배를 만들려

---

16 일본 천황과 왕실의 계보를 알 수 있는 《신찬성씨록》이 제작되기 전 왕가의 계보를 기록하려 했던 적이 있는데 그 기록집의 이름이 《씨족기》였다고 전한다. 하지만 《씨족기》는 현재 존재하지 않는다.

면 1만 명의 인원이 필요했던 셈이다. 이 인원이 2년이란 세월을 꼬박 매달려야만 했다. 엄청난 인력과 물자가 동원된 대역사였다. 매일 1만 명씩 필요로 했다는 말은 배 1천 척을 만들기 위해 연간 360만 명의 인력이 소요되었다는 말이고, 2년이면 700만 명의 인력이 움직였다는 말이었다.

1,400년 전이든 현재든 그리고 미래에도 다른 나라를 위해 이런 대역사를 치른다는 건 상식적으로 이해가 되질 않았다. 일본 학자들은 속국을 돕기 위한 역사라고 말하지만 그 말은 신뢰가 가질 않았다. 당시 일본의 인구 자체가 그리 많지 않았던 만큼 이러한 대역사는 사실상 일본 인구 전체가 매달린 일이었다고 해도 과언이 아니었기 때문이었다. 망해가는 이웃 나라를 위해 한 나라의 인구 전체가 매달렸다? 문 교수는 고개를 저었다. 있을 수가 없는 일이었다. 왜곡된 《일본서기》가 아니라, 역사의 기록 그대로가 보존된 원전 《씨족기》의 필요성을 다시 한 번 절감했다.

'존재한다면 언젠가 찾게 되겠지. 내가 못하면 민국이라도….'

문 교수는 마음속으로 한 번 더 각오를 다지고 등을 돌렸다.

문 교수는 다시 앞서 걸었다. 일본 고대국가의 궁궐이었던 아스카 판개궁으로 답사를 갈 예정이었다. 건물터만 남아 있다지만 자료나 흔적이 열악한 편이었다. 그나마 《일본서기》나 《삼국사기》[17] 그리고 중국의 《남제서》 등에 제명 천황에 대한 언급이 있지만 그 역시 충분하지 않았다. 판개궁에 가본다고 해서 어떤 해답을 얻을 수 있는 건

사실과 진실 사이

아니지만 그래도 가봐야 할 것 같았다.

주차장에서 10분 남짓 걸어 올라오자 판개궁 터가 나타났다. 하지만 궁궐의 흔적은 온데간데없고 휑했다. 나무로 궁을 지은 터라 오랜 시간 버티진 못했던 모양이었다.

문 교수는 터전의 바닥에 박힌 까만 돌들을 보았다. 바닥 장식재로 궁궐을 짓는 데 쓰는 보석이기도 했다. 그 외에 궁궐임을 알 수 있는 흔적은 없었다. 다만 궁을 올렸을 때의 터전은 지금까지도 그대로 유지되어 있었다. 멀리서 그 규모를 보니 건물 터의 크기가 어마어마했다. 근방에 소가 대신의 저택이 있었을 테고 다시 그 인근에 위덕왕의 아들인 임성 태자가 몸을 의탁했던 백제궁 역시 존재했을 것이었다.

문 교수는 벅차오르는 감회로 가슴이 먹먹했다. 백제의 무왕이 자란 마을이며 의자왕이 태어나 제명 공주와 사랑을 키웠던 곳에 발을 딛고 서 있다는 기분 때문이었다. 나이가 들어서인지 전에는 그런 기분이 들지 않았는데 요즘 들어 지난 역사를 생각하면 가슴이 아프고 심장이 저리곤 했다.

---

17 우리나라의 가장 오래된 역사서인 《삼국사기》는 고려 인종 때인 1145년 김부식이 편찬했다. 김부식이 편찬한 《삼국사기》는 고구려, 백제가 멸망한 지 무려 500년이 더 지나서 편찬되었기에 그 역사적 진실에 의문을 가질 수밖에 없다. 김부식이 참고한 사료는 주로 중국과 일본의 사서였다. 많은 고대 사서들이 주로 승자의 시각에서 자국의 이해관계에 부합하는 방식으로 기술되는 것을 감안하면, 《삼국사기》는 주변국의 시각을 빌려온 측면이 크다. 특히 중국과의 전쟁으로 멸망한 고구려와 백제를 다루는 데 있어 승자의 입장인 중국 측 사서가 토대가 되었다. 또한 신라 출신 경주 김씨였던 김부식에 의해 편찬됐기에 한반도에서도 조그만 나라였던 신라 위주로 기술되어, 역사적 진실이 왜곡되었다는 점은 부인할 수 없는 사실이다.

낑낑거리던 조민국이 어느새 문 교수의 곁에 다가와 섰다.

"어제 보니까 논문 보느라 밤잠을 설치는 것 같던데…, 그래 공부가 좀 되었나?"

"밤을 꼬박 샜는데 여전히 일본인들의 역사 인식에는 이해할 수 없는 부분들이 너무 많다는 것만 깨달았습니다."

"일본인들 대다수는 그렇지 않아. 민족주의적 성향이 강한 소수의 역사학자들만 그렇지. 문제는 지금 이 나라를 끌고 가는 정치인들도 그런 경향이 짙다는 데 있어."

"그럼 더더욱 역사 왜곡을 시도하겠지요. 그런 인물들을 주요 요직에 앉히고 일본 정부의 강압적인 힘으로 왜곡된 역사 교과서를 채택하도록 하고 말이죠."

"어제 세미나에서 봤던 골수 우익 학자인 이시모라 다라시의 저서 《일본의 고대국가》를 보면 논지가 지금 일본 역사계의 추이와 비슷해. 일본 역시 당시 중국처럼 대국을 꿈꾸었던 거야. 쉽게 말하면 당나라 중심으로 대제국주의와 일본 중심의 소제국주의가 부딪혀 전쟁하는 와중에 그 교두보로서 백제가 있었을 뿐이라고 말하고 있지."

"저도 읽었습니다."

두 사람은 언덕에 서서 아스카 일대를 내려다보았다. 멀지 않은 곳에서 흘러가는 물길이 보였다. 소가천이었다. 소가 대신이 자신의 이름 성씨를 소가로 지었던 것도 과거 이 지역이 '소가' 지역인 때문이었다. 부드럽고 완만한 곡선들이 꼭 한국의 산과 물길을 닮아 있었다.

"백촌강 전투에 대한 진실 하나만 밝혀내도 아무 소리도 못할 거야."

두 사람은 판개궁을 나와 곤지 신사로 향했다. 자전거를 타고 돌아봐도 좋을 정도로 한가롭고 고즈넉했다. 두 사람은 곤지 신사까지 먼 거리가 아니기도 하여 걸어서 돌아보기로 했다.

"그래, 논문을 보면서 무슨 의문이 생기던가?"

문 교수는 조민국에게 물었다. 시간이 흘러 백제의 역사를 기록할 누군가가 남아 있지 않다면 일본 역사학계가 왜곡한 그대로 굳어버린 채 기록될지도 몰랐다. 문 교수는 자신의 후계자로 조민국을 염두에 두고 있었다. 그러려면 그가 누구보다 백제의 역사에 대해 잘 알고 있어야만 했다. 그래서 백제와 관계된 여행지는 어디든 조민국과 함께하곤 했다.

"교수님의 논문을 보면, 고구려 장수왕의 남하정책으로 백제가 수도 한성을 빼앗기고 백제왕인 개로왕이 전사하면서 백제의 운명이 풍전등화에 놓였을 때 백제의 선택에 주목을 하셨잖아요."

"그랬지."

"교수님 추측에 저도 동의가 되더군요."

두 사람은 어느새 곤지 신사에 이르렀다. 문 교수는 안내판에 적힌 글자를 더듬더듬 읽어나갔다.

"일어는 교수님보다 제가 낫지요."

조민국이 앞으로 나서서 안내판을 읽어 내려갔다.

"…이 신사에서는 백제계 아스카베 일족인 곤지 왕[18]을 모시고 있다…."

문 교수는 입구에서 한 걸음 떨어져 서서 신사 입구를 다시금 쳐다보았다. 아스카 일대에서 신으로 추앙받는 인물의 사당이었다. 곤지왕은 백제를 다스렸던 개로왕의 둘째 아들이었다. 그가 왜로 건너와 왕이 되었고 죽어 신이 되었다. 문 교수는 돌확 위에 앉아 손수건으로 이마에 맺힌 땀을 닦았다.

"그래 나의 어떤 의견에 동의가 되던가?"

문 교수는 그제야 논문에 관한 조민국의 말에 대구하였다.

"백제 21대 왕인 개로왕이 최후를 맞이하기 전에 왕자들을 불러놓고 마지막 백제를 살리기 위해 여러 가지 대안을 만들었을 것이라는 점에서부터 이해가 되더군요. 장남 문주에게는 남쪽으로 피신해서 나라를 보존하라고 지시하고, 둘째 아들인 곤지에게는 바다를 건너 22담로 중 하나였던 야마토, 그러니까 왜로 가서 나라를 재건하라고 명령했다는 겁니다. 큰아들 문주왕에게 고구려가 끝까지 남진해서 내려오면 바다 건너 동생이 있는 왜로 가서 백제를 이어가라고 당부했을 거라는 추측이 충분히 가능하다는 겁니다. 당시 왜는 가야나 백제에서 가족 단위로 건너가서 왜의 원주민을 정복해서 살게 된 부족 국가 단위의 형태였지만, 개로왕이 전사한 이후부터 백제에서 왜로 대규모로 건너가며 고대국가의 틀을 갖추었으니까요. 일본학자들도 고대국가로서의 틀이 이 시기부터 갖추어졌다는 사실은 인정하고 있으니까요."

---

18 실제로 왕으로 즉위하지는 않았으나, 일본에서는 왕족의 이름 뒤에 왕 또는 군이라는 칭호가 붙는다. 일명 곤지昆支 또는 곤지琨支, 군군軍君, 곤기왕琨伎王으로도 부른다.

자신 있게 말하는 폼이 일본인들 일색인 심포지엄에서 백제사에 관한 연구 발표를 맡겨도 될 법했다. 문 교수는 슬그머니 미소가 나왔다. 하지만 이제 겨우 산 하나를 넘고 있었다. 백제의 역사를 제대로 파악하려면 중국 동북쪽 일대도 꼼꼼히 뒤지고 다녀야만 했다.

《삼국사기》와 《삼국유사》에 의하면 곤지는 개로왕의 아들이자 문주왕의 동생이라 적혀 있다. 그런데 《일본서기》 〈유라쿠기〉 23년조에 따르면 곤지에게는 다섯 명의 아들이 있었는데, 동성왕이 첫째 아들이고 무령왕이 둘째 아들이었다고 한다. 이 둘은 어머니가 달랐다고 기록하고 있다.

《삼국사기》와 《삼국유사》에서는 곤지에 대해 자세히 기록하고 있지 않지만 고구려 장수왕에게 전사한 개로왕의 아들인 점은 확실하였다. 《일본서기》에서도 훗날 왜곡이 자행됨에도, 천황의 조상들을 숨길 수 없기 때문에 곤지왕에 대해서는 자세히 기록하고 있다. 우리나라에서 잘 알려지지 않은 곤지왕이 일본에서 조상신으로 모셔지고 있는 이유가 여기에 있다. 현재 일본에서는 곤지왕을 신격화하고 있고, 일본 곳곳에서 아직도 곤지왕에게 기도드리는 모습을 찾아볼 수가 있었다.

"곤지왕에 관해서는 일본인의 《신찬성씨록》[19]에도 나와 있는 이야

---

[19] 헤이안 시대 초기인 815년에 사가 천황의 명으로 편찬된 일본 고대 씨족의 안내서. 1182씨족을 그 출신별로 각각 황별 皇別(황실의 자손), 신별 神別(일본 신의 자손), 제번 諸蕃(도래인의 자손)으로 분류해 그들의 조상과 그 씨족명의 유래 및 가문의 분기를 기술했으나 그 일부만 기록된 상태이다. 일본 고대 씨족 및 일본 고대사 연구 전반에 절대 빠질 수 없는 사료이다.

기이지만 일본인들은 이를 인정하지 않고 있어."

그렇게 말하는 문 교수의 시선이 신사 건너편 찻집에 머물렀다. 그러다가 불쑥 문 교수는 찻집으로 들어갔다. 조민국이 당황해서 허겁지겁 그의 뒤를 따랐다. 작은 찻집이었다. 문 교수는 창가 쪽에 자리를 잡고 앉았다. 조민국이 마주 앉아 문 교수를 빤히 쳐다보았다.

"갑자기 여긴 왜 들어오셨어요?"

문 교수가 주방 쪽 머리 부분에 적힌 간판을 가리켰다.

"구다라 찻집?"

"그래, 구다라 찻집. 백제 찻집이라는 말이지. '구다라'라는 말은 백제를 가리키잖아."

"교수님도 참, 이 근처에 있는 명물들은 모두 백제 이름이 붙어 있잖아요. 백제 역에서부터 백제 소학교, 백제교, 백제천 그러니 백제 찻집이라고 없을 리 있겠어요."

"리틀 백제지."

"딱 맞는 말이네요, 리틀 백제! 설마 백제 찻집에 감동받으셔서 여기 들어오신 건 아니죠?"

"왜 일본 사람들이 신라와 고구려는 한자식으로 음독하면서 백제만 구다라라고 훈독으로 부르는지 알아?"

"원래 외래어는 한자식으로 음독하고 일본 고유의 것은 뜻으로 읽는 훈독을 하죠. 그래서 신라新羅는 시라기, 고구려高句麗는 고쿠리라고 부르고요. 그렇다면 백제는 당연히 햐쿠사이라고 불러야 하는 것 아닌가요? 아니 진짜 왜 구다라라고 부르죠?"

민국은 뒤통수를 긁으며 다시 물었다. 문 교수는 잠시 뜸을 들였다가 입을 열었다.

"이상한 건 백제를 왜 '구다라'라고 부르는지 일본인들조차 모르겠다고 하는 거야. 일본의 국사사전國史辭典에서도 삼국 중 왜 백제만을 '구다라'라고 하는지 모르겠다며 의문으로 남기고 있어. 그래서 '구다라'의 어원이 뭘까 하고 연구해봤어. 백제의 고어를 연구하는 언어학자를 찾아갔지. '구렁이'와 '구들'이란 단어에서 힌트를 얻을 수 있었어. '구렁이'는 큰 뱀을 가리키고 '구들'은 큰 돌을 가리킨다는군. 여기에서 '구'는 '크다大'라는 뜻의 고어야. '구'에 소유를 나타내는 촉음 'ㄷ'과 '나라'를 붙여 읽어 '굳나라'라고 했고, 훗날 '구다라'로 전음轉音되었을 것이라고 견해를 밝히더군. 대국大國 또는 본국本國이라는 뜻으로 말이야. 일본인들이 백제를 대국 또는 본국이라는 뜻으로 '구다라'를 쓰다가 굳어졌다는 거지."

조민국은 고개를 끄덕이며 말했다.

"아, 그래서 일본 학자들이 지금껏 '구다라'라는 말의 어원을 밝히기를 싫어했나 보군요."

"《일본서기》에도 백제를 본국이라는 뜻으로 쓴 대목이 있어. 660년 백제가 패망한 후, 《일본서기》〈제명 천황〉편에 '百濟國(백제국) 窮來歸我(궁래귀아) 以本邦喪亂(이본방상란) 靡依靡告(미의미고)'라고 나와 있지. '백제가 곤궁하여 우리에게 돌아왔네. 본국이 망하여 없어지게 되었으니 이제 더 이상 어디에 의지하고 어디에 호소한단 말인가' 라고 기록돼 있는 거야."

조민국이 다시 한 번 깊이 고개를 주억거리며 말했다.

"일본의 근원 깊은 곳에 구다라가 박혀 있네요."

"지금도 일본인들이 많이 사용하는 말 중에 '구다라나이くだらない'라는 말이 있어. '가치가 없다', '시시하다'라는 뜻인데, 정작 이 말을 자주 사용하는 일본 사람들도 그 말이 어디에서 왔는지는 모르고들 있지. '구다라나이'는 '백제가 없다', '백제 것이 아니다'라는 어원을 가지고 있어. 다시 말해서 '백제 것이 아닌 것은 시시하다'의 의미인 게야. 본뜻은 '백제는 가치가 있다', '백제는 중요하다'는 의미를 암시하고 있지. 그만큼 백제는 일본인의 기억 깊은 곳에 자리 잡고 있다고 할 수 있어."

마침 앞치마를 두른 여자가 주문을 받으러 왔다. 문 교수가 녹차와 절편을 주문했다.

"절편이오?"

"저기 봐라."

"제명 절편?"

"그래. 제명 절편."

"제명 절편이라는 떡을 주문하신 건가요? 그 글자를 보고 이 찻집에 들어오신 거고요."

문 교수가 고개를 끄덕거렸다.

"너도 알겠지만 6, 7세기 왕족의 집안이라 하더라도 군것질거리라는 게 별로 없었을 거야. 사실 지금처럼 쌀밥을 해 먹었던 것도 아니었고. 그런데 쌀을 쪄서 먹었다는 기록이 있어. 그들이 출출할 때 먹었던 음식이 떡이었어. 그중에서도 절편."

주문한 녹차와 절편이 나왔다. 절편 한 조각마다 진달래 꽃잎이 붙어 있었다.

"《신찬성씨록》에 보면 '대원진인'이라는 단어가 나와."

"대원진인이라고요?"

"그래. 《신찬성씨록》에 '대원진인. 그의 조상은 시호가 민달敏達(비다쓰)이라는 백제 왕족으로 《속일본기》의 기록에도 부합한다'라고 쓰여 있지."

"풀어서 말하면 '대원진인의 조상은 민달왕이며, 민달왕은 본래 백제 왕족이다. 그리고 이 내용이 《속일본기》라는 왕실 편찬 역사서에도 부합한다'라는 말이잖습니까. 민달왕은 곤지왕의 손자이면서 계체왕의 아들이고 일본 30대 왕이기도 하고요."

"맞아. 일본에서는 사실 천황이라는 호칭을 백제 멸망 후 20년이 지난 680년경부터 쓰기 시작했어. 그런데 《신찬성씨록》은 815년에 작성되었지."

"신기하네요. 대원진인과 관련 있는 문장은 지웠을 법도 할 텐데 말이죠."

"우리나라도 그렇지만 일본 역사학자들 대다수는 진실을 우선으로

해. 소수 권력 집단에 휘둘리는 학자들도 있긴 하지만 말이야."

문 교수는 녹차를 마시며 절편을 입에 넣고 천천히 굴려 먹었다. 전쟁에서 의자왕을 돕기 위해 수십만의 병사들을 백제로 보낸 제명 천황. 의자왕의 사촌누이이자 정신적 고향이기도 했던 여자, 제명은 누구보다 외로웠을지도 모르겠다는 생각이 들었다. 문 교수는 곤지 신사를 쳐다보면서 말했다.

"일본의 사료를 뒤져보면 분명히 곤지왕의 큰아들이 동성왕이고, 둘째가 무령왕이고, 다섯째가 게이타이(계체) 천황이 되었다는 기록이 나와 있어. 그런데 곤지왕은 유령과 같은 인물이 되어 흔적을 살펴볼 수가 없어. 한국의 역사책에도 일본의 역사책에도 사라진 유령과 같은 인물로 취급하고 있지. 곤지왕에 대한 연구를 하면 할수록 그가 얼마나 대백제를 꿈꾸었는지를 짐작할 수가 있어. 그런데 식민사관에 젖은 우리의 역사학계는 곤지왕의 존재를 인정하질 않아. 왜냐하면 《삼국사기》에 나와 있지 않으니까 인정할 수 없다는 거야. 《삼국사기》는 김부식이 백제가 멸망한 후에 500년이 지난 다음에 기록한 역사서인데, 이것은 승리자 신라 위주의 역사로 백제를 축소시킬 수밖에 없었겠지. 그래도 이렇게 역사의 흔적이 남아 있잖아."

문 교수는 절편과 창밖의 곤지 신사를 가리켰다.

"그런데 일본에는 곤지왕에 대한 기록이 많이 있나요? 한국 자료는 사실상 거의 부재한 상태인데 말이죠."

"《일본서기》와 《백제신찬》, 《신찬성씨록》에서는 곤지왕으로 높여 부르고 있지. 이건 그가 야마토에서는 매우 중요한 인물임을 보여주고 있는 거야. 당시 천황이라는 말이 없었다는 점을 감안한다면, 그는 천황이었을 가능성이 매우 크다는 말이지. 그래서 개로왕은 왜에 견고한 백제 왕실의 건설을 위해 자신의 아들인 곤지왕을 보낸 것으로 여겨지고 있어. 어떤 의미에서 곤지왕은 본국 백제왕으로부터 왜의 야마토 지역에 대한 지배권을 위임받아 간 것으로 봐도 좋을 것이야."

"그런데 왜 이렇게 일본에서도 곤지의 기록이 많이 남아 있지 않은 거죠?"

"곤지왕에 대한 민간 기록은 일본에 많이 남아 있어. 《일본서기》에서도 언급이 조금 되어 있긴 하지만 그의 중요한 역할에 대해서는 언급이 없어. 의도적으로 천황을 내세우기 위해서 백제의 대왕을 폄하하기 시작했지. 그렇지만 곤지왕을 그들 천황의 조상으로 인정하는 문서가 《신찬성씨록》에서 발견되면서 일본 역사학계는 당황했지만, 일제 강점기 이후 《신찬성씨록》을 아예 허구의 문서로 만들어버리고는 논의할 가치가 없다는 식으로 전락시켜버렸어."

문 교수는 찻잔에 새로 물을 따랐다.

"《일본서기》는 정치적인 목적으로 편찬된 사서인 만큼 초기의 천황들에 대한 역사적인 왜곡이 많았어. 천황의 가계도를 설명한 부분의 기록들을 보면 납득하기 어려운 부분이 매우 많아. 그동안 내가 연구한 바에 따르면, 한 가지 분명한 것은 6세기 고구려 장수왕의 남하 정책으로 백제가 수도 한성을 잃고 남쪽으로 피난을 갈 무렵, 왜로도 대거 군사가 이동한 기록이 나온다는 점이야. 다시 말해서 개로왕의 전사 이후에는 백제 왕족인 부여계가 확고히 왜를 장악했다는 사실이지. 근초고왕 당시에 왜를 공략하여 조공을 받았다고 하지만 담로를 통해서 지배했을 뿐 실효적 지배를 하지는 못한 듯하고 유화정책으로 토착세력들과의 융합을 도모하였던 것으로 추정돼. 그런데 고구려의 남하가 계속되자 왜를 실질적으로 지배하지 않으면 안 된다는 절박감이 백제 왕실인 부여계의 지배자들에게 있었고, 이것이 개로왕의 아들인 곤지를 직접 파견하게 한 것으로 추정하고 있지. 그러니까 토착화된 반反부여계 세력의 대대적인 숙청이 필요했겠고, 그 임무를 곤지에게 맡긴 것이지. 어쨌든 개로왕에서 시작되어 곤지왕, 동성왕, 무령왕 등 일련의 비밀 연결고리를 풀어내는 것도 우리의 소임이야. 그렇게 해야지만 천년을 내려오는 한일 고대사의 질곡들을 풀어서 새로운 역사의 장을 열 수가 있지 않겠어? 이제 신사에 들어가보자. 곤지왕을 만나봐야지."

문 교수는 일생을 두고 그렇게 찾고 싶어 하던 《씨족기》에 대한 이야기를 꺼내지 않았다. 어떤 실마리라도 찾게 된다면 그때 조민국에게도 말해두어야겠다고 생각했다.

조민국이 계산을 하고 문 교수의 뒤를 따라 나왔다.

"교수님, 그런데 저기 가는 여자 분, 세미나에서도 보고 어제 아스카사에서도 본 오우치 마사코 같은데요?"

문 교수도 조민국이 가리키는 쪽으로 눈길을 주었다. 뒷모습은 닮은 듯하지만 두어 번 봤을 뿐이라 확신할 수는 없었다. 문 교수는 고개를 돌렸다. 지금은 곤지 신사가 더 중요하지 않은가. 문 교수는 곤지왕을 만나면 자신이 필요한 자료를 어디에서 찾아야 할지 말해줄 것만 같은 기분이 들었다.

곤지 신사

곤지왕은 우리에게는 낯선 인물이나 《일본서기》에는 자주 언급되는 백제의 왕자이다. 일본에서 곤지왕이 신으로 모셔지고 있으며, 곤지왕을 모시는 신사가 여러 군데 있다는 사실을 알면 한국인들은 다들 놀라움을 금하지 못했다. 오사카 인근의 하비키노 시 羽曳野市에는 곤지왕을 제신으로 모시는 아스카베 飛鳥戸 신사가 있으며, 그 부근의 신구 고분군에는 곤지왕의 자손들이 묻혀 있다. 지금도 하비키노 시의 사람들은 곤지를 신으로 모시며 제사를 지내고 있다. 곤지왕이 죽은 지 1,500년이 지난 지금까지도 일본인에게 잊히지 않고 신으로 추앙되고 있다면 일본 역사에서 얼마나 중요한 역할을 했는지 짐작이 가고도 남는 일이었다.

곤지왕이 백제의 미스터리를 풀어줄 열쇠를 쥐고 있는 인물이라는 확신을 문 교수는 오랫동안 품어 왔다. 한성을 빼앗기고 백척간두의 위기에 처해 있던 백제를 구하기 위해 현해탄을 건너갔던 곤지왕, 그가 바로 백제 왕실과 왜 왕실의 중심에 서 있었다. 일본이 아무리 감추려 해도 조상을 버리지는 못하기 때문이다. 천황과 백제 왕실을 단절시킨다고 해도 백제왕이 아닌 왕자였던 곤지를 왕으로 신격화해서 모시는 것은 분명 이유가 있을 것이다. 곤지왕에 대한 미스터리를 파헤칠수록 백제의 미스터리도 점점 풀려가는 듯한 역사학도만이 느낄 수 있는 희열이 몰려왔다.

아스카베 신사는 포도밭으로 둘러싸여 있었다. 포도 출하가 한창이라 그런지 포도밭 비닐하우스 앞에는 포도를 담은 상자들이 가득 쌓여 있었고 포도를 실어 나르는 화물차와 직접 포도를 사려는 사람들로 분주했다.

"곤지 신사에 와보는 건 처음이지?"

"네. 그런데 신으로 추앙받는 인물치고는 신사나 주변 분위기가 좀 허름하네요."

제명 천황의 능도 그렇고 곤지왕의 신사 역시 일본의 역사에 중요한 비중을 차지하고 있는 인물이라고 하기에는 너무 초라했다. 아무래도 노골적으로 드러낼 수 없는 일본의 심리가 반영된 듯했다.

"일본 입장에서는 사실 내놓고 자랑할 만한 내용이 아니었으니까."

두 사람은 입구를 지나 왼편의 손 씻는 곳에서 매무새를 가다듬고 배전 쪽으로 걸음을 옮겼다. 곤지왕을 기리는 배전건물 역시 낡고 허름했다. 일본 고대국가의 기틀을 잡은 인물이자 신화적 존재였다는 사실이 무색했다.

문 교수는 고즈넉한 길을 따라 천천히 걸음을 옮겼다. 곤지 신사를 찾을 때마다 느끼는 점이지만 1,500년 전에 살았던 인물의 피가 흡사 자신의 핏줄에도 흐르고 있는 듯한 기이한 감각에 사로잡혔다. 감상적인 느낌에 불과하더라도 곤지 신사를 찾을 때마다 그런 기분이 들었다.

문 교수는 신을 만나는 배전을 지나 신을 모신 본전 쪽으로 걸음을 옮겼다. 배전의 건물은 너무 낡아 일본 고대국가의 시조를 모신 곳이라 할 수 있을까 싶었다. 의도적으로 깎아내리는 듯한 인상을 지울 수 없었다. 곤지왕에 대해 명약관화하게 밝혀내다 보면 결국엔 그 뿌리가 백제에 닿을 수밖에 없다는 사실을 알고 있기 때문일 터였다. 그러려면 《씨족기》가 필요했다. 왜곡되지 않은 천황과 왕실의 진짜 족보인 《씨족기》. 어쩌면 그 자료는 영원히 찾을 수 없을지도 몰랐다. 일본 역사학계는 《씨족기》가 발굴되기를 바라지 않았다. 그 기록에 어떤 말들이 적혀 있는지 아무도 알 수 없었다.

본전은 한 칸으로 된 작은 건물이었다. 지붕은 독특하게도 회나무 껍질로 만든 듯했다. 허나 안타깝게도 본전이 자물쇠로 잠겨 있어서 안을 볼 수가 없었다.

문 교수는 닫힌 문을 야속한 눈빛으로 쳐다보았다. 자물쇠가 진실을 알게 되거든 문을 열고 맞이해주겠다는 곤지왕의 뜻처럼 보였다.

문 교수와 조민국은 참배를 하고 뒷산의 묘지로 향했다. 묘지의 능선을 타고 푸른 기운이 흘러갔다. 일본의 신사들은 대부분 붉은 기운을 띠었다. 능선의 푸른빛과 신사의 붉은 기운이 잘 어울렸다.

백제의 영혼

일본 천황릉 주변에는 백제계 사람들이 거주했다. 문 교수는 언덕진 길을 따라 천천히 위로 올라갔다. 발굴되기 전에는 그냥 야산으로만 여겨졌던 고분 수십 기가 널려 있는 아스카베 천총이었다. 모두 백제 왕족의 무덤이었으리라.

"군사 5천 명을 이끌고 본국 백제의 목협만치 장군의 후손들과 손을 잡고 형님인 동성왕을 시해한 백가를 위시한 반역 세력을 진압하기 위해서 바다를 건넜지…."

문 교수는 느닷없이 그 기록의 길이 떠올라 천총을 바라보며 혼잣말처럼 말했다.

"《일본서기》에 나와 있는 무령왕의 기록이지요?"

조민국이 바로 말을 받았다.

"그래. 더군다나 네 말대로 《일본서기》에 나와 있는 기록이지. 이 사실을 가지고 식민사관의 일본학자들은 왜에서 왕을 파견한 것이라는 거짓말로 백제가 왜의 속국이었다는 황당한 논리를 전개하고 있지. 당시 왜는 국가체제를 갖추지 못한 상태였어. 백제가 한성을 빼앗기면서 남하정책으로 최초의 대규모 백제 집단이 왜로 건너가서 곤지왕의 다섯째 아들인 게이타이 천황이 즉위하며 처음으로 국가 형태를 갖추기 시작했다는 것이 학계의 정설이야. 백제가 개척한 나라가 왜라는 사실을 알면서도 어떻게 그렇게 거짓말을 할 수 있을까?"

문 교수는 물론 조민국, 그리고 대다수의 역사학자들은 일본의 일부 우익 계열 학자들이 집요하게 역사 왜곡을 하는 행태에 대해 이해가 안 됐다.

"결국 콤플렉스 때문 아니겠습니까? 아니면 더 큰 음흉한 계획이 있는 것인지도 모르죠."

올라온 길을 타고 바람이 불어왔다. 후텁지근한 기운을 식혀주기에는 역부족이었다. 돌아다닐 땐 몰랐는데 등이 땀에 젖어 축축했다.

"교수님, 역사 공부를 하고 있는 제가 아무리 이해하려고 해도 이해가 되지 않습니다. 명백한 역사적 사실을 왜 저렇게 악을 쓰면서까지 왜곡하려는지 말입니다."

"어쩌면 무의식적으로 피해의식에 젖어 있는지도 모르지."

"피해의식이란 말인가요?"

"사실 일본에 백제계 도래인들이 많은 게 사실이잖아. 지금이야 그냥 일본인으로 살아가고 있겠지만 말이야. 그들 입장에서는 백제의 멸망을 큰 상처로 받아들이고 있는 거겠지. 그러니까 무의식적인 피해의식이 자리 잡고 있을지도 모른다는 거지."

"일리 있는 말씀이시네요."

조민국은 고개까지 끄덕거리며 문 교수의 말에 호응하였다. 두 사람은 언덕길을 내려오기 시작했다.

"곤지왕 이전에는 왜왕이 백제의 담로 수장으로 백제왕족이나 귀족이 왜의 왕으로 임명되었지. 그런데 백제의 대왕과 왜의 왕이 같은 형제로 이어지게 된 것은 501년 백제의 대왕 동성왕 피살 사건 이후부터야. 동성왕이 20년 동안 귀족 세력의 발호를 막으면서 왕권을 잘 유지해가던 중에 위사좌평 백가에 의해 살해당하자 백제의 왕실은 흔들리기 시작했지. 이때 일본에서 태어난 곤지왕의 둘째 아들 사마가 형인 동성왕의 뒤를 이어 백제의 대왕이 되었는데 그가 바로 무령왕이지. 무령왕의 아들이 성왕이고. 곤지왕의 다섯째 아들인 게이타이 천황은 아들이 세 명 있었는데, 세 아들이 차례로 왜의 왕위를 이어받았어. 그 세 아들이 안칸安閑, 센카宣化, 긴메이欽明 천황이라는 건 알고 있지? 백제의 성왕과 긴메이 천황은 사촌간이라는 뜻이지. 긴메이 천황과 성왕은 어릴 때 할아버지인 곤지왕의 집에서 자랐어. 무령왕은 동성왕이 백가에 의해 피살되자 형님의 뒤를 이어 늦은 나이에 백제 25대 왕으로 등극했던 것이고. 그것이 일본에서 곤지왕이 신으로 추앙받는 이유이기도 해. 백제와 왜는 그 후 곤지왕의 후손으로 이어지게 되는 것이야."

"교수님의 강의를 듣고 저도 《삼국사기》에 그런 기록이 있는지 찾아봤죠."

두 사람은 어느새 백제촌 마을 입구까지 내려왔다. 그들은 주차장 쪽으로 향하며 거리의 사람들도 만나고 백제라는 상호가 붙은 간판과 표지판들도 보았다. 어떻게 보면 아스카는 한국보다 더 한국다운 마을인지도 몰랐다. 그리고 그들을 백제의 영혼들이 보살펴주고 있는지도 몰랐다.

"《삼국사기》의 기록에는 의심해야 할 부분들이 많이 있지만 그나마 객관적으로 기록한 부분이 있기도 하지. 그래 《삼국사기》에 뭐라고 나와 있던가?"

"정월에 좌평 백가苩加가 가림성 加林城을 근거로 하여 반란을 일으켰다. 왕은 군사를 거느리고 우두성 牛頭城에 이르러 한솔扞率 해명解明에게 명령하여 토벌하게 하였다. 백가가 나와 항복하자 왕은 그의 목을 베어 백강白江에 던져버렸다."[20]

문 교수는 기분이 씁쓸했다. 권력에 대한 욕망 때문에 같은 민족임에도 서로 배신하고 복수하는 인간사는 변함이 없다는 생각이 들었다.

'얼마나 철천지원수였으면 목을 베어서 강에다 던져버렸을까? 그 당시에 시체를 강에다 버리는 것은 최고의 형벌이었다. 무령왕은 백

가를 처단하면서 귀족 세력들에게 본보기로 보여주기 위해서 더욱 강력하게 처벌한 것이었으리라.'

문 교수는 그 생각을 입 밖으로 꺼내진 않았다. 두 사람은 빌린 소형차에 몸을 실었다.

"어디로 가죠?"

"오사카로 가자. 스즈키 교수와 미나미 도톤보리에서 약속이 있어."

"그럼, 오늘은 거기서 자는 건가요?"

"그래. 후지야 호텔에다 숙소를 정했다."

"미나미 번화가에 있는, 100년이 넘었다는 호텔 말씀이시죠?"

"그런 건 또 어떻게 알았어?"

"요즘은 정보 시대 아닙니까. 미리 말씀하셨으면 제가 여행 어플로 싸게 예약을 했을 텐데요."

"어제 가와치 해변 호텔을 내가 잡았다고 투덜거리더니만, 찾아본 거지?"

"교수님도 참. 그런 거 아니고요. 그냥 오늘은 어디에 호텔을 예약하셨을까 생각하며 여기저기 뒤져봤지요."

"언제?"

"그러니까 화장실에 있을 때요."

조민국의 얼굴이 빨갛게 달아올랐다.

"정성이다. 나도 여행 어플로 싸게 예약했으니까 신경 쓰지 마. 나도 신세대란 말이다."

두 사람은 서로를 쳐다보며 웃었다. 조민국이 차에 시동을 걸었다.

"미나미에 스시로 유명한 맛집이 있는데 거기도 한번 가보자고."

차가 출발했다.

"교수님, 친구들이 저에게 왜 그렇게 백제에 미쳐 사냐고 하더군요."

"그래? 너는 왜 백제에 미쳐 사는데?"

"저야, 왜곡된 건 못 참는 성격이거든요."

"허튼소리 그만하고 진짜 이유가 뭔데?"

"역사학도로서 진실을 알고 싶은 거죠. 그리고 다들 외면하는데 누군가는 알고 있어야 후인들에게 진실을 전달할 수 있을 거고요. 교수님 가시고 나면 누가 이 기록들을 후세에게 전달하겠습니까."

"나 죽고 난 다음을 생각해서?"

"그게 그러니까….'

"아주 잘하고 있어. 누군가는 진실을 알고 세상을 살아가야지. 왜곡의 정도가 심해도 너무 심하니까. 그래, 한국 떠나기 전에 내가 공부하라고 일러준 건 확인해봤어?"

"무령왕이랑 일본 게이타이 천황의 관계요?"

"그래."

조민국은 내비게이션이 일러주는 대로 부드럽게 차를 몰았다. 아스카 거리엔 관광을 온 사람들로 붐볐다. 토요일 주말이었다. 관광객들 중에는 일본인들도 있을 테고 한국인들도 있을 터였다. 아스카 거리를 걷다보면 자연스럽게 백제가 일본인들의 선조일지도 모른다는 생각이 들 만큼 아스카는 백제의 마을이었다.

　차는 막힘없이 달렸다. 오사카 도심으로 접어들자 유독 고가도로가 많이 나타났다. 일본은 고가도로가 많은 나라라는 걸 새삼 실감했다.

　"동성왕 다음으로 백제 25대 무령왕이 된 곤지의 둘째 아들 사마는 형님의 뒤를 이어 백제의 대왕이 되었어. 게이타이 천황은 곤지왕의 다섯 번째 아들로 무령왕의 친동생이지. 475년 개로왕이 전사하고 3년 후에 왜왕이 송나라 송 순제에게 바친 상표문[21]의 내용을 보면 잘 나와 있지. 송나라와 연합을 하려는 뜻도 다소 있었던 듯싶어. 고구려를 견제하려는 뜻도 담겨 있었던 것도 같고."

　문 교수는 상표문의 내용을 떠올려보았다. 당시 왜왕이 곤지왕일 가능성이 매우 크다는 사실을 밝혀낸 문서이기도 했다. 상표문 속의 왜왕 아버지가 고구려의 침공으로 전사했다고 했다. 그리고 고구려 장수왕의 남진으로 백제가 한성을 함락당하고 개로왕이 전사했다는 것은 역사적인 사실이었다. 이는 곤지왕의 입장에서 이미 왜의 실질

---

[21]　而句驪無道, 圖欲見吞, 掠抄邊隸, 虔劉不已, 每致稽滯, 以失良風, 雖曰進路, 或通或不.

　고구려는 무도하여 우리나라를 집어삼키려 하고 변방을 침략하고 약탈하여 근심이 적지 않습니다. 이렇게 늘 일이 막히고 거슬리는 바람에 어진 풍속을 잃고 있사오니, 비록 나아갈 길은 있지만 그 길이 혹은 통하기도 하고 혹은 통하지 않기도 합니다.

　臣亡考濟實忿寇仇, 壅塞天路, 控弦百萬, 義聲感激, 方欲大擧, 奄喪父兄, 使垂成之功, 不獲一簣.

　신의 죽은 아비 제는 고구려가 길을 가로막는 바람에 천자에게 자주 문안드리지 못함을 분통하게 여겼으며, 활을 당기는 백만의 의로운 소리에 감격하여, 바야흐로 군사를 크게 일으키고 싶었으나, 갑자기 아비와 형을 잃어, 이루려는 공이 흙 한 삼태기 이루지 못하였습니다.

적인 왕으로서 송 순제에게 상표문을 올렸을 것으로 추정하고 있었다. 하지만 이런 문 교수의 주장은 돌아오지 않는 메아리였다.

"교수님께서만 그렇게 생각하시지 우리나라 역사학계에서도 인정하시는 분이 거의 없잖아요."

"그렇지. 시대가 많이 흘렀고 이젠 밝히려고 마음먹으면 얼마든지 진실을 밝혀낼 수 있는데도 과거의 것들에 얽매여서 더 이상 앞으로 나가려 하지 않고 있지."

문 교수는 국내의 역사학계를 생각하면 간혹 답답한 마음을 달랠 길이 없어 홀로 공주까지 내려가 무령왕릉 부근의 선술집에서 술잔을 기울이다 맥없이 서울로 올라오고는 했다. 진실은 단단하거나 딱딱하지 않고 어쩌면 유리와 같은 것인지도 모르겠다는 생각이 들기도 했다. 조심히 다루지 않으면 깨져버리고 마는 그런 물체. 하지만 여전히 그 유리조차 찾아보려 하지 않는 세태가 한심했다.

인물화상경의 비밀

문 교수는 무령왕을 생각하면 인물화상경[22]의 숨은 비밀을 파헤치려고 몇 년을 고민 속에 보낸 시간에 가슴이 아려왔다. 이 인물화상경이 역사의 진실을 말해주는 것만 같아 더욱 마음이 아팠다. 이 인물화

---

[22] 스다하치만 신사隅田八幡神社 인물화상경 人物画像鏡은 와카야마 현 하시모토 시에 소재하는 스다하치만 신사에 있는 6세기경에 제작된 청동 거울로 일본의 국보로 지정되어 있다. 거울에 48글자가 새겨져 있는데 이는 일본 고대사, 고고학, 일본어 연구에 중요한 자료이다. 지름 19.8cm의 이 인물화상경은 둥근 거울의 바깥쪽 테두리를 따라가며 다음의 48개 한자가 새겨져 있다.

癸未年 八月日十 大王年, 男弟王 在意柴沙加宮 時, 斯麻念長壽 遺開中費直 穢人今州利 二人等, 取白上銅二百旱 作此鏡

계미년(503년) 8월 10일 대왕(백제 무령왕)이 다스리던 해에, 남제왕이 의시사가궁에 있을 때 사마(무령왕의 휘)가 아우(남제왕)의 장수를 바라면서, 개중비직과 예인(예족인) 금주리 2인 등을 파견하여, 최고급 구리쇠(白上銅) 200한(旱)을 취하여, 이 거울을 만들었노라.

상경은 무령왕이 502년 백제로 들어가고 일 년이 지난 후, 503년 왜에 남아 있는 동생 계체(게이타이) 왜왕에게 보낸 선물이다. 이 인물화상경은 와카야마 현 하시모토 시의 스타하치만 신사에 일본의 국보로 보존되어 있다. 일본의 국보 2호로 지정되어 일본인의 사랑을 받고 있는 인물화상경이 그것을 처음 만든 무령왕의 뜻과는 반대로 식민사관 역사학자들로부터 왜곡되어서 전해오는 것이 문 교수는 너무 안타까웠다. 지하에서 무령왕이 역사를 왜곡하려는 현재의 일본인들을 보면 무슨 말씀을 하실까? 무령왕과 동생 계체의 순수한 형제애의 결정체인 인물화상경마저 역사의 회오리 속에서 그 뜻을 바르게 밝히지 못하고 있는 현실이 더욱 문 교수의 가슴을 아프게 했다. 이렇게 확실한 역사적 증거가 있는데도 일본 학자들은 인물화상경을 백제 무령왕이 일본 천황에게 바친 선물이라고 억지주장을 하면서 인물화상경을 공개하지도 않고 꽁꽁 숨기고 있었다. 무령왕이 왜에 있는 동생에게 보낸다는 명문이 있는데도 식민사관의 일본학자들은 이를 인정하기도 싫고, 믿고 싶어 하지도 않았다. 그러나 양심 있는 일본학자들은 명백하게 밝히고 있다. 이 인물화상경은 무령왕이 동생 계체 왜왕에게 보낸 것이 분명하다고 말이다. 문 교수가 생각에 잠겨 있는 사이에 운전대를 잡고 있던 조민국이 갑자기 성왕에 대해 질문을 던졌다.

"교수님, 성왕의 죽음에 대해서 《삼국사기》에는 관산성 전투에서 죽었다고 짤막하게만 나오지만 《일본서기》에서는 꽤 자세하게 묘사하고 있습니다."

무령왕의 아들 성왕은 백제의 중흥기를 이끈 임금으로 고구려를 침공하여 한성백제를 되찾고 개로왕의 복수를 하였으나, 신라가 마지막에 성왕의 등에 칼을 꽂았다. 신라의 배신으로 다시 한성을 빼앗긴 성왕은 신라에 대한 처절한 복수를 다짐하였다. 이에 성왕은 신라를 공격해서 관산성을 빼앗고 경주를 공격하기 위해 준비하던 중 관산성을 지키고 있는 태자 창(위덕왕)을 격려해주러 가는 길에 신라의 매복병에게 붙잡혀 죽음을 맞이했다.《일본서기》〈흠명기〉에는 다음과 같은 기록이 존재하고 있었다.

　　"신라는 명왕明王(백제 성왕)이 직접 왔음을 듣고 나라 안의 모든 군사를 내어 길을 끊고 격파하였다. 이때 신라에서 말먹이꾼 노비 고도苦都에게 '고도는 천한 노비이고 명왕은 뛰어난 군주이다. 이제 천한 노비로 하여금 뛰어난 군주를 죽이게 하여 후세에 전해져 사람들의 입에서 잊히지 않기를 바란다'고 하였다. 얼마 후 고도가 명왕을 사로잡아 두 번 절하고 '왕의 머리를 베기를 청합니다'라고 하였다. 명왕이 '왕의 머리를 노비의 손에 줄 수 없다'고 하니, 고도가 '우리나라의 법에는 맹세한 것을 어기면 비록 국왕이라 하더라도 노비의 손에 죽습니다'라고 하였다. 명왕이 하늘을 우러러 크게 탄식하고 눈물을 흘리며 허락하기를 '과인이 생각할 때마다 늘 고통이 골수에 사무쳤다. 돌이켜 생각해보아도 구차히 살 수는 없다'라고 말하고 머리를 내밀어 참수당했다. 고도는 그 머리를 베어 죽이고 구덩이에 파묻었다. 신라왕이 명왕의 뼈를 북청北廳 계단 아래에 묻었는데, 이 관청을 도

　　　　　　　　　　　　　　인물화상경의 비밀

당都堂이라 이름한다'고 하였다."

"어떻게 《삼국사기》에도 나오지 않는 백제 성왕의 이야기가 《일본서기》에 이렇게 자세히 설명되어 있을까요?"

조민국은 흡사 미제 사건을 추적하는 형사의 눈초리로 문 교수에게 물었다.

"앞으로 풀어야 할 역사적 진실이 너무 많다. 흥분하지 말고 차근차근 자료를 가지고 풀어가는 것이 우리 역사학도들의 사명이야."

문 교수는 이렇게 말하면서도 자신도 역사 스릴러 속 주인공이 된 듯한 느낌이 들었다. 문 교수는 《일본서기》에 왜 이렇게 성왕의 죽음이 자세히 기록되어 있는가 하는 의문을 다시 갖지 않을 수 없었다. 위덕왕은 아버지 성왕의 형상을 그대로 본떠서 불상을 만들어 왜로 보내었는데, 지금도 일본의 나라 현 호류사 몽전에 보관되어 있는 비불秘佛 구세관음상이 그것이다. 일 년에 단 두 차례만 공개되는 일본의 국보로서 호류사 600년의 기록인 성예초聖譽抄에는 백제 위덕왕이 아버지 성왕의 형상으로 만든 불상이라고 적혀 있다. 왜 위덕왕이 아버지 성왕의 모습을 한 구세관음상을 왜로 보냈을까? 문 교수는 위덕왕이 왜에 나가 있는 아들 아좌 태자에게 보냈던 것으로 추측하고 있었다. 《일본서기》에는 소가노 우마코가 성왕이 죽었다는 소식을 듣고 통곡하며 시를 지었다고 기록하고 있었다. 554년에 성왕이 전사하자 태자 창은 서른 살의 나이로 국정을 이어받았다. 위덕왕이 된 태자 창은 태자 시절부터 성왕을 도와 국정에 참여하였고, 신라가 동맹을 어기고 한강 유역을 장악했을 때는 신라 정벌론을 펼쳤다. 그의 강경론에 따라 성왕이 신라 공격을 결심하자, 554년에 자신이 선봉에서 관산성 공략에 나섰다. 위덕왕은 밤마다 악몽에 시달렸다. 아버지의 머리가 신라인들에 의해 밟히고 있다는 생각에 잠을 이룰 수가 없었다.

조민국은 생각에 잠겨 있는 문 교수에게 말했다.

"교수님, 위덕왕의 상태로 보아서 지금 같아서는 정신과 치료를 받아야 할 정도로 정신적 고통이 심했던 것 같습니다."

문 교수는 민국의 말이 귀에 들어오지 않았다. 만약 자신이 위덕왕의 입장이었으면 어떻게 하였을까. 문 교수는 아버지 성왕이 자신 때문에 죽었다는 위덕왕이 느꼈을 죄책감과 함께, 아버지 성왕의 카리스마를 따라가지 못하는 유약한 위덕왕의 심리적 상황을 충분히 이해할 수 있을 것 같았다. 1,500년 전의 위덕왕의 모습이 차창에 어른거렸다. 위덕왕의 고뇌가 문 교수에게 그대로 전해지고 있었다. 그 순간 위덕왕은 역사에 존재했던 한 인물이 아니라 오늘날 고뇌하는 현대인의 모습이었다. 그냥 역사적인 왕인 위덕왕이 인간적인 모습으로 문 교수에게 다가오고 있었다.

오사카에서

　스즈키 교수가 말한 오사카의 번화가인 미나미의 '아스카 스시'라는 식당의 문을 열고 들어서자 그가 문 교수를 반갑게 맞이했다.

　"이게 얼마 만인가?"

　크고 서글서글한 눈매를 가진 스즈키 교수가 자리에서 일어나며 문 교수와 조민국을 맞이했다. 일전에 보았을 땐 살집이 좀 있었는데 운동을 했는지 늘씬해 보였다. 자연스럽게 흘러내린 머리칼이나 작고 갸름한 얼굴 덕에 여학생들에게 인기가 좋다는 말을 듣기도 했다. 아닌 게 아니라 스즈키 교수는 이른바 호남형의 남자였다. 나름 자기 관리가 철저한 사람이었다.

　"한국에서 심포지엄을 열 때였으니까 3년은 넘은 거 같은데, 스즈키 씨는 그사이 더 젊어졌네."

자리에 앉아마자 서로 웃으며 덕담을 나누었다.

"문 교수님도 더 멋있어졌네. 머리카락이 하얘지시니까 중후한 멋이 풍기는구먼."

"늙어가고 있다는 증거지."

문 교수는 오랜만에 친한 벗을 만난 듯 반가웠다. 스즈키 교수는 한국과 일본의 역사 화해를 추진하는 몇 명 안 되는 일본의 양심적인 역사학자였다. 문 교수와 스즈키 교수는 서로 교류하고 지낸 세월이 있어 이제는 동년배 친구가 되어 말을 놓고 지냈다.

세 사람은 초밥을 골라 시키고 맥주와 사케도 함께 주문했다. 그 사이 문 교수는 조민국을 스즈키에게 소개했다. 그러자 스즈키 교수가 창밖으로 날카로운 시선을 보냈다.

"아무래도 저 친구들, 문 교수가 달고 온 사람들 같은데."

문 교수와 조민국이 창밖을 내다보았다. 건장한 체격의 청년 두 명이 눈이 마주치자, 괜히 두리번거리며 딴청을 피웠다.

"곤지 신사에서도 봤던 청년들 같아요."

"저 청년들이 왜?"

문 교수는 의아해했다.

"한국의 유명한 역사학자가 도래를 했으니 일본 우익 역사학계가 긴장하는 건 당연하지 않겠나? 참, 이번 심포지엄에서 난리가 났었다지?"

스즈키 교수도 소식을 들은 모양이었다.

"오우치 마사코라는 여성인데 당차더군. 지금까지 세미나나 심포지엄은 꽤 다녀봤지만 처음 보는 분이었어. 일본 노학자들한테 추론으로 역사를 재단하지 말라고도 하고, 백제와 고대 일본의 뿌리는 하나일 수도 있다고 하니 다들 기겁을 하더군."

"오우치 마사코? 누군지 도통 모르겠구먼. 이쪽에 종사하는 학자라면 어지간히 다 아는데 말이야."

"하긴 나도 처음 보는 여성이었어. 그런데 그 여자도 뭔가를 찾아다니는 것 같던데. 우리가 곤지 신사에 갔을 때 청년들도 봤지만 마사코라는 여자도 만났거든."

"그래? 재미있는 일이 일어날 모양이네."

스즈키 교수가 너털웃음을 지었다. 역사학자의 뒤를 밟아 무슨 일이 있겠는가 싶어 문 교수도 밖에서 서성거리는 청년들에게 더 이상 관심을 두지 않으려고 했으나 뭔가 미심쩍은 기분을 지울 수가 없었다. 문 교수는 한 번 더 창밖을 내다본 후 고개를 갸웃거렸다.

'설마 나를 통해 《씨족기》를 찾으려는 건 아니겠지. 일본 학자들도 못 찾는 걸 내가 어찌 찾누. 제명 공주 때문은 아닐 테고….'

문 교수는 혼자 실소를 짓고 말았다.

초밥이 나와 세 사람은 술을 곁들이며 배를 채우기 시작했다. 3년 동안 한일 간에 벌어진 역사적 사건들에 대해 화제가 이어졌다. 근래 들어 혐한 시위가 격화되고 있다는 염려도 늘어놓았다.

"짐작하겠지만 누군가 지원하고 있어. 거리를 점령하고 시위까지 할 정도는 아닌데."

멀리서 "조센징 가에레"라는 소리가 들렸다.

"이 야밤에도 시위를 하나?"

"잘 안 들렸는데 뭐라고 하는 겁니까?"

"조선인은 돌아가라는 말이지."

스즈키 교수의 얼굴에 어두운 미소가 번졌다.

"소수가 그런 거니까 신경 쓸 필요 없어."

"소수라 하더라도 계속해서 이런 식의 이야기들이 전개되고 확장되면 국민들이 자신도 모르게 세뇌되는 거야."

"정권이 바뀌지 않고서야 특별한 수가 날 것 같지도 않은데."

조민국은 말없이 초밥 몇 개를 집어 먹고 맥주도 한 잔 깨끗하게 비운 후 입을 열었다.

"사실 전 교수님을 만나기 전까지는 우리 뿌리에 대해 그렇게 깊이 있게 고민해본 적이 없었습니다. 역사 공부를 하면서도 이런 걸 뭐 하러 하나 싶기도 했고요. 그런데 역사 공부라는 게 깊고 묘한 매력이 있더라고요. 나의 정체성을 알아가는 과정의 하나이기도 하니까요. 그러면서 우리 문 교수님 만나서 특별히 백제에 관해 더 깊이 공부하게 되고 자료도 뒤지게 되고…."

"많이 피곤했던 모양이네. 한 잔 마시고 취한 것 같지는 않은데."

문 교수가 조민국의 말이 길어지자 말을 끊었다.

"교수님도 참, 저 말술인 건 역사학과 전체가 다 알고 있는 사실입니다."

스즈키 교수가 계속 말하라는 듯 손짓했다.

"저기 밖에서 조선인에게 한국으로 돌아가라고 말하는데 진짜 조선인이 돌아가면 일본에는 과연 몇 명이나 남아 있을까, 문득 그런 생각이 들더라고요. 일본인의 뿌리를 찾아보면 거의 99퍼센트가 한국인의 피가 흐르잖아요. 유전자 검사에서도 나왔고 일본의 역사학자도 과거의 인구조사에서 밝힌 바가 있었고요. 고대 일본 야요이 시대에는 일본 전체의 인구가 5만 명 정도였는데, 7세기경 백제 멸망 직후에는 인구가 5백만 명에 이르는 역사상 존재할 수 없는 최고 수준의 인구증가율을 보이죠. 이는 외부의 유입이 아니고는 설명할 수 없죠. 세금 징수 기록, 경작 면적 및 식량 산출, 무덤의 분포와 수, 전쟁 동원 군사 수 등 과학적 조사에 의하면, 당시 일본 인구가 5백만 명 정도였다고 인류학자들이 말하고 있는데, 그중 90퍼센트 이상은 백제인이었던 겁니다. 일본이라는 나라 존립 자체가 백제인들이 없었다면 불가능한 이야기라는 거죠."

조민국은 스즈키 교수의 눈치를 살피며 맥주를 한 잔 더 들이켰다. 열변을 토한 탓인지 맥주 탓인지 조민국의 얼굴이 붉어졌다.

"문 교수님이나 스즈키 교수님이나 저보다 더 잘 아시겠지만 이런 인구 증가는 자연 증가가 아니라 외부의 요인으로 빚어지는 증가라고 학자들이 한결같이 주장하고 있습니다. 굳이 학자들의 주장이 아니라 하더라도 짧은 시기에 인구 5만 명에서 500만 명으로 100배나 증가되었다는 건 상식적으로 이해할 수 없는 일이잖습니까. 외부 유입밖에 없는 거죠. 고구려 장수왕의 남하정책으로 백제가 수도 한성을 뺏기고 남으로 쫓겨갈 때 많은 수의 백제인들이 왜로 피난을 갔죠. 이때가 1차 대규모 이주였다면 660년 백제가 멸망한 후 거의 백제 인구의 절반 가까이가 점령자인 당나라와 신라를 피해서 왜로 넘어가며 왜에서 인구폭발로 이어진 거죠. 일본의 원주민인 아이누족은 도래인들에 의해 거의 멸족이 되었고요. 그나마 현재 일본에는 아이누족이 2만 명 정도 살고 있다고 하더군요. 그렇다면 일본 인구의 99퍼센트 이상을 차지하고 있는 도래인은 누구인가요? 그들은 다름 아닌 한국에서 건너간 도래인 아닙니까. 그 도래인 가운데도 90퍼센트 이상이 백제인이고요. 나머지 10퍼센트도 가야나 신라, 고구려인입니다. 이들 역시 우리의 조상들이죠. 다시 말하면 일본 인구의 90퍼센트 이상이 백제 이주민과 그의 후손이라는 이야기입니다. 스탠포드 대학 생리학 연구실의 보고서에 의하면 한일 양국 국민의 평균 유전자 거리가 1,500년 정도라고 하더라고요. 이건 일본이 몽고인보다도 우리와 훨씬 더 가깝다는 이야기입니다. 1,400년 전 백제 멸망 전후에 우리나라와 일본인은 유전적으로 완전히 일치한다는 말이기도 하고요."

"말하면 뭘 하겠는가. 그런 증거들이야 수도 없이 많이 있지. 문제는 알면서도 그런다는 게지."

스즈키 교수가 조민국의 열변에 불을 지폈다. 문 교수는 다시 말문을 열려는 조민국을 말리려다 그만두었다. 백제와 관련된 한일 관계사에 있어서 조민국이 언젠가는 문 교수의 연구를 이어가야만 했다.

오늘 이 자리는 그런 조민국에게 중요한 순간일 수도 있었다.

"소가노 우마코, 그러니까 소가 대신이 외조카를 스이코 천황으로 옹립하기 위해 모노노베 씨 일가를 처단한 사건이 '정미의 난'으로《일본서기》에는 기록되어 있잖습니까. 정미의 난으로 먼저 일본으로 건너온 가야계와 구백제계의 세력이 사라지고, 개로왕 전사 이후 곤지왕 중심의 신백제계가 완전히 세력을 잡게 된 겁니다. 이 정미의 난으로 일본의 토착신앙을 믿는 가야계와 구백제계는 일본 지방으로 피난을 가면서 중앙정치에는 손을 떼게 된 거죠. 소가노 우마코는 백제의 힘을 빌려 정미의 난으로 최대의 정적인 모노노베 씨를 제거한 후에 왜의 왕실을 능가하는 최고의 실권자로 등장하게 된 겁니다. 이들은 백제의 불교를 숭상하며 백제와의 의리를 우선으로 두는 목협만치의 후손들이었기에 백제 왕실에서도 어느 정도 용인하지 않았을까요? 스이코 천황, 여자 천황이라는 타이틀 때문에 사실 저도 굉장히 매력적으로 봤던 인물입니다. 그 당시에는 왕으로 불렀지만《일본서기》에 천황으로 표시되어 있더군요."

스즈키 교수와 문 교수가 가볍게 박수를 쳤다.

"사실 나도 백제계라고 봐야지."

스즈키 교수가 사케를 홀짝거리며 말했다. 그새 험한 시위로 떠들썩하던 창밖 거리가 조용해졌다. 대신 그 자리를 젊은 청춘들이 메웠다. 이념이나 역사적 왜곡과는 아무런 상관이 없는 듯 자유분방하기만 청춘들. 저들 대부분은 백제의 피가 흐르고 있을 터였다. 문 교수는 잠깐 거리에 두었던 시선을 접었다.

"곤지왕의 손자이자 게이타이 천황의 아들인 긴메이 천황과 그의 첫 번째 왕비에게서 난 아들이 비다쓰 천황이고, 첫 번째 왕비가 죽은 후 맞이한 두 번째 부인인 소가노 가문의 기타시히메堅塩媛와 긴메이 천황 사이에 딸과 아들이 태어났는데, 아들의 이름은 요메이用明였고, 딸의 이름은 누카타베額田部였습니다. 당시 백제 왕실과 마찬가지로 왜 왕실도 근친혼으로 이어졌는데 누카타베는 이복오빠인 비다쓰 천황과 결혼해서 비다쓰의 왕비가 되고 그 후에 권력 다툼 속에서 왜의 최초 여왕이 된 사람이 스이코 천황입니다. 스이코 천황은 593년 스슌 천황이 재위 2년 만에 승하한 직후 권력의 공백을 채우기 위해 최초의 여성 천황으로 즉위한 건데, 즉위 다음해 친오빠인 요메이 천왕의 아들 쇼토쿠 태자를 섭정으로 임명하였던 겁니다. 실권은 쇼토쿠 태자와 소가노 우마코, 즉 소가 대신에게 있었지만, 스이코 천황의 치세 중, 관위 12계급의 설정, 17조 헌법 제정, 국사 편찬, 호류사 건립 등 아스카飛鳥 시대라 불리는 한 시대를 구축했던 인물들입니다. 스이코 천황 8년(600년), 신라를 정벌하기 위한 군사를 출병시켰고, 스이코 천황 10년(602년), 다시 신라를 정벌하기 위한 군사를 일으켰던 사건이 있었습니다. 친동생 구메 황자来目皇子를 장군으로 하는 2만5천의 군사를 치쿠시筑紫에 모았지만, 바다를 건널 준비를 하는 과정에서 왕자가 죽었고, 후임으로 임명된 이복동생 다이마 황자当麻皇子는 아내의 죽음을 이유로 수도로 돌아와버려 결국 원정은 중지되었지만 말이죠."

"그래 맞아. 그런데 스이코 천황은 왜 그렇게 신라를 못 잡아먹어서 안달이었던 걸까?"

문 교수의 말에 조민국이 그를 힐끔 쳐다보았다. 알면서 왜 묻느냐는 눈치였다.

"교수님 참, 소가 대신이 백제의 위덕왕에게 편지를 보냈잖습니까. 성왕의 복수를 위해 소가 대신과 쇼토쿠 태자가 신라에게 복수를 할 것을 다짐하는 편지를요. 스이코 천황의 섭정이었던 쇼토쿠 태자는 가장 존경하는 인물로 성왕을 꼽았는데 성왕의 이름을 따서 그의 이름도 성덕聖德으로 하였던 겁니다. 스이코 천황 시대의 신라 공격은 성왕에 대한 복수였던 것입니다."

"백제와 왜는 하나였다."

일본의 불교왕조사를 정리한《부상략기扶桑略記》23에서 스이코 천황 원년에 민조 백관이 백제 옷을 입었다는 기록을 발견하고는 문 교수는 다시금 확신을 갖게 되었다.

일본의 고대 도시의 한복판인 오사카의 미나미에서 백제와 일본에 얽힌 이야기들이 실타래 풀리듯 풀리고 있었다.

"소가 대신의 무덤은 둘러봤나?"

스즈키 교수가 두 사람에게 물었다.

"보기는 봤는데 자세히 둘러보지는 못했습니다. 그런데 원래 그렇

---

23   《부상략기》는 일본 헤이안 시대의 역사서로, 일본의 불교문화사를 아우르는 총서이자, 육국사六国史의 초본抄本으로써의 역할을 맡아 후세의 지식인들에게 중시되었다.

게 천황의 무덤보다 소가 대신의 무덤이 컸던 겁니까?"

문 교수의 목적에는 소가 대신의 무덤을 둘러보는 일은 포함되어 있지 않았다. 언젠가 꼼꼼하게 둘러보긴 해야겠지만 말이다. 조민국의 질문에 스즈키 교수가 답을 주었다.

"당시 천황보다 더 강력한 권력을 가지고 있었던 인물이었으니까."

"아무튼 대단한 인물이긴 했던 것 같습니다."

"일본을 불교의 국가로 정착시키려고 했지.《부상략기》에 보면 자세히 나오지.[24] 역사의 기록을 보고 있으면 절대적 권력은 절대적으로 부패하는 법이라는 걸 느끼게 돼."

소가 대신은 판개궁에서 목이 잘려 살해당한다. 소가 대신의 절대 권력에 반기를 든 사건이었다. 소가 대신의 신사에까지 가서 그 기록이 그려져 있는 그림을 안 보고 왔다는 생각이 그제야 들었다. 물론 한국인 두 명이 찾아가 보여달라고 해서 보여줄 그림도 아니었다. 문

---

[24] 《부상략기》에 따르면 소가노 우마코는 불교 수용에 적극적인 성향을 보여, 성덕 태자와 연대하여, 불교 수용에 반대하는 배불파排佛派이자 국신파國神派인 모노노베 모리야物部守屋를 제거했다. 이것은 물론 본국 백제의 승인이 없으면 불가능했다. 소가노 우마코는 소가노 이나메의 아들로, 요메이 천황, 스이코 천황의 외삼촌이었다. 584년 9월에 백제계 소가노 우마코 대신이 백제에서 보내준 미륵석상을 이시카와石川의 자택에 모셔다 불전을 세웠으며, 이듬해 2월 소가노 우마코 대신은 오노노오카大野丘 북쪽에 목탑을 세우고 기둥 밑에 부처님 사리 용기를 모셨다. 왜 왕실 최초의 부처 사리가 백제로부터 건너왔던 것이다. 593년 1월 소가노 우마코 대신이 소망했던 아스카 땅의 호코사法興寺의 기둥을 세우던 날, 대신은 모두 백제 옷(百濟服)을 입었으며 구경하던 사람들이 기뻐했다. 이때 부처님 사리가 든 용기를 기둥의 받침 속에 넣었다. 이는 일본 고대 불교 문헌이 백제 성왕 때 성행한 사리신앙을 입증하고 있다.

교수는 스즈키 교수에게 부탁을 했다.

"나라고 해서 보여줄 것 같진 않지만 한번 알아보지. 나도 딱 한 번 봤으니까. 오늘 어디서 묵나?"

시각은 밤 10시를 지나고 있었다. 하지만 미나미 거리는 여전히 불야성이었다.

"이 근방 호텔을 잡았어."

"그래? 호텔 방 번호 좀 알려줘. 연구실에 그림 한 점이 들어왔는데, 내가 언제 또 문 교수와 다시 만나겠나. 오신 김에 보면 좋을 거야. 내일 아침에 보여줄까 싶었는데, 한국 속담에 쇠뿔도 단김에 뽑으라는 말도 있고 말이야. 차일피일 미루다보면 언제 또 볼 수 있을지 모르니 말일세."

문 교수가 후지야 호텔 이름과 방 번호를 메모해 주었다.

"아, 여기 후지야에 방을 잡았군. 오래되긴 했지만 묵기에 거기만한 곳도 없지."

"여러모로 밥 먹기도 편할 거 같고, 가볍게 한잔 걸치기도 좋을 듯해서 말이야."

"아무튼 잘 오셨소. 연구실에 다녀오면 한 시간쯤 걸릴 테니 있다가 봅시다."

스즈키 교수가 자리에서 먼저 일어나 식당을 빠져나갔다.

"저런 분만 있으면 우리가 일본이랑 갈등을 겪지 않을 텐데요."

문 교수와 조민국도 음식 값을 계산하고 거리로 나왔다.

"백제와 관계된 자료들을 살펴보고 무령왕릉이나 풍납동의 발굴 현장도 그렇고 이쪽의 아스카베 고분군 등을 돌아다니며 느낀 건 일본 역사학자들이 우리에게 대단히 열등감을 느끼고 있다는 점이었어. 굳이 왜 왜곡을 하지? 민족적 자긍심의 발로라고 해도, 그런다고 한들 없던 자긍심이 살아나는 것도 아닌데. 안 그런가?"

"그건 그렇긴 하지만 없는 사람 입장에서는 있는 사람이 부러운 그런 이치 아닐까요?"

문 교수가 걸음을 멈추고 잠깐 조민국을 쳐다보았다.

"학자로서의 넓은 품까지 다 갖추었네."

문 교수는 조민국의 어깨를 토닥였다.

후지야 호텔로 들어오기 전, 조민국은 편의점에 들러 팩소주를 여러 개 샀다.

"역시 한국인에게는 소주가 제일입니다."

조민국은 소주를 잔뜩 담은 비닐봉지를 뒤로 감췄다. 호텔로 들어온 문 교수가 간단하게 샤워를 하는 동안 포장도시락을 안주 삼아 술상을 펼쳐놓았다.

"스즈키 교수가 뭘 보여주겠다는 건지 궁금하네."

호랑이도 제 말 하면 나타난다더니 스즈키 교수에게서 전화가 걸려왔다.

"내일 보자는 건가? …그럼 내일 만나는 게 좋지 않겠나?"

문 교수는 느긋하게 전화를 받았다가 등을 꼿꼿하게 세웠다.

"…알았네. 곧 보세."

문 교수의 얼굴이 심각하게 굳었다.

"무슨 일이라도?"

"누가 연구실에 몰래 들어와서 잔뜩 어지럽혔다는군. 없어진 건 딱히 없어 보였다는데 뭘 뒤지고 갔는지 모르겠다고 하더군. 곧 온다니까 만나서 물어보세."

조민국도 간단하게 얼굴만 씻고 나왔다.

"혹시 자네 아좌 태자에 대한 자료도 검토해봤나?"

"교수님의 제자인데 당연히 찾아봤죠. 스즈키 교수님 오시기 전에 한잔 할까요?"

문 교수도 소주 한잔이면 더부룩한 속이 풀릴 듯했다. 조민국이 물잔에 소주를 따랐다.

"저도 처음에는 한국에도 자료가 있지 않을까 싶어 찾아봤었죠. 그런데 아좌 태자에 대해서는 한 줄 기록된 것 말고는 없더라고요. 위덕왕의 첫째 아들인 아좌 태자는 역사 교과서에서 일본의 성덕 태자의 초상화를 그린 인물로만 나올 뿐 그가 왜 일본으로 건너갔으며《일본서기》에서 태자라는 호칭을 받으며 중요하게 기록된 연유에 대한 설명이 전혀 없었습니다. 게다가 역사적으로 중요한 인물인데 의도적으로 축소되고 조작되는지에 대해 우리 역사학자들 중 그 누구도 지적하는 사람이 없었고요. 아, 물론 교수님은 빼고요. 그래서 일본 자료들을 뒤지다 보니까 의외로 상세하게 나와 있는 겁니다."

　조민국이 다음 이야기를 시작하기도 전에 호텔 벨이 울렸다. 조민국이 달려가 문을 열었다. 스즈키 교수였다. 그는 방으로 들어서기 전 복도를 한 번 살폈다.

　"괴이한 일일세. 지금까지 이런 일이 없었는데."

　스즈키 교수가 술판을 둘러보았다.

　"나도 소주 한잔 주시게."

　조민국이 물 잔을 하나 더 가져와 소주를 따른 후 그에게 건넸다.

　"그래, 누군가 연구실을 뒤졌다면서?"

　"그러게 말이야. 그런데 없어진 건 없는 것 같아. 하긴 애초에 중요한 건 연구실에 두지도 않았고."

　그가 가방에서 사진 한 장을 꺼내들었다.

　"인물화상경이군."

　"역시 문 교수는 단박에 알아보는군. 그런데 이게 최근에 아스카베 고분에서 나온 거라네. 그동안 쉬쉬하고 있었지."

　"그래?"

　"아직도 소가 대신이 안주거리인가?"

　"소가 대신이 아니라 아좌 태자였네만."

　"그럼, 이건 하던 이야기가 끝나면 설명해주지."

　스즈키 교수가 조민국을 빤히 쳐다보았다.

　"교수님 계속할까요?"

"그래. 내친김에 민국의 강의도 들어보게나. 이런 귀한 강의를 자네나 나나 어디서 듣겠나."

"그럼, 술기운을 빌려 계속 떠들어보겠습니다. 아좌 태자가 일본에 있는 동안 아버지 위덕왕이 위독하게 되자, 귀족들이 아좌 태자의 삼촌을 내세워 쿠데타를 일으켰잖습니까."

"그랬지."

"불행하게도 백제에 대한 기록은 《삼국사기》보다 《일본서기》가 더 많고 정확하지. 《삼국사기》는 허점투성이야. 《삼국사기》의 백제사는 앞뒤가 맞지 않는 곳이 한두 군데가 아니지. 그렇다고 《일본서기》가 정확하냐, 결코 그렇지는 않지. 《일본서기》에서도 백제를 조상으로 인정하지 않고 나중에 의도적으로 배제한 흔적이 여기저기에서 나타나니까 말이야. 그들의 조상이기에 폄하할 수는 없지만 일본의 위상을 높이기 위해서 백제를 희생시킨 흔적이 한두 군데가 아니야. 《삼국사기》가 백제를 패배자로 아둔한 존재로 표현했다면, 《일본서기》는 백제의 찬란한 문화를 자기의 것으로 만드는 왜곡을 저질렀지."

문 교수는 말하다 말고 스즈키 교수를 힐금 쳐다보았다.

"날 쳐다볼 이유가 뭐가 있는가. 다 사실인걸."

"무왕의 탄생에도 학계 논란이 많습니다. 중국 《사기》에는 위덕왕의 아들로 되어 있고, 《삼국유사》에서는 어느 여인이 '연못의 용과 교통하여 낳았다'는 기록에 의거하여 '방계의 몰락한 왕족'이라는 다소 모호한 표현으로 넘어가고 있습니다. 반면 일본의 《신찬성씨록》이나 임성 태자를 시조로 모시는 오우치 씨의 족보에는 무왕의 아버지를 진이왕으로 표기하고 있습니다. 무왕의 아버지로 추정되는 진이왕의 존재는 오랫동안 알려지지 않았다가, 조선 숙종 때 오우치 가문이 자신의 조상을 찾아달라고 하면서 조선에도 알려지게 됐죠. 오우치 가문의 족보에 의하면 진이왕은 위덕왕의 아들인 임성 태자입니다. 1398년 일본인 오우치 요시히로가 조선 정종에게 자신의 조상이 성왕인 부여 명농의 셋째 아들 부여 의조라는 것을 확인해달라고 족보를 보낸 바 있습니다. 그리고 당나라로 끌려간 의자왕과 부여 융의 후손인 부여 문선의 비석에는 부여 관의 아들 부여 장이라는 대목이 나오죠. 그런 만큼 진이왕은 위덕왕의 아들로 추정됩니다. 그 족보의 행방은 묘연하지만 말입니다."

세 사람이 두런두런 이야기를 하는 동안 잔에 담긴 소주를 모두 비웠다. 조민국이 다시 잔에 술을 채웠다.

"일본에서 먹는 소주라 그런지 취기가 하나도 안 오르는데요."

조민국이 너스레를 떨었다.

"두 사람이 더 잘 알겠지만 아좌 태자가 그렸다는 초상화는 일본에서 그려진 초상화로는 가장 오래됐지. 622년 2월 22일 쇼토쿠 태자는 전염병에 걸려 나라의 이카루가 궁斑鳩宮에서 세상을 떠났지. 48세의 젊은 나이였어. 쇼토쿠 태자가 세상을 떠나자 임성 태자는 그를 대신해서 왜의 실질적인 관리를 하게 되는 인물로 부각돼. 임성 태자는 소가 대신의 힘을 빌려 본국 백제의 적통 왕자를 왜왕의 자리에 앉히기도 했어. 그가 바로 왜의 34대왕 조메이 천황이야. 임성 태자의 아들 '부여 명明'이 서명敍明(조메이) 천황이 된 거지. 조메이 천황은 최초로 백제궁을 짓고 산 인물이야. 조메이 천황의 아내가 제명 공주인데 삼촌한테 시집을 간 셈이지. 7세기 중엽 조메이 천황이 스스로를 백제인이라 자처했던 기록이 《일본서기》에 여기저기서 나타난다는 건 주지의 사실이고.[25]"

조민국이 해야 할 부연 설명을 스즈키 교수가 모두 해주었다. 하지만 그러한 임성 태자에 대한 기록이 한국에는 전무했다. 그러니 그 후손들이 얼마나 답답했으면 조선으로 건너와서 자신들의 뿌리를 찾아달라고 부탁했을까 싶었다.

"조메이 천황은 생전에 '구다라 대왕' 즉 '백제 대왕百濟大王'이라 불렸을 것이라고 주장한 세이조 대학 사학과 사에키 아리키요佐伯有淸 교수 같은 분도 계시지."

스즈키의 말이 끝나자 세 사람은 소파에 깊이 몸을 묻었다. 먼 거리를 쉬지 않고 달려온 기분이 들었다. 진실을 밝히러 가는 길은 힘이 든다는 걸 말해주는 듯했다. 조민국이 사온 소주도 바닥이 났다. 이번엔 문 교수가 냉장고를 뒤졌다. 맥주와 양주가 가지런히 들어 있었다. 그는 맥주를 꺼냈다.

25　《일본서기》에 의하면 "조메이왕은 나라 땅의 백제강百濟川(구다라강) 강변에다 백제궁百濟宮(구다라궁)과 백제사百濟寺(구다라지)를 짓고 백제궁(구다라궁)에서 살다가, 조메이 13년(641년) 10월 9일 백제궁에서 서거했다. 현재 백제궁 인근에는 '백제사삼중탑百濟寺三重塔'이 우뚝 서 있어 옛 백제 고대 왕실과 불교의 영광을 보여주고 있다"라고 나와 있다.

"교수님, 다른 역사도 아닌 백제 역사의 왜곡에 파고드는 이유가 대체 뭐죠?"

조민국은 전부터 궁금했던 질문을 취기를 빌려 물었다

"알고 있겠지만 근래 내 연구의 초점은 백촌강 전투와 제명 공주 그리고 임성 태자에 있어. 우선은 그 전투의 진실을 밝히는 거지. 그걸 밝히면 자연스럽게 핵심 인물인 의자왕과 제명 공주의 관계도 밝혀지겠지. 그리고 임성 태자의 존재도. 추측은 가능하지만 내가 원하는 건 진실된 사료야. 그걸 밝혀내기 위해 먼 길을 돌아가고 있다고 생각하면 돼."

"그렇군요. 짐작은 하고 있었지만…."

조민국은 말을 끝맺지도 못한 채 고개를 끄덕거렸다. 문 교수와 스즈키 교수가 서로를 쳐다보며 웃고 말았다.

"앞으로도 스즈키 교수님처럼 진실을 추구하는 학자들이 많이 나와야 할 텐데 걱정이야."

"많이 나올 게야. 천황부터 왜곡을 반기지 않으니까."

지난 2002년 아키히토 일본 천황은 한국인에게 보내는 메시지에서 8세기 일본 칸무桓武 천황의 어머니가 백제 무령왕의 자손이라는《속일본기》의 기록을 언급했다. 일본 천황가는 극비문서를 통해 자신들이 백제의 왕족이라는 사실을 이미 알고 있었던 것이다. 아무리 숨기려고 해도 그 조상을 숨길 수는 없는 법이다.

"아키히토 천황 자신이 바로 무령왕의 직계 자손인 것을 알고 있는 게지. 그러나 그렇게 발표하면 일본 내에서 신성시되는 천황가의 권위가 땅에 떨어지고 일본 국민들의 반발을 예상해서 어머니가 무령왕의 자손이라고 에둘러 표현한 거야."

문 교수는 아키히토 천황도 백제의 왕손이라는 사실을 알고 있다고 확신하고는 쓸쓸한 웃음을 지었다. 스즈키 교수가 가방을 챙겨 일어났다. 자정이 다 되어가고 있었다. 문 교수와 꾸벅꾸벅 졸던 조민국이 화들짝 일어나, 스즈키 교수를 배웅하러 로비로 나섰다.

세 사람이 로비를 지날 때 호텔 정문 앞으로 지나가는 여자가 눈에 띄었다. 늦은 밤인데다 여자 혼자라 자연스럽게 눈길이 갔다.

"어, 저 여자!"

문 교수가 여자를 가리켰다. 여자는 택시 승강장 부스로 들어갔다.

"왜 그래?"

"내가 아까 말했던 오우치 마사코야. 심포지엄에서 다른 발제자들을 무시하고 일본과 백제가 하나라고 말했다는 그 여자라고!"

문 교수와 조민국이 택시 승강장을 향해 뛰기 시작했다. 그러다 문 교수가 먼저 멈추었고 뒤이어 조민국도 뛰는 것을 그만두었다. 세단 한 대가 여자가 탄 택시 뒤에 멈춰서더니, 청년 둘이 그 차로 다급하게 올라타는 모습이 시야에 들어왔기 때문이었다. 그들은 마사코로 추정되는 여자의 뒤를 밟는지 택시를 바짝 따라붙는 인상이었다. 그리고 그들은 정문 앞을 지나면서 잠깐 문 교수와 눈이 마주치기도 했다.

순간 말릴 사이도 없이 조민국이 택시를 잡았다.

"뭐 하세요? 빨리 타세요!"

조민국은 이미 택시 안으로 몸을 구겨 넣은 후 두 사람을 불렀다. 문 교수와 스즈키 교수도 얼결에 택시에 올라탔다. 조민국이 빠른 말로 기사에게 앞에서 달리고 있는 세단을 쫓아가 달라고 부탁했다.

"어쩌려고?"

조민국에게 그런 질문을 하면서도 문 교수는 고개를 빼고 앞에서 달리고 있는 세단과 그 앞의 택시를 넘겨다보았다.

"어쩌긴요. 저 세단에 탄 놈들 수상해 보이는데 그대로 둘 순 없잖아요!"

"어쩐 일이냐? 여자라면 쳐다보기도 어려워서 내빼는 녀석이."

"누군가 위험에 처해 있을 땐 그런 건 중요하지 않잖아요."

딴엔 맞는 말이었다. 여자 만나기를 두려워한다고 해서 위험에 처할지도 모를 여자의 상황까지 나 몰라라 할 수는 없었다. 그렇다 쳐도 조민국의 반응은 알다가도 모를 일이었다.

뜻하지 않은 추격전이 되었다. 문 교수는 그동안 마신 술기운이 이미 사라져버렸다. 스즈키 교수도 침을 삼켰다.

"무슨 사연인지는 모르겠지만 아무튼 마사코 양을 저 남자들이 미행하는 게 분명해 보입니다."

조민국이 단언하듯 말했다. 굳이 설명하지 않아도 그쯤은 충분히 알 수 있었다.

"그런데 저들이 왜 마사코 양을 미행하죠?"

뒤를 따르자던 조민국이 엉뚱하게도 먼저 질문을 했다.

"야, 조민국. 네가 뒤를 따라가 보자고 했잖아."

"제가 그러자고는 했지만 전들 알겠습니까."

서로 어이없어 웃고 말았다.

"아무튼 가는 데까지 가보자."

문 교수는 마사코가 위험에 처한 상황일 수도 있다는 생각이 들었다.

"굳이 추론해보자면 아마 세미나에서 한 발언 때문이거나 아니면 오우치 가문과 얽힌 어떤 문제가 있지 않을까, 하는 생각이 드네."

"그렇다면 딱히 위험한 상황은 아니지 않나요?"

"모를 일이지. 누구의 사주를 받았느냐에 따라 다르니까."

그사이 맨 앞에서 달리는 택시는 시바하라 주택가로 들어서고 있었다. 그 뒤를 따르던 검정색 세단은 싱겁게도 주택가 입구로 들어서지 않고 도로 쪽으로 그대로 달려갔다. 조민국은 주택가 입구에서 택시를 멈춰달라고 택시 기사에게 부탁했다.

"어쩌려고?"

"더 갈 수 없잖아요. 무작정 마사코 양을 따라갈 수도 없는 거고요."

"나 원 참!"

세 사람은 잠깐 택시를 세워두고 차에서 내렸다. 전신주의 전깃줄이 밤하늘을 가르고 있었다. 주택가답게 조용했다. 불과 1분여 만에 마사코가 탔던 택시가 골목에서 나왔다. 가까운 거리에 마사코의 집이 있는 모양이었다.

"어쩌면 우리가 뒤쫓는 걸 알아차리고 세단에 탔던 놈들이 그대로 내뺀 건지도 모릅니다."

조민국이 의기양양해져 말했다. 그럴지도 몰랐다. 그 이유까지는 모르겠지만, 만약 마사코 양을 상시 미행한다면 그녀가 위험에 노출되었다는 말일 수도 있었다.

'누군가 미행하고 있다는 걸 알려주어야 할까?'

문 교수는 어둡고 텅 빈 골목을 쳐다보며 그런 생각에 빠졌다. 그때 문득 아스카사에서 만났을 때 받았던 명함이 떠올랐다. 문 교수는 서둘러 자신의 지갑을 뒤져보았다. 스즈키 교수와 조민국이 둘러서서 문 교수의 행동을 쳐다보았다.

"여기 있다."

마사코의 명함이었다.

"전화를 걸어볼까?"

문 교수가 두 사람을 번갈아보며 말했다.

"당연히 그래야지."

스즈키 교수가 힘을 실어 주었다. 문 교수는 휴대폰을 꺼내들고 전화번호를 눌렀다. 두 사람은 문 교수의 귀에 달라붙은 휴대폰에 귀를 기울였다.

"전화를 안 받네."

두어 차례 더 전화를 걸었지만 역시 전화를 받지 않았다. 스즈키 교수가 전화를 걸어보았지만 역시 받지 않았다.

"전화를 안 받으니까 괜히 걱정이 되네."

"걱정 안 해도 될지 몰라. 가끔 업무용 전화랑 개인 전화랑 따로 쓰는 사람들도 있거든. 명함에 적힌 번호는 업무용으로만 쓰는 전화번호인지도 모르니까 말이야. 한국에서도 그렇게 쓰는 사람 있지 않나?"

"우리야 그럴 일이 없지만 영업하시는 분들은 더러 그러시기도 하던데…."

문 교수는 휴대폰을 접었다. 평소에 들고 다니는 전화기가 아니라면 전화를 받을 리 만무했다. 게다가 모르는 번호라서 받지 않을 수도 있었다.

"알려줘야 하지 않을까요?"

"무슨 수로? 전화를 안 받는데."

세 사람이 탄 택시는 다시 후지야 호텔을 향해 달려갔다. 시바하라 주택가와의 거리는 그리 먼 편이 아니라 택시는 금방 호텔 정문 앞에 도착했다.

"아무튼 문 교수하고 민국 씨도 몸 조심해. 극단적인 우익 인사들은 앞뒤 안 재고 덤비는 수도 있으니까."

"뭐 그럴만한 건덕지가 아무것도 없잖아요."

"그렇긴 하지만 아까 그 여자에게도 조심하라고 일러주긴 해야 할 거야."

"방법이 없네. 그렇다고 그 주택가에서 하루 종일 기다릴 수도 없는 노릇이고."

"그러게. 혹시라도 우연히 다시 만나게 되면 그때 말해줄 수밖에 없겠군. 아니면 내일 다시 전화 한번 걸어보게나."

스즈키 교수가 손을 내밀었다. 문 교수와 손을 잡고 조민국과도 손을 잡았다가 놓았다.

"그 아가씨, 별일 없나 모르겠네요."

조민국은 여전히 걱정을 지울 수 없는 얼굴이다.

"너 혹시 그 아가씨한테 관심 있는 거냐?"

"교수님도 참. 우릴 미행하는 사람도 있는 것 같았는데, 그 여잘 미행하는 사람이 있다는 걸 알았으니 걱정이 되어서 그런 거죠."

문 교수는 눈을 흘겼다가 거두었다.

"걱정이긴 한데 연락할 길이 없네."

문 교수가 혀를 찼다. 그사이 스즈키 교수는 새로 나타난 택시를 세웠다.

"나도 그 아가씨의 연락처가 있나 한번 찾아보지. 오우치 마사코라고 했지? 그리고 문 교수, 내일은 내가 시간이 좀 있으니 이카루가 궁[26]에 한번 가봅시다. 언제 다시 올지 모르니까. 사실 설명이 필요한 유적지들이 많이 있어. 이카루가 궁으로 가려면 호류사法隆寺(법륭사) 역에서 내려야 하니까, 그 앞에서 내일 아침 9시에 만나자고. 꼭 봐야 할

---

26 스이코 천황 9년(601년)에 쇼도쿠 태자가 건설하여 605년에 준공하였다. 이카루가 궁이 위치한 호류사는 일본 고대문화재의 보고로 세계 최고의 목조건축으로 세계문화유산에 등록되어 있다. 성덕 태자는 49세의 나이로 이카루가 궁에서 사망하였다.

그림도 있고. 그리고 언제 공주에도 한번 다녀와야 할 것 같네. 여기 고분에서 나온 유물들하고 비교를 해볼 것들이 좀 있거든. 알고는 있지만 내 눈으로 직접 확인하고 싶은 것들이 좀 있어서 말이야."

"이카루가 궁이라면 호류사 말하는 거지?"

"그렇지."

"유네스코 세계유산으로 지정된 절 아닌가요?"

조민국이 끼어들었다. 스즈키 교수가 고개를 끄덕거렸다.

문 교수는 내일 호류사에서 만나자고 답한 뒤 스즈키 교수의 손을 잡았다. 조민국은 택시 한 대와 세단 한 대를 집어 삼킨 어둠을 뚫어지게 바라보았다. 문 교수는 마음이 뒤숭숭했다. 조민국의 말이 아니더라도 마사코가 염려됐기 때문이었다.

chapter 4

제명과 의자의 이별, 620년

백제궁의 여인

아스카에서 백제로 건너갔던 무왕의 각오는 남달랐다. 왕권을 강화시킨 후 과거 해양강국의 영광을 다시 찾아야겠다는 각오로 현해탄을 건너왔다.

"왕께선 오늘도 연락이 없으시구나."

이카루가 궁의 주구사中宮寺를 나선 의자의 어머니인 소가노 하나히메는 연락이 없는 남편 무왕 생각에 한숨이 나왔다. 그녀는 백제에서 배가 언제 올까 싶어 날마다 가와치 해변으로 나가 하염없이 바다를 바라보다 돌아오고는 했다. 주구사는 왕후들이 거처하는 건물이었다.

하나히메의 곁에는 의자와 제명이 손을 잡고 서 있었다. 의자는 간혹 어머니의 눈가에 맺히는 눈물을 보곤 했다. 어린 마음에도 백제의 혼란이 이런 이별을 오랫동안 이어지게 만든다는 생각을 하곤 했다.

"의자야."

하나히메는 의자를 불러 제 품에 안으며 외로움을 달래곤 했다.

어린 나이의 의자였지만 아버지인 무왕이 왕권 강화를 위해 익산의 사택적덕沙宅積德의 딸인 사택왕후를 왕비로 맞을 수밖에 없었다는 걸 알고 있었다.

"어머니 힘내세요."

하나히메에게는 아들의 위안이 그리 크게 도움이 되지 않았다. 무왕의 소식을 듣고 며칠 동안 식음을 전폐할 정도로 마음의 상처를 입었던 것이다. 정략결혼이었다지만 오직 남편만 바라보며 의자를 키워온 하나히메에게는 엄청난 충격이었다. 여자의 마음은 봄바람의 아지랑이처럼 보일 듯 보이지 않아 변화무쌍이라 하는데 그녀도 그 마음을 통제할 수가 없었다. 의자는 어린 나이에도 그러한 어머니의 마음이 이해되었다. 하지만 하나히메는 의자에게서 위로를 받다가도, 남편인 무왕 대신 어린 아들에게 증오심이 표출되기도 했다. 작은 실수에도 의자에게 신경질을 부리거나 화를 냈다.

외로움을 견디지 못한 하나히메는 그녀의 아버지인 소가노 우마코 처소로 찾아갔다.

"아버님, 의자와 함께 백제로 가고 싶습니다."

소가노 우마코에게 하나히메는 딸이기 이전에 여자였다. 그 시대 여자는 정략적인 상황에서 얼마든지 희생할 수 있는 존재였다.

"안 돼. 지금 무왕께선 백제를 일으켜 세우기 위해 하루도 마음 편한 날이 없을 텐데, 여자가 가서 마음을 더 심란하게 만들어서야 되겠느냐. 백제가 안정이 되면 어련히 알아서 부르실 게다."

무소불위의 권력을 가진 소가 대신이라도 딸의 일이라 마냥 냉정하게 내치지는 못했다. 하지만 지금 딸과 손자를 백제에 보낸다는 건 위험하기도 했지만 그의 말대로 무왕에게 마음의 짐을 지게 만드는 일이었다. 그럴수록 하나히메는 속이 까맣게 타들어갔다. 그런 마음을 달랠 길이 없는 그녀는 술을 찾곤 했다. 술을 마시고 울다가 지치면 의자를 불러서 한풀이를 쏟아 붓곤 했다.

"너도 네 애비와 똑같다. 내 눈앞에서 사라져라."

자신을 향해 모진 소리를 쏟아 붓는 어머니를 의자는 다가가서 꼭 껴안아 주었다. 하나히메는 의자를 껴안고 같이 울었다. 어린 의자는 어머니의 고통이 자신에게 전해져오는 것 같아 어머니가 술을 마시고 소리쳐도 곁을 떠나지 못했다. 어머니의 불같은 화가 가라앉을 때까지 어머니를 안아주며 곁에서 지켜줬다.

주구사에서 그런 나날들은 수년 동안 이어졌다. 의자는 의자대로 성숙해갔고, 제명 역시 여인이 되어갔다. 긴 세월 동안 하나히메는 외로움에 지쳐 술을 찾았고 술을 마시면 어린 의자를 불러 하소연했다가 다시 어린 아들로부터 위로를 받았다.

의자가 열 살 되던 해, 하나히메는 마음의 병이 깊어져 뼈만 앙상하게 남았다. 과거의 곱던 얼굴은 온데간데없었다. 어느 날 하나히메는 무슨 결심이나 한 듯 의자와 제명을 불렀다. 먼저 그녀는 의자의 손을 꼭 잡고 말했다.

"의자야 이 어미를 용서하거라. 내가 무슨 죄를 그리 많이 지었기에 이런 운명으로 사는지 모르겠구나. 네 아버지에게 버림받고 그 분풀이를 너에게 한 못난 어미다."

"어머님 아니옵니다. 저는 어머니가 옆에 계신 것만으로도 큰 힘이 됩니다. 빨리 쾌차하시기를 매일 밤낮으로 부처님께 기도드리고 있습니다."

아닌 게 아니라 의자는 소가 대신의 주도로 건축한 아스카사를 찾아 날마다 탑을 돌며 어머니 하나히메가 건강해지기를 기원하곤 했다.

"내 병은 내가 안다. 이제 살날이 얼마 남지 않는 것 같구나. 내가 네 아버지 무왕에게 편지를 보냈다. 나는 여기 왜에 남겨두더라도 너만은 백제로 불러서 대왕의 왕통을 잇게 해달라고 마지막 부탁을 했다. 네가 백제의 대왕에 오르는 것을 보고 싶었는데 하늘이 그것을 허락하지 않는구나."

의자는 약해지는 어머니의 마음을 돌리기 위해 뼈만 남은 어머니의 손을 꼭 잡고 말했다.

"어머니 약해지시면 아니 되옵니다. 소자가 어머니의 고통을 다 알고 있사옵니다. 소자가 어머니의 고통을 몇 갑절 큰 행복으로 만들어드릴 테니 건강을 되찾으소서."

제명은 눈물로 두 모자의 모습을 지켜보았다. 하나히메는 제명에게 말했다.

"제명은 이리 가까이 오라."

제명이 누워 있는 하나히메의 곁으로 다가가자, 그녀는 의자와 제명의 손을 꼭 잡고 말했다.

"제명아, 의자를 잘 부탁한다. 사촌누이지만 둘은 결혼을 약속한 사이이니 서로 사랑하고 믿어야 한다. 의자를 진정으로 아끼고 사랑하는 사람은 제명, 너밖에 없다."

제명은 수줍은 듯이 말했다.

"임성 태자 할아버지도 계시고, 의자를 위하시는 분들은 많이 있습니다."

"아니다. 나의 시아버지 임성 태자님의 머릿속에는 오직 대백제의 건설밖에 없으시다. 그분은 그 꿈을 위하여 모든 것을 희생하실 수 있는 분이다. 그러나 인간은 꿈만으로는 살 수가 없는 법. 꿈보다 소중한 것이 사랑이다. 네가 그 사랑을 의자에게 주기 바란다. 이 어미는 질투에 눈이 멀어 내 아들 의자에게 그런 사랑을 주지 못했구나. 내가 주지 못한 그 사랑을 의자에게 주길 간곡히 부탁하마."

해골 같은 몰골의 하나히메는 움푹 파인 눈으로 눈물을 흘렸다. 제명은 그 눈물을 닦으며 말했다.

"제가 어머니께 맹세하겠나이다. 제 목숨보다도 더 의자를 사랑하며 지키겠나이다."

"고맙다. 내가 이제 편히 눈을 감을 수 있겠구나."

하나히메는 울고 있는 의자에게 말했다.

"의자는 제명을 어미처럼 만들지 마라. 남자들의 세상은 잘 모르지만 여자는 남자의 사랑 하나로 살아간다는 것을 명심해라. 남자에게는 사랑이 인생의 일부일 수 있겠지만 여자에게는 사랑이 인생의 전부이다. 내 말을 알겠느냐? 제명의 눈에서 눈물이 나지 않게 하라."

"네, 어머님. 명심하겠나이다."

하나히메는 의자와 제명을 가슴에 꼭 껴안았다. 한 달 후, 하나히메는 한 많은 인생을 마감했다.

그녀의 나이 서른두 살 꽃다운 나이였다. 의자는 어머니의 시신을 끌어안고 오랫동안 오열했다. 그 모습을 지켜보는 제명의 가슴은 찢어지는 듯했다. 눈물을 흘리지 않는 강철 같은 임성 태자의 눈에도 눈물이 맺혔다.

"며늘아, 이 시아비를 용서하거라. 다음 세상에서는 평범하게 태어나 평범한 지아비를 만나 행복하게 살거라."

어머니 하나히메의 장례식을 치른 후 의자는 며칠 동안 말이 없었다. 제명은 그런 의자 옆에 가만히 앉아 있었다. 어머니가 돌아가신 후로 의자는 나이에 어울리지 않게 성숙해진 것 같았다. 어머니의 그 외로움을 이해하기에는 어린 나이이지만 어머니의 고통을 매일 두 눈으로 확인한 의자였기에, 인생의 무상함마저 느꼈다. 그럴 때마다 의자는 가와치 해변으로 달려가곤 했다. 한동안 백제가 있는 쪽을 바라보다 눈물을 흘리면 제명은 말없이 의자의 눈물을 닦아주었다. 먼 바다를 쳐다보던 의자가 불쑥 제명에게 말했다.

"누나, 사람은 왜 사는 것일까?"

제명은 한참을 망설이다가 말했다.

"다른 사람은 왜 사는지는 모르겠고 나는 너 때문에 사는 것 같아. 짧으나 기나 모두 한평생을 살아가지만, 한 사람을 진실로 사랑하며 산다는 것이 살아가는 이유가 아닐까 하고 나는 생각해."

"나는 사랑하는 사람을 버려야 하는 대왕의 자리도 싫고, 어머니를 버린 아버지도 싫어."

제명은 의자의 어깨를 어루만지며 말했다.

"어머니의 유언을 생각해서라도 너는 대왕의 자리에 올라야 해."

"누나는 내가 대왕의 자리에 오른 후에 아버지처럼 누나를 버린다고 해도 나에게 대왕의 자리에 오르라고 할 거야?"

제명은 의자의 이 비수 같은 한마디에 가슴이 찔린 듯이 뛰었다. 마음속에서 가장 걱정하면서 생각하기도 싫은 말이 의자의 입에서 튀어나왔기 때문이었다.

"너는 그러지 않으리라고 이 누나는 믿어. 그러나 네가 나를 버리더라도 나는 너를 절대 원망하지 않을 거야. 분명히 이유가 있을 거니까. 누나는 너를 믿어."

"나는 절대로 누나를 엄마처럼 만들지 않을 거야."

제명은 의자를 꼭 껴안았다. 제명의 간절한 마음이 의자의 가슴에 닿고 있었다. 이런 두 사람을 임성 태자는 몰래 지켜보고 있었다. 둘의 바람대로 운명이 이어지길 바랄 뿐이었다.

조메이왕과 무왕

622년 2월, 왜의 이카루가 궁에는 검은 구름이 짙게 깔리고 있었다. 스이코왕의 섭정으로 왜의 개혁과 불교를 중흥시킨 쇼토쿠 태자가 전염병을 이기지 못하고 숨을 헐떡이고 있었다. 옆에서 그를 지켜보고 있는 고모 스이코왕은 안타까움에 쇼토쿠의 손을 꼭 잡았다.

"쇼토쿠는 걱정하지 말고 마음을 편히 가져라."

스이코왕은 쇼토쿠가 그의 꿈을 펼치지도 못한 채 세상을 떠나는 것이 고모로서 안타까울 뿐이었다. 쇼토쿠는 백제 왕실과 왜 왕실을 튼튼하게 만들기 위하여 귀족 세력들을 견제하였으며 섭정이 시작된 이후에 소가 대신의 세력을 견제하면서 왜 왕실의 권위를 유지해 왔다. 그러나 자신이 죽고 난 후에 벌어질 일이 꿈속에서도 나타났는지 숨을 가쁘게 내쉬며 고모인 스이코왕에게 어렵게 말했다.

"마마, 소자가 세상을 먼저 하직할 듯하옵니다. 부디 마마께서는 옥체를 보존하시어 왜 왕실을 튼튼하게 지켜주시옵소서. 그리고 제 아들 야마시로 오에를 잘 부탁드리옵니다."

"걱정하지 말거라. 야마시로 오에는 내가 지켜주마."

"그놈은 성질이 과격하여 마음이 놓이지 않습니다. 마마를 잘 보필해야 할 텐데…."

쇼토쿠는 말을 잇지 못했다. 이 살얼음판 같은 정국을 잘 헤쳐 나갈 수 있을지 걱정이 되어 그는 편안히 눈을 감을 수가 없었다. 스이코왕도 안타까운 마음에 눈물만 흘리는데 먹구름은 천둥과 함께 하늘을 시꺼멓게 뒤덮으며 비가 쏟아졌다.

쇼토쿠는 48세의 나이로 세상을 떠났다. 그는 권력의 틈바구니 속에서 왕의 자리에 오르지 못하고 섭정만 하다 한 많은 세상을 하직했다. 쇼토쿠의 아들 야마시로 오에는 스무 살의 젊은 나이에 아버지의 뒤를 이어 섭정의 자리에 올랐지만 성격이 불 같아서 소가 대신의 세력과 종종 부딪쳤다. 그때마다 스이코왕은 조용히 야마시로 오에를 불러 말했다.

"소가 대신 세력과 잘 타협하도록 하라. 너무 서두르지 말고 아버지처럼 끈기를 가지고 인내하도록 하라. 급하게 서두르면 네가 다칠 수가 있다."

스무 살의 혈기 왕성한 야마시로 오에는 스이코 왕의 말이 귀에 들어오지 않았다.

"마마, 어떻게 신하 된 자가 왕권에 도전을 하옵니까? 저는 그 꼴을 두고 볼 수 없사옵니다. 이번 기회에 소가 대신의 버릇을 확실하게 고치도록 하겠나이다."

쇼토쿠 태자가 세상을 떠난 후에 스이코왕의 걱정은 늘어만 갔다. 야마시로 오에와 소가 대신 세력의 갈등이 긴장 상태에 돌입할 때마다 항상 스이코왕이 중재를 하면서 살얼음판을 걸어가듯이 조심스럽게 왜를 이끌어가고 있었다. 야마시로 오에는 아버지 쇼토쿠와는 달리 백제에서 온 임성 태자와도 거리를 두었다. 임성 태자가 소가 대신과 가깝게 지낸다는 이유로 스이코왕이 그렇게 회유하는데도 임성 태자를 멀리하였다.

쇼토쿠 태자가 죽은 지 7년 후, 628년 스이코왕이 후계자를 정하지 못하고 갑자기 죽자, 차기 왕 자리를 놓고 치열한 권력 투쟁이 시작되었다. 차기 왕이 당연시되었던 쇼토쿠 태자의 아들인 야마시로 오에는 자신을 반대하는 소가 대신 세력을 억제하기 위해서 반反소가 호족 세력들을 부추겨서 독자노선을 취했다. 야마시로 오에는 소가 대신을 제거하기 위한 구체적인 작전에 들어갔다.

이런 숨가쁜 정황을 소가노 이카루蘇我入鹿가 알게 되어 소가 대신 세력과 야마시로 오에의 세력들이 일전을 벌이게 되었다. 그러나 그때까지만 해도 세력이 약하던 야마시로 오에의 반소가 세력들은 소가 대신 세력의 적수가 되지 못하였다.

소가 대신은 훗날 자신의 입지를 굳히기 위해 스이코왕의 의중과는 관계없이 야마시로 오에를 지방으로 쫓아내었다. 그러고는 다무라 황자를 후계자로 삼는 것이 스이코왕의 유언이었다고 주장하면서 다무라 황자를 지지하였다. 다무라 황자는 백제에서 온 임성 태자의 셋째 아들 부여 명으로 아명이 다물이었다.

친백제 세력인 소가 대신은 본국 백제에서 건너온 무왕의 아버지인 임성 태자의 도움이 절실하였다. 그리하여 628년 임성 태자는 소가 대신의 힘을 빌려 본국 백제의 적통왕자를 왕의 자리에 앉히게 되었다. 그가 왜의 34대왕 조메이왕[27]이다.

백제 무령왕과 게이타이왕이 형제이었던 것처럼 90년 만에 다시 본국 백제와 왜를 형제가 대왕과 왜왕으로 다스리게 되었다. 무령왕과 게이타이왕은 곤지왕의 아들로서 새로운 백제와 왜를 만들었다면, 90년이 지나는 동안 조금씩 멀어져 가던 왕실 관계를 임성 태자가 곤지왕의 뜻을 이어서 다시 탄탄하게 엮게 된 것이다.

무왕과 조메이왕은 힘을 합하여 흐트러진 백제를 다시 만들어내었다. 조메이왕은 백제와 하나 되기 위하여 639년, 아버지 임성 태자의 뜻을 받들어 야마토의 중심부를 흐르는 강을 백제천이라 명명하고 서

27 　조메이 천황舒明天皇(593년~641년)은 일본의 34대 천황으로 천황에 오르기 전의 이름은 다무라 황자田村皇子였다. 스이코 천황은 죽기 전까지 후계자를 결정하지 못하였고, 그녀의 사후 다무라 지지파와 쇼토쿠 태자의 아들 야마시로 오에 지지파가 대립하였다. 소가 씨족의 족장인 소가노 에미시는 다무라 황자를 후계자로 삼는 것이 스이코 천황의 유언이었다고 주장하면서 다무라 황자를 지지하였다. 조메이 천황은 백제의 적통왕자로 알려져 있는데 그가 스스로를 백제인이라 자처했던 기록이 《일본서기》에 나온다.

　　　　　　　　　　　　　　　　　　　조메이왕과 무왕

쪽의 백성들에게는 백제궁百濟宮(구다라구)과 동쪽의 백성들에겐 백제사百濟寺(구다라지)를 짓게 하였다. 640년 10월, 백제궁이 완성되었다. 사람들은 이 궁을 백제의 대빈이라 불렀다.

한편 본국 백제의 무왕은 아버지 임성 태자의 뜻을 받들어 원수의 나라, 신라를 빈번히 공격하였다. 무왕은 41년간 백제의 대왕으로서 있으면서 위덕왕 이후의 혼란을 진압했으며, 왕권을 확립하였다. 또한 귀족들 세력을 흡수하여 귀족들이 왕권에 도전하지 못하도록 토대를 마련하였다. 무왕은 강력한 왕권을 확립한 후에 원수의 나라 신라를 멸망시킬 계획을 은밀히 착수해 나갔다. 당시의 당나라는 한반도에서 삼국이 경쟁하고 있는 것이 유리하기 때문에 백제에게 경고를 주었으나 무왕은 능수능란한 외교술로 당나라의 견제를 피할 수 있었다. 국내에 기반을 공고히 한 다음, 왜에 있는 아버지 임성 태자와 동생 조메이왕에게도 신경을 많이 썼다.

무왕은 왜에 있는 아버지 임성 태자에게 선물을 자주 보냈다. 독실한 불교 신자인 아버지에게 불상과 금동대향로[28]를 선물로 보내며 편지를 보냈다.

"아버님 소자 서동이옵니다. 아버님의 마음을 저는 다 알고 있습니다. 삼촌이시지만 돌아가신 아버지보다도 저를 더 아껴주신 그 마음

---

[28] 높이 64cm, 지름 20cm의 향로로, 1993년 부여 능산리 고분군에서 출토되었다. 당시에는 백제금동용봉봉래산향로百濟金銅龍鳳蓬萊山香爐 또는 부여 능산리 출토 백제금동대향로라고 불렸으나 문화재청에서 백제금동대향로百濟金銅大香爐로 등록하면서 정식 명칭이 되었다.

을 저는 가슴 깊이 새기고 있습니다. 그리고 저에게 힘을 실어주기 위해서 왜로 넘어가신 마음도 잘 알고 있습니다. 저는 항상 선조들이 그렇게 목숨 바쳐 이루시려 했던 대백제의 꿈을 이루겠나이다. 만약에 제가 못하면 제 아들 의자에게 그 꿈을 실현시키도록 하겠나이다. 제가 보내드리는 금동대향로는 우리 백제의 문화가 이렇게 우수하다는 것을 만방에 알리고자 만들었습니다. 신라를 멸망시키고 성왕 할아버지의 원수를 갚는 날, 이 금동향로에 향을 피워서 대백제의 기상을 알리겠나이다. 옥체 보존하시어 소자의 꿈이 이루어지는 날 금동대향로를 소자와 같이 피우시기를 앙망하나이다."

무왕은 왕조의 위기를 해결하고 왕권을 강화하기 위해 사비성의 궁궐을 대대적으로 정비하고, 옛 도성인 웅진성과 익산의 새로운 궁성을 자주 왕래하면서 여러모로 대비책을 세웠다. 또 왕흥사를 웅장하고 화려하게 짓고 틈나는 대로 불공을 드렸다. 이어 궁남지를 파서 물을 끌어왔으며 주변 20여 리에 걸쳐 버드나무를 심었다. 연못 안에는 인공의 섬을 만들어 방장산方丈山이라고 불렀다.

제명과 의자의 이별

629년, 무왕은 왜에 있는 큰아들 의자를 불러들였다. 아버지의 소식을 손꼽아 기다리던 의자는 아버지 무왕이 자신을 태자로 책봉하기 위하여 호위병과 함께 내신좌평 內臣佐平을 보냈다는 소식에 잠을 이루지 못하였다. 의자는 이 기쁜 소식을 제일 먼저 제명 누나에게 전하기 위해 이카루가 궁 주구사로 바람처럼 달려갔다.

제명은 의자가 태자로 책봉되어 백제로 간다는 소식에 기뻤지만 가슴 한구석에 뭔지 모를 응어리가 싹터오는 느낌을 지울 수가 없었다.

"누나, 이제 우리 같이 저 넓은 백제로 가는 거야."

너무나 천진하게 좋아하는 의자를 보며 제명은 조용히 미소를 지으며 쳐다볼 뿐이었다.

"우리가 백제에 간다는데 누나는 기쁘지 않아?"

"아냐, 나도 기뻐."

반나절 후 할아버지 임성 태자의 처소에서 사람이 왔다. 제명과 의자를 부르는 전갈이었다. 제명과 의자는 임성 태자의 처소가 있는 백제궁으로 향했다. 처소로 의자와 제명이 들어가 인사를 올렸지만 임성 태자는 무슨 생각에 깊이 잠겼는지, 둘이 들어온 것을 알아차리지 못했다. 대신 그의 손에는 백제 무왕으로부터 온 서찰이 들려 있었다. 제명은 그 서찰을 보는 순간 가슴의 덩어리가 커지는 것만 같은 기운이 온몸을 감쌌다.

"아, 너희들 왔구나."

의자가 헛기침을 한 후에야 임성 태자가 둘이 온 것을 알아차렸다.

"할아버지의 말씀대로 백제로 가서 제국을 건설하는 위대한 대왕이 되겠습니다. 그런데 제명 누나도 같이 가는 거죠?"

임성 태자는 말이 없었다. 제명은 할아버지의 침묵이 무엇을 의미하는지 불안했다.

"의자야, 네 아버지 말씀이 백제의 정국을 안정시키는 데 호족 세력의 힘이 절대적으로 필요하다고 하는구나. 그래서 아버지를 강력하게 밀어주는 익산의 호족 세력과 너의 혼인을 이미 약조하였다고 한다."

"아니, 할아버지 그게 무슨 말씀이세요? 할아버지도 아시잖습니까, 제명 누나와 저는 이미 혼인을 약속한 사이라는 것을요. 아버지도 어머니를 혼자 버려두시더니 이제는 저까지 그러란 말입니까? 할아버지께서 왕권 강화를 위해 왕족끼리 결혼해야 한다고 말씀하시지 않았

제명과 의자의 이별

습니까? 저는 아버지가 어머니를 버린 것처럼 절대로 제명 누나를 버리지 않을 것입니다."

의자는 처음으로 할아버지 임성 태자에게 소리치며 대들었다. 제명은 고개를 숙이고 아무 말도 하지 못했다.

"의자야, 정치란 그런 것이다. 대백제 건설을 위해서는 귀족 세력과 힘을 합쳐야 하는 것이야. 왕에게 힘이 있을 때에는 왕족끼리 결혼해서 왕권을 강화할 수 있지만, 왕에게 힘이 없을 때는 귀족의 힘을 이용할 수밖에 없는 것이 정치이다. 네가 대왕이 되면 귀족 세력들이 넘볼 수 없는 강력한 왕권을 만들어야 한다."

"제명 누나가 가지 않으면 저도 가지 않겠습니다. 할아버지도 제명 누나를 예뻐하시잖아요. 어떤 길이 제명 누나가 행복할지 아시잖아요. 제명 누나도 같이 가게 해주세요. 제가 할아버지 말씀대로 좋은 대왕이 될 테니까, 제발 제명 누나를 데려가게 해주세요."

임성 태자는 화를 내며 소리쳤다.

"이 세상을 호령하는 제국의 대왕이 될 놈이 그렇게도 할애비의 말을 못 알아듣겠느냐? 당장 물러가거라."

임성 태자는 말없는 제명의 마음을 알기에 가슴이 찢어지는 것 같았다. 제명은 화를 내는 할아버지의 모습에 그저 고개만 떨굴 뿐이었다. 눈물을 보이지 않으려고 애쓰는 제명의 모습이 임성 태자의 가슴을 더욱 짓눌렀다. 의자 또한 제명이 왜 말이 없는지, 그리고 그런 제명과 자신을 바라보는 임성 태자의 마음을 이해 못 하는 바가 아니었다.

"할아버지 그러면 제가 훌륭한 왕이 되어서 제국을 완성한 후에 제명 누나를 데리러 오면 되겠습니까? 그때는 제명 누나를 데리고 가도 된다고 약조해주십시오."

"그래 약조하마. 네가 백제 대제국을 완성하고 이곳 왜로 돌아오면 그때 내가 제명을 백제로 데려가게 허락하마."

"저는 절대로 제명 누나를 어머니처럼 이곳 왜에 홀로 남겨두지 않을 것입니다. 어머니가 흘린 눈물을 제명 누나에게 흘리지 않게 하겠습니다."

"그래 내가 증인이다."

임성 태자는 그것이 이루어질 수 있는 약속인지는 장담할 수 없었으나 사랑하는 손자손녀인 제명과 의자의 그 순수한 사랑을 지켜주고 싶었다. 그러나 왕권을 강화하기 위해서는 익산의 호족 세력의 힘이 절대적으로 필요했다. 이런 상황에서 제명이 백제로 들어가면 의자의 후궁이 될 수밖에 없다. 설령 후궁이 된다 한들 익산의 사택씨의 견제를 견뎌낼지도 걱정이었다. 임성은 고개를 돌리고 눈물을 흘리는 제명에게 조용히 말했다.

"제명아, 너는 의자를 따라가고 싶으냐?"

제명은 대답은 못하고 눈물을 흘리며 고개만 끄덕였다. 그 모습이 더욱 임성의 가슴을 아프게 했다. 세 사람의 마음이 바람에 흔들리는 호롱불처럼 위태롭게 요동쳤다.

의자가 백제로 떠나기 사흘 전, 제명은 눈물이 마르도록 울고 또 울었다. 의자가 제명을 사랑하는 만큼 제명도 의자를 너무나 사랑하고 있었다. 지금 의자가 떠나면 영영 볼 수 없을 것 같은 불안한 예감이 자꾸만 제명을 엄습했다. 떠나는 의자를 위해 제명은 직접 바느질하여 버선 한 켤레를 정성스레 만들었다. 의자가 떠나기 전날 둘은 항상 같이 가던 가와치 해변에서 이 밤이 가지 않기를 달을 보며 빌었다.

"우리를 항상 지켜봐주시는 달님, 우리는 이제 어떻게 해야만 하옵니까? 저의 정성이 부족하여 사랑하는 임을 보내야만 하는 것인가요? 제 마음을 달님에게 보냅니다. 보름달이 뜨면 제 마음을 담아서 백제에 있는 제 낭군에게 보내주소서."

제명은 달에게 마음을 담고 눈물을 담아 기도드렸다. 제명의 기도 소리가 의자의 가슴을 아프게 파고들었다.

"누나, 내가 저 달을 보며 누나를 생각할게. 누나도 보름달이 뜨면 내가 누나를 생각하고 있다는 것을 알아줘."

제명은 옷고름 안에 숨겼던 것을 고이 꺼내며 울먹울먹 말했다.

"제가 직접 만든 버선입니다. 추울 때 제 마음인 양 신어주세요."

"누나, 왜 갑자기 말을 높이고 그래."

"아닙니다. 이제 태자마마로 책봉되었으니 예의를 갖춰야 합니다."

의자는 울면서 애원했다.

"누나 이러지 마. 내가 누나 꼭 데리러 온다고 했잖아. 할아버지도 약속했어. 누나가 이러면 나는 어떻게 하라는 말이야."

의자의 참았던 눈물이 파도가 샘낼 정도로 얼굴을 덮었다. 제명이 의자의 흐르는 눈물을 소매로 닦아주려고 다가가자 의자는 제명을 끌어안고 깊은 입맞춤을 하였다. 누가 먼저랄 것도 없이 사랑의 신이 둘을 덮쳤다. 바닷가 달빛이 부끄러웠는지 구름 속으로 숨었다. 그렇게 둘은 처음으로 사랑을 나누었다.

의자가 떠나고 두 달이 지나자 제명의 입덧이 시작되었다. 집안은 발칵 뒤집어졌다. 할아버지 임성 태자는 제명이 너무 안쓰럽고 불쌍하기만 했다. 임성 태자는 제명을 위해 무엇을 해줄 수 있을까 고민하고 있는데 갑자기 하늘이 내려준 신의 한 수가 떠올랐다. 자신의 셋째 아들인 부여 명, 즉 조메이왕이 1년 전 왕비와 사별하여 두 번째 왕비를 찾고 있는 중이었다. 세상을 떠난 첫 번째 왕비가 소가 대신의 딸이었는데 그 집안에는 더 이상 딸이 없어서 손녀인 제명을 두 번째 왕비로 추대하면 임신도 감출 수가 있고 집안도 더 강화될 수 있었다. 그야말로 일석이조의 효과가 있을 거라는 계산이 섰다. 임성 태자는 노구를 이끌고 소가 대신의 집을 찾아가서 대신을 설득했다.

"손녀 제명이 의자와 약혼을 했다가 본국 백제에서 태자비가 이미 결정되는 바람에 홀로 되어 눈물로 지내고 있습니다. 소가 대군께서 괜찮으시다면 제명을 조메이의 후처로 들이는 건 어떨지요. 단 조메이의 후계는 첫 번째 부인의 소생으로 하는 것으로 약조하고요."

소가 대신은 자신의 외손자가 차기 왕으로 약조를 받은 이상, 불리

한 흥정은 아니었다.

"좋습니다. 제가 태자어른의 명을 받들겠습니다."

삼촌인 조메이왕과 결혼해야 한다는 소식을 들은 제명은 의자와의 사랑을 지키지 못할 바에는 더 이상 인생의 의미가 없다고 생각했다. 제명에게는 살아야 할 이유가 없어진 것이다. 제명이 죽기를 결심하고 곡기를 끊자 임성은 제명을 찾았다. 제명의 야윈 얼굴을 보니 임성의 가슴은 찢어질 듯 아파왔다. 임성은 제명의 가녀린 손을 잡고는 말했다.

"이 할애비를 용서하거라. 너의 마음을 알지만 이것이 너와 의자를 위한 최선의 길이라는 것을 알아주기를 바란다."

제명은 아무 말 없이 눈물만 흘리면서 임성 태자를 원망스러운 듯이 쳐다보았다.

"네가 진심으로 의자를 사랑한다면 이제는 보내주어라. 의자는 선조들이 이루지 못한 대백제 제국 건설을 이룰 대왕이 될 것이다. 네가 의자를 위한다면 미약할지라도 의자에게 힘이 되어주는 것이 중요하다. 왜가 하나 되어 백제를 돕지 않으면 안 된다. 지금 너의 삼촌인 조메이왕은 백제에서 건너왔기 때문에 아직 왕권을 확립하지 못한 상황이다. 네가 왜의 왕비로 들어가서 삼촌을 도와서 왕실을 튼튼하게 하는 것이 바로 의자를 돕는 길이다."

제명은 힘들게 고개를 저으며 할아버지 임성 태자에게 애원했다.

"저는 정치는 모릅니다. 죄가 있다면 의자를 사랑한 죄밖에 없습니다. 그런 의자와 함께하지 못하는 이상, 이제 이 세상에는 미련이 없습니다. 그냥 조용히 죽게 해주십시오."

"할애비 앞에서 그 무슨 소리를 하느냐? 너의 배 속의 아이를 생각해야지, 너는 아기까지 죽일 생각이냐?"

제명이 죽겠다는 이야기를 하자 임성 태자는 참았던 감정이 벌컥 쏟아졌다.

"네가 죽겠다면 이 할애비도 이 세상에 여한이 없다. 그래, 이 할애비랑 같이 죽자. 내가 노욕으로 너무 오래 살아 하늘이 이런 고통을 내리시는구나."

임성 태자의 흰 수염 아래로 눈물이 떨어졌다. 제명은 할아버지의 가슴에 얼굴을 파묻고 눈물이 마르도록 실컷 눈물을 쏟아냈다. 그렇게 시간이 흐른 후에 임성 태자가 말했다.

"인생은 구름 같은 것이란다. 구름이 모여 하늘 위에 여러 가지 형상을 만들어내지만 모두가 허상이란다. 비가 되어 눈물을 흘리고 나면, 파란 하늘이 보이듯 인생도 눈물을 쏟아내고 나면 맑은 마음이 보이는 거란다. 네가 의자를 사랑하는 만큼 눈물을 쏟았으니 이제는 파란 마음으로 네 배 속의 아이를 생각해야 한다. 네가 의자를 사랑한만큼 이 아이를 사랑해서 의자 대왕의 뒤를 잇게 하거라. 그것이 이 할애비의 바람이다."

제명은 대답할 힘조차 없었다. 그저 흐느끼면서 임성 태자의 가슴에 머리를 기대었다. 임성 태자의 심장 고동 소리가 바다를 가르는 뱃고동 소리처럼 사방으로 퍼져 나갔다.

해동증자 부여 의자

의자는 제국을 완성한 후에 제명을 데려올 수 있다는 할아버지의 말씀을 굳게 믿었다. 제명이 그리울 때면 그녀가 정성껏 만들어준 버선을 신어보고는 했다. 그러면 저 멀리 바다 건너에 있는 제명의 향기가 느껴지는 것만 같았다. 의자는 제명이 결혼한 사실을 모른 채 제명을 만날 수 있다는 일념으로 제왕 수업을 해나갔다. 의자는 특히 《손자병법》을 좋아해서 하루에도 몇 번이나 읽었으며 왕도 정치의 이념인 중국의 고서를 빼놓지 않고 읽었다.

하지만 열여덟의 나이에 걸린 사랑 병은 쉽게 낫지가 않았다. 바다 건너 왜에 있는 제명의 얼굴이 자꾸 떠올랐다. 만날 수 없기에 보고 싶은 감정은 더욱 깊어만 갔다. 정략결혼으로 태자비를 맞았지만 의자의 마음은 제명에게로만 향했다. 처음 마음을 열어준 여인, 그리고 마지막 날 정표로서 몸을 허락한 여인 제명. 의자는 한순간도 제명을 잊을 수가 없었다. 제명을 찾기 위해서는 할아버지 임성 태자와의 약속을 지켜야 했다. 그러기 위해서라도 의자는 무예를 닦아서 남들이 넘보지 못하는 무술과 안목으로 큰 세상을 만들 꿈을 그리고 있었다.

아버지 무왕을 도와 증조할아버지인 성왕을 배반하고 죽인 원수의 나라 신라를 먼저 공략해서 정복한 다음, 5대조 할아버지 개로왕을 죽이고 한성백제를 무너뜨린 고구려를 정복하여 먼저 삼한을 통일한다. 그다음 산동반도의 백제 땅을 회복하는 것을 목표로 삼았다. 아버지 무왕은 항상 늠름한 아들 의자가 대견했다. 의자는 아버지의 뜻을 거스른 적이 한 번도 없었다. 그러나 혼례식이 목전에 다가오자 의자는 처음으로 아버지에게 맞섰다. 제명을 아내로 맞이하게 해달라고 아버지 무왕에게 무릎 꿇고 애원했다. 아버지 무왕은 아들의 마음은 알지만 왕권 강화를 위해서는 귀족 세력과 정략결혼을 하지 않을 수 없는 이유를 설명했다.

"선대왕들이 힘이 없을 때, 모두 귀족들의 손에 의해 죽임을 당하셨다. 모든 귀족들이 넘볼 수 없는 힘을 키워야만 한다. 그래서 익산의 신흥귀족인 사택씨와 이 애비는 손을 잡은 거다."

아버지의 뜻을 알기에 의자는 고개를 숙이고 듣고만 있었다.

"내일 혼례식을 올릴 때 너의 처가 식구들이 왕권 강화에 얼마나 힘이 되는지를 명심하고, 태자비를 따뜻하게 맞이하도록 하라."

의자는 결국 제 뜻을 굽힐 수밖에 없었다.

"염려하지 마시옵소서. 소자 아버님의 마음을 알고 있사옵니다."

부자간에 너무 오래 떨어져 지내서 무왕은 의자에게 늘 미안했고, 안쓰러웠다. 그러나 그런 내색을 하지 않고 강하게 키워야 한다는 일념으로 항상 엄한 아버지의 모습만 보였다. 의자는 아버지의 그 큰 뜻을 알기에 거스르지 않고 사랑하는 사람을 뒤로한 채 눈물로 결혼식을 치를 수밖에 없었다. 성대하게 혼례를 치르는 날, 태자비인 사택 왕후의 모습은 보이지 않고 의자의 눈에는 제명의 모습만 어른거렸다.

"제명 공주, 나를 용서해주시오."

혼례식을 올리면서 의자는 그 말만 내내 속으로 되뇌었다.

혼례식을 올리고 열흘 후, 의자는 제명이 조메이 삼촌의 두 번째 왕비로 결혼했다는 소식을 들었다. 의자는 며칠간 잠을 이루지 못하였다. 왜의 임성 태자는 제명의 결혼 소식을 의자의 결혼 때까지 비밀로 했다. 제명의 마음을 누구보다도 더 잘 알기에 의자의 가슴은 찢어질 것만 같았다. 삼촌과 결혼한 제명의 통곡이 의자의 심장을 파고들었다. 의자는 말을 타고 왜가 보이는 바닷가로 나가 왜를 바라보며 통곡을 했다.

"나를 용서하시오. 나를 용서하시오."

파도가 의자의 마음을 아는지 의자를 삼킬 듯이 덤벼들었다. 의자는 온몸의 진을 빼듯이 바다를 향해서 계속 소리쳤다. 따라왔던 호위 무사가 걱정이 되어 다가왔지만 의자는 꼼짝도 하지 않고 거친 파도를 맞이하고 있었다. 그렇게 밤새 소리치고 난 후에 바닷가에서 의자는 잠이 들었다. 새벽에 눈을 떠니 제명이 있는 왜에서 아름다운 해가 떠오르고 있었다. 의자는 그 떠오르는 해를 보고 기도했다.

"해가 떠오르는 곳에 있는 사랑하는 제명이시여, 아침에 해가 뜰 때마다 당신이 해가 되어 나를 맞이하는 것처럼 당신을 생각하겠습니다."

의자의 마음이 하늘을 감동시켰는지 의자가 제명을 향해 그렇게 목매어 부르던 '해가 떠오르는 곳', 일본이 오늘의 나라 이름이 되었다.

644년 의자가 대왕의 자리에 오른 지 4년 후, 바다를 향해 통곡하던 자리에 절을 지어서 향일암向日庵이라고 이름 붙였다. 향일암이란 해를 향해 바라보는 곳, 일본을 향해 바라보는 곳이라는 의미이다. 의자는 제명이 생각날 때면 향일암에 올라 제명을 그리워하며 그녀의 이름을 목놓아 불렀다고 한다.

효심이 지극하고 매사에 명석한 의자는 태자 시절 '해동의 증자'라는 평판을 주위사람들에게 들었다. 해동증자라는 칭호와 달리 의자는 사랑의 상처 때문에 마음 한구석에서 우울한 그림자가 떠나지 않았다.

무왕은 할아버지 성왕의 복수를 위해 귀족 세력과 힘을 합하여 신라를 침공하였다. 신라의 침공에는 항상 의자가 선봉에 섰다. 의자의 용렬함에 신라의 병사들은 의자가 나타나면 지레 겁을 먹고 도망을 쳤다

630년 가을에는 의자의 선봉대가 신라의 늑노현勒弩縣을 침범하였다. 633년 음력 8월 서곡성西谷城을, 636년 5월에는 장군 우소于召에게 명령하여 독산성獨山城을 습격하였다.

무왕의 죽음

무왕은 왕에 오른 지 25년이 지나자 강력한 왕권을 확립하게 되었다. 지방의 호족 세력을 누르고 모든 준비를 끝낸 무왕은 627년에 대규모 군사를 동원해 신라 공격을 서둘렀다. 신라의 진평왕이 이 사실을 당나라에 급박하게 알리자, 이때 당 태종은 신라와 평화롭게 지내라는 당부의 글을 무왕에게 보냈다. 무왕은 겉으로는 이 당부를 받아들이는 체했지만 결코 따르지 않았다.

무왕은 당나라를 외교적으로 묶어두면서 계속해서 신라를 옥죄는 이중 작전을 전개하였다. 무왕의 41년 치세 동안 백제는 다시 옛날의 영광을 재현할 수 있었으며 신라는 백제를 대국이라 칭하며 백제의 눈치를 봐야 했다. 그러나 세월 앞에 이기는 장사는 아무도 없었다. 무왕은 재위 41년 만에 59세의 나이로 마지막 꿈을 아들 의자에게 남기고 세상을 떠나야만 했다. 마지막이 다가온 것을 안 무왕은 아들 의자를 불러 놓고 유언을 남겼다.

"태자는 총명하고 똑똑해서 해동증자라 불리는 것을 짐은 잘 알고 있다. 그러나 자신이 아무리 똑똑하다 하더라도 남의 의견을 듣지 않으면 바보보다도 더 못한 사람이 될 것이다. 혼자 잘났다고 모든 것을 독단적으로 결정하면 바른 결정에 이르지 못한다. 백성들과 신하들의 의견이 너의 마음에 들지 않더라도 그것이 모두의 의견이면 받아들여라. 그리고 네 곁에 싫은 소리하고 바른말 잘하는 신하를 두어라. 네 생각에 반대하는 신하가 있더라도 기분 나쁘게 생각하지 말고 경청하도록 하라. 항상 네 비위나 맞추려고 아부하는 간신들은 멀리 하라. 당장은 네게 아부하는 소리가 듣기 좋을지 모르지만 그것은 독이 되어 네게 되돌아온다. 특히 나라를 다스리는 대왕의 자리는 더욱 그 피해가 백성에게 돌아갈 것이다. 백성의 소리에 귀를 기울여야 한다. 백성의 소리가 하늘의 소리인 것을 명심하라."

의자는 무릎을 꿇고 대답하였다.

"소자, 아버님의 말씀을 가슴 깊이 새기겠습니다."

무왕은 다시 한 번 목소리를 가다듬은 다음 당부를 이어갔다.

"대왕의 자리는 외로운 것이다. 신하들에게 빈틈을 보이면 그 빈틈을 비집고 들어오는 것이 귀족들의 속성이다. 대왕이 모범을 보이고 솔선수범하도록 하라. 그리고 절대 약한 모습을 보이면 안 된다. 힘들고 괴로운 일이 있을 때는 조상의 위패 앞에서 마음껏 울어라."

의자는 아버지 무왕이 가끔 혼자 조상들의 사당으로 가서 한참을 있다가 나오는 모습을 기억하고 있었다. 그때 흘린 아버지의 눈물을 의자는 이해할 수가 없었다. 의자는 어머니를 버린 아버지를 한때 원망했지만 이제는 아버지의 마음을 조금은 이해할 수 있을 것 같았다. 무왕은 마지막 힘을 쥐어짜, 의자를 꼭 껴안았다. 부자의 정이 이렇게 따뜻하게 흐르고 있었다. 무왕은 아들 의자를 따뜻하게 안아준 적이 없었다. 아들의 심장 뛰는 소리가 무왕의 가슴에 전해져 왔다. 무왕은 혼자 중얼거렸다.

"왜 진작 아들을 이렇게 안아주지 못했을까?"

후회하는 것이 인생의 본질이라고 했던가? 무왕은 후회하면서도 마지막으로 이런 기쁨을 누리고 가는 것이 부처님의 은덕이라고 생각했다. 그렇게 한참 동안 둘은 말없이 꼭 껴안고 있었다.

무왕은 왕으로 등극한 후 41년 동안 삼한의 통일과 백제의 중흥을 꾀했으나 뜻을 이루지 못하고 641년 저세상으로 떠났다. 그의 파란만장한 인생은 백제를 반석 위에 올려놓는다는 단 하나의 명분하에 모든 것을 희생하였다. 어떤 의미에서 그는 성공한 삶을 살았다고 할 수 있다. 그러나 그가 반석을 쌓아올린 대백제가 그의 아들 의자왕 대에 끊기는 것을 알았다면 지하에서 땅을 치고 통곡했을 것이다.

무왕의 죽음은 왜의 아스카에까지 전달되었다. 제명과 백제계 도래인들 사이에 깊은 슬픔이 퍼졌고 특히 제명은 누구보다 가슴 아파했다. 무왕이 죽자 왜의 조메이왕은 삼년상을 선포하여 국상을 치렀다.

chapter 5

임성 태자의 꿈, 2018년

사라진 아좌 태자

　문 교수는 호류사 역 내의 벤치에 앉아 입구 밖을 내다보았다. 그러다 휴대폰의 시계를 들여다보았다. 8시 30분이었다. 9시에 만나기로 했으니 30분의 여유가 있었다. 조민국은 별로 볼 것도 없는 풍경을 찍어대느라 역사 주변을 맴돌고 있었다.

　문 교수는 아침에 깨어나자마자 마사코에게서 받은 명함으로 전화를 걸었다. 하지만 지난 밤처럼 전화를 받지 않았다. 대신 스즈키 교수에게 전화를 넣었다. 오우치 마사코의 연락처를 알아봤느냐고 물었는데 그도 알아낼 재간이 없었다고 대답했다. 그런데 막연하게 그녀와 다시 만날 것만 같은 기분이 들었다. 숨겨졌거나 왜곡된 백제의 역사를 찾아가는 자신과 왜곡을 바로잡으려는 그 여자가 걸어가는 길이 어쩌면 비슷할 수도 있겠다는 생각이 든 때문이었다. 연락처도 알 수 없는 지금은 더 이상 어쩔 수 없었다. 문 교수는 그녀에 대한 상념을 접고 숄더백에서 수첩을 꺼내들었다. 그는 궁금증이 일 때마다 메모를 하는 습관이 있었다.

'풀어야 할 미스터리가 수백 개다. 《일본서기》에 그렇게 중요한 인물로 묘사된 아좌 태자가 왜 《삼국사기》에는 한 줄의 언급도 없는 것인가? 위덕왕의 장남으로 왕위계승 1순위였던 아좌 태자는 왜 존재를 부정당하고, 고령이었던 그의 삼촌(혜왕)은 왕의 자리에 올라야만 했는가?'

문 교수는 수첩에 아좌 태자와 위덕왕의 이름을 적어 넣고 동그라미를 그려댔다. 역사를 들여다보면 유독 백제만 흥성기이든 흥망기이든 온전한 역사적 기록이 드물었다. 정작 중요하게 다루어야 할 기록들은 이름조차 언급되지 않는 경우가 많았다. 한국의 기록엔 없는데 일본의 기록엔 존재하는 경우도 허다했다. 그런 사실을 발견할 때마다 문 교수는 죄책감을 느끼곤 했다. 역사학자로서 왜곡을 바로잡으려는 의지가 강렬하다 해서 진실을 발굴해낼 수는 없었다. 어찌할 수 없는 일임에도 그는 마음이 아팠다.

'위덕왕의 첫째 아들, 아좌 태자는 역사 교과서에서 일본의 쇼토쿠 태자의 초상화를 그린 인물로 표현되지만 우리의 역사 교과서에는 아좌 태자가 왜 일본으로 건너갔는지에 대한 설명이 없다. 백제의 역사에서 이렇게 중요한 인물이 왜 의도적으로 축소되고 조작되는지에 대해 우리 역사학자들은 그 누구도 지적하는 사람이 없다. 단지 아좌 태자가 쇼토쿠 태자의 초상화를 그렸다는 교과서의 내용만 보고 아좌 태자가 쇼토쿠 태자보다 한참 낮은 사람으로 오해하기 십상이다.'

문 교수는 거기까지 메모를 한 후 수첩을 접었다. 식민시대 역사학자들이 의도적으로 파 놓은 함정에 우리 모두가 빠져들고 있는 느낌을 떨쳐버릴 수가 없었다. 왜 진실에 접근하려는 노력을 해오지 않았던 것인지 궁금했다.

역사를 바로잡으려는 자와 쫓는 자

"교수님, 스즈키 교수님께서 오시고 계시네요."

조민국이 멀리서 걸어오는 스즈키 교수를 가리키며 말했다. 문 교수는 벤치에서 일어나 그를 맞이하러 앞으로 걸어 나갔다. 스즈키 교수 뒤에 썬팅으로 앞 유리를 짙게 가린 한 대의 검정색 중형 세단이 주차되어 있는 게 보였다. 혹시 스즈키 교수를 미행하는 이들일지도 모른다는 괜한 노파심이 일었다. 한편으로는 문 교수 자신이나 스즈키 교수나 양국에 큰 힘을 발휘할 수 있는 학자도 아닌데 굳이 그럴 필요가 있을까 싶었다. 괜한 기우인지도 몰랐다.

"문 교수, 어젠 잘 주무셨는가?"

스즈키 교수는 문 교수의 얼굴을 살피며 물었다. 잔뜩 굳은 얼굴인 것이 무슨 일이 있었던 것은 아닌지 문 교수도 안부를 나누며 그의 표정을 살폈다.

"우리야 잘 자긴 했지요. 혹 무슨 일이라도?"

스즈키 교수가 한 차례 뒤를 살폈다. 그의 뒤로는 그저 평화로운 백제의 마을이 펼쳐져 있을 뿐이었다. 좀 전까지 문 교수가 눈여겨보았던 검정색 세단도 보이지 않았다.

"제가 전에 아내랑 딸이랑 미국으로 공부하러 갔다는 말씀드렸던가요?"

"들었던 것도 같네요."

스즈키 교수는 자신의 집안 사정에 대해 말하지 않는 편이었다. 문 교수는 그가 가족 이야기를 꺼내는 게 불안했다.

"아무튼 집에 나 혼자 지내는데⋯. 집에 들어가 보니까 엉망이었어요. 연구실에 이어 집까지 아주 샅샅이 다 뒤지고 갔더라고요. 어제 그 아가씨 미행하던 놈들이 그랬던 것 같기도 합니다."

문 교수와 조민국이 놀란 얼굴로 스즈키 교수를 쳐다보았다.

"심지어 화장실 변기의 물통 뚜껑까지 열어 봤더라고요. 어떤 인간들이 그러는지도 모르겠고, 그리고 도대체 뭘 찾는 건지 더 모르겠네요."

스즈키 교수는 문 교수가 이끄는 대로 걸어와 벤치에 털썩 앉았다.

문 교수는 그의 어깨를 두드렸다. 현재 일본의 권력은 극우보수주의자들에 의해 장악되어 있다고 해도 과언이 아니었다. 그리고 그들의 역사 논리에 의해 역사가 왜곡되어 가고 있었다. 그 논리에 반하는 학자들은 매도당하거나 매장당하고 있었다. 그렇다고 감시를 하거나 남의 집을 뒤지는 파렴치한 행위까지 하리라고는 상상해본 적이 없었다.

분명한 건 누군가 자신들의 뒤는 물론 오우치 마사코 그리고 스즈키 교수의 뒤를 밟고 있으며 뭔가를 찾아내려 하고 있다는 사실이었다. 하지만 그게 무엇인지 문 교수도 짐작할 수가 없었다. 조민국은 말할 필요도 없었다.

"일단 우리 목적지로 가봅시다. 뭘 숨겼다면 내가 아니라 우리 역사학계 학자들이 숨겼을 텐데. 도무지 이해가 안 되네요. 내 주변을 싹 다 뒤진 이유나 좀 알았으면 좋겠네요."

스즈키 교수는 대수롭지 않게 받아들였다.

호류사의 비밀, 아좌 태자

세 사람은 어제의 약속대로 호류사를 향해 걷기 시작했다.

길은 한적했다. 멀지 않은 곳에 호류사로 들어가는 길을 알리는 대나무 숲이 보였다. 호류사로 향하는 사람이 없는지 그 길엔 그림자 하나 없었다.

"여긴 평소엔 사람들이 별로 없어요. 수학여행 철이면 학생들이 좀 오긴 하지만."

세 사람은 길 한복판에 서서 호류사로 들어가는 길을 바라보았다.

"여길 오면 호류사를 비롯한, 주구지, 호린지, 호키지를 다 둘러봐야 하지만 문 교수님이라면 호류사 한 곳만 보는 것으로도 충분할 겁니다."

문 교수가 고개를 끄덕거렸다.

"여러 번 온 건 아니지만 여길 올 때마다 참 편안합니다. 마치 우리 나라 땅의 사찰을 둘러보는 기분이에요."

"아직도 일본인들에겐 쇼토쿠 태자가 사랑받고 있지요?"

"그럼요. 다른 태자들은 몰라도 쇼토쿠 태자는 석가모니 반열에 오른 불교인으로 인식들을 하고 있지요. 야마구치 쪽에서는 임성 태자도 신과 다르지 않지요."

"그런 태자의 초상화를 그려준 인물이 아좌 태자인데 그에 대한 한국의 자료는 거의 없다는 게 안타깝습니다. 임성 태자의 자료도 마찬가지이고요."

조민국이 거들고 나섰다. 맞는 이야기이지만 명확하게 알고 있는 발언은 아니었다.

어느새 세 사람은 호류사에 다다랐다. 쇼토쿠 태자가 창건한 거처이자 사찰이었다. 607년에 창건되었으니 이 사찰에는 임성 태자는 물론 제명 공주 그리고 의자왕 역시 드나들었던 곳일 터였다. 세 사람을 가장 먼저 맞이한 것은 중문을 지키는 두 분의 역사들이었다. 문 교수는 한동안 그들을 바라보며 넋을 놓았다가 조민국이 팔을 잡아 이끄는 바람에 현실의 마당으로 돌아왔다. 스즈키 교수는 자신의 기억이 맞는지, 역사가 옳은지를 점검하려는 듯 이야기를 계속 이어나갔다.

"…위덕왕이 죽은 후에 그의 동생인 나이 많은 혜왕이 꼭두각시로 왕이 되었고, 백제는 다시 귀족들의 손아귀에 떨어진 거죠. 위덕왕의 둘째 아들 혹은 셋째 아들이라고도 하는 아좌 태자의 동생인 임성 태자가 1천여 명의 기술을 데리고 597년 일본으로 넘어온 거고요. 임성 태자는 백제의 귀족 세력들이 아좌 태자의 아들까지 죽이려고 하자 아좌 태자의 아들인 부여 장을 자신의 아들로 입적시키고 백제 본국의 정통을 잇게 하여 무왕으로 등극시켰고, 셋째 아들인 부여 명을 소가노 세력의 힘을 빌려 천황 조메이로 만들었고요."

스즈키 교수의 말을 들으면서 문 교수는 한국의 학자들이 그동안 등한시해왔던 역사적 사실들에 대해 참담한 마음을 감출 길이 없었다.

"교수님, 저희가 바로잡아 보면 되지 않겠습니까?"

조민국이 얼굴이 굳은 문 교수의 마음을 헤아린 모양이었다. 둔하다가도 어느 땐 이처럼 남의 심사를 빨리 알아차렸다. 문 교수가 미소를 지었다.

"알겠지만《일본서기》에 오히려 백제에 대한 기록이《삼국사기》보다 더 많고 정확해."

세 사람은 벤치에 앉아 오중탑을 올려다보았다. 일본 내에서도 가장 오래된 목조탑이었다.

"《삼국사기》는 허점이 많습니다."

스즈키 교수가 문 교수의 말을 받았다. 기분은 썩 좋지 않았지만 부정할 수 없는 사실이었다.

"역사는 승자의 기록이니까. 삼국 시대에 승자인 신라 위주로 쓰여졌다고 하더라도《삼국사기》의 백제사는 앞뒤가 맞지 않는 곳이 한두 군데가 아니지. 그렇다고《일본서기》도 백제의 역사를 자신의 것으로 만들기 위해 조작했으니 백제의 실체를 의도적으로 배제할 수밖에 없었을 테고."

"맞습니다. 조상이니 차마 폄하할 수는 없었을 겁니다. 하지만 일본의 위상을 높이기 위해서 백제를 희생시키기는 했어야 했죠. 그 흔적들이 여기저기 많죠."

"《삼국사기》는 패배자 백제를 아둔하게 표현했고, 《일본서기》는 백제의 찬란한 문화를 자기의 것으로 만드는 작업을 했던 것이고요."

문 교수와 스즈키 교수가 죽이 맞아 만담을 나누듯 주고받았다. 조민국은 그런 두 사람을 그저 바라보기만 했다.

"타임머신이라도 있으면 확 날아가서 진실을 밝혀내고 싶은 심정입니다."

조민국이 느닷없이 끼어들었다. 두 교수가 허탈하게 웃어 보였다.

"그럴 수 있다면 원이 없겠네."

"저도 같은 심정입니다.

"고대사에 대해 연구를 하면 할수록 답답해지기만 합니다. 백제 위덕왕 사후에 왕이 두 번씩이나 살해되는 그 혼란기에 대한 기록도 없어요. 《삼국사기》에는 혜왕과 법왕이 어떻게 죽었는지에 대한 묘사는 없고 짤막하게 죽었다라는 기록이 있죠. 반면에 《일본서기》에는 그 상황이 상세히 묘사되어 있어요."

"…《일본서기》에 의하면 597년(위덕왕 44년) 4월에 아좌 태자는 일본에 건너가 쇼토쿠 태자의 초상을 그렸다고 기록되어 있습니다. 그리고 현재 일본의 궁내청에 소장되어 있는 그 그림이 일본에서 가장 오래된 초상화이고요. 쇼토쿠 태자를 가운데 두고 좌우에는 두 왕자가 있는 그림입니다. 오른쪽이 야마시로 오에 왕자, 왼쪽이 에구리殖栗 왕자를 조금 작게 배치한 구성이죠. 622년 2월 22일 쇼토쿠 태자는 전염병에 걸려 이곳 이카루가 궁에서 세상을 떠났다고 되어 있더 군요. 48세의 젊은 나이였습니다."

문 교수는 조민국이 기특해 보였다. 그가 자신의 대를 이어 진실을 끝까지 파헤칠 수 있는 학자로 성장하길 바랐다. 어떤 억압이나 난관도 충분히 뚫고 나갈 의지도 보였다.

"교수님이 누구보다 진실을 파헤치려 하는 분이 그 조메이 천황의 아내인 제명 공주 아닙니까. 제명 공주는 그러니까 삼촌에게 시집을 간 것이고요. 《일본서기》 여기저기에 조메이 천황이 스스로를 백제인이라 자처했다는 기록들이 많이 나오는데, 이 사실을 부정하는 학자들도 간혹 있는 것 같습니다."

"그건 부정할 수 없을 거야. 《일본서기》에 여러 군데 나오니까."

조민국은 답답한 듯이 말을 이었다.

"…임성 태자에 관해서는 우리나라에 전혀 기록이 없습니다. 아시겠지만 일본으로 건너와서 엄청난 일을 했는데도 우리의 역사 어디에도 그분에 대한 기록을 찾아볼 수가 없어요. 참 안타까운 일이죠. 얼마나 답답했으면 임성 태자의 후손들이 조선으로 건너와서 자신들의 뿌리를 찾아 달라고 부탁했을까요. 우리가 잊고 있었던 백제의 뿌리를 그들은 간직하고 있었던 겁니다. 그분들의 뿌리에 대한 애정은 우리가 생각하는 것 이상인 듯합니다."

"맞아요. 그 시절에도 그랬을 겁니다. 특히 임성 태자의 셋째 아들인 조메이 천황은 백제를 너무 사랑한 왕이었죠. 그리고 조메이 천황의 기록이 《일본서기》 곳곳에서 전해지고 있고요. 조메이 왕은 나라 땅의 백제강百濟川 강변에다 백제궁百濟宮과 백제사百濟寺를 짓고 궁에서 살다가 조메이 13년(641) 10월 9일 백제궁에서 서거했죠. 현재 백제궁 인근에는 '백제사삼중탑百濟寺三重塔'이 우뚝 서 있어 옛 백제 고대 왕실과 불교의 영광을 보여주고 있기도 하고요."

문 교수는 손에 들고 있는 물병을 반쯤 비운 후에야 정신을 차렸다. 1,400년 전으로 훌쩍 시간 이동을 했다가 돌아온 기분이었다.

"세이조 대학 사학과 사에키 아리키요佐伯有淸 교수가 그런 말을 했어. 조메이 천황은 당대 '백제대왕百濟大王'으로 호칭된 것으로 추정된다고 말이야."

"그러니까 조메이 천황 사후에 우리 문 교수님께서 하루도 거르지 않고 이름을 달고 사시는 제명 공주가 등장을 하지요."

"그래요. 그의 사후 천황의 자리는 그의 아내이자 조카인 제명 공주가 물려받게 됩니다. 제명 공주는 임성 태자의 둘째 아들, 부여 의광의 딸이죠. 조메이 천황은 제명 공주의 삼촌이 되고 의자와 제명은 사촌관계가 되는 겁니다."

조민국과 스즈키 교수가 손발이 맞아 착착 주고받았다. 한국과 일본

의 관계가 이처럼 호흡이 잘 맞는다면 과거의 일들로 인해 더 이상 상처
받을 일이 없을 것만 같았다. 하지만 아직 시기상조인지도 몰랐다.

"당시는 근친혼이 왕실가의 결혼 풍습이었지."

백제와 왜

"이제 어디로 가시렵니까?"

스즈키 교수가 물었다.

"딱히 정한 곳은 없습니다. 제가 찾고자 하는 걸 어디에서 찾아야 할지도 알 수가 없으니까요."

문 교수는 사방을 한 차례 둘러본 후 애매모호하게 말했다. 하지만 조심하는 문 교수의 심정을 아는 터라 스즈키 교수는 더 이상 묻지 않았다.

"그럼, 한국으로 돌아가시나요?"

"아닙니다. 한국에서 출발할 땐 진실의 가치를 담은 분명한 뭔가를 찾을 수 있을 거라 생각했는데. 쉽지가 않네요."

스즈키 교수는 희미하게 미소를 지었다.

"일정은 언제까지입니까?"

문 교수가 조민국을 쳐다보았다.

"돌아가는 비행기편은 예약하지 않은 상황입니다. 교수님도 자제분들이 독일로 유학 가 있으니 뭐 솔로나 마찬가지이시고요. 저도 아직 결혼 전이라 한국에 가 봐야 별로 할 일이 없습니다."

"문 교수님 사모님도 독일에 가셨나요?"

문 교수가 손을 내저었다.

"3년 전에 자기 공부 좀 더 해본다고 미국으로 유학 갔습니다."

"아무튼 학자 집안답네요."

"그럼 뭘 합니까. 백제의 진실 하나 못 밝혀내고 있는데."

세 사람은 호탕하게 웃었다.

"시간이 되신다니까, 이왕에 오신 김에 임성 태자 시절의 건축물은 물론 연관된 인물들이 기거했거나 머물렀던 곳들을 두루 둘러보시면 답을 찾을 수 있을 것도 같은데요."

스즈키 교수의 말 그대로였다. 그런 심정으로 한국을 출발했다. 적어도 신학기가 시작되는 9월 전까지는 일본에 체류할 수 있었다. 두 달이라는 시간이 남아 있었다. 이대로 한국으로 빈손으로 돌아가면 결국 제자리다.

조민국이 운전석에 앉고 문 교수와 스즈키 교수는 뒷좌석에 나란히 앉았다.

"문 교수님 혹시 고대왕조사를 다룬 《부상략기扶桑略記》 보신 적 있으신가요?"

"보기는 봤습니다."

"그럼 혹시 거기에 조메이 천황 시절의 이야기도 좀 보셨겠네요."

"보긴 봤는데 딱히 도움이 될 만한 기록은 보이지 않더군요."

문 교수의 말이 끝나자마자 스즈키 교수가 가방을 뒤져 문장이 적힌 한지를 펼쳐보였다.

"이건 모사본입니다.《부상략기》에 보면 조메이 천황이 서기 641년 10월 9일 백제궁에서 서거한 것으로 나타나거든요. 그런데 거기에 아주 묘한 말이 나옵니다."

운전대를 잡은 조민국의 귀가 쫑긋거렸다. 그는 운전을 하면서 간간이 뒷좌석을 살폈다.

"642년 2월에 백제 사신이 내조來朝하여 선제先帝의 상喪을 같이 조문했다."[29]

"그러니까 이 말은 당시 비슷한 시기에 무왕과 조메이 천황이 죽었고 두 형제의 상을 같이 치렀다는 말인가요? 642년이면 의자왕이 왕위에 오른 지 2년째가 되던 해이죠? 641년 3월에 아버지인 무왕이 승하했고요."

"그렇습니다."

---

[29] 조메이 천황이 서거했을 때 왜 왕실에서는 즉각 본국인 백제로 사신을 보내어 알렸으며,《부상략기》에 따르면 국장國葬은 '백제百濟의 대빈大殯'이라는 백제 왕실의 장례법에 따라 삼년상으로 모시게 되었다'고 기록하고 있다.

백제 임성 태자의 두 아들 중 한 명은 왜를 통치했고 한 명은 백제를 통치했다. 이런 관계를 특별히 관심을 갖지 않고서는 알 수가 없었다. 한국의 일부 학자들은 그런 사실을 받아들일 수 없다고 말했다.

조민국이 모는 차는 2차선 도로를 조심스럽게 달려갔다. 간간이 중앙선을 침범했다가 나오는 바람에 문 교수와 스즈키 교수의 간담을 서늘하게 만들곤 했다.

"스즈키 교수님, 후쿠자와 유키치 이전에 1만 엔 권 모델이었던 인물이 쇼토쿠 태자가 맞습니까?"

"네, 맞아요."

"어떻게 된 게 그 지폐 한 장을 못 구하겠네요."

"제가 한번 알아보지요."

일본 역사상 쇼토쿠 태자만큼 여러 문헌에서 다루어지고, 오늘날에도 각광을 받는 인물은 없었다. 1930년부터 일본 화폐에 등장했고 현 후쿠자와 유키치의 초상이 쓰이기 이전 1만 엔 권의 첫 모델이었다는 점만 봐도 쇼토쿠 태자의 위치가 어떠한지를 알 수 있는 일이었다. 메이지 시대 이후 천황제 이데올로기가 강화되면서 왕족 중에서 쇼토쿠 태자가 위대한 인물로 숭상받았다.

"교수님 말씀이 맞지만 아직 한국은 진정한 백제사를 받아들일 준비가 안 되어 있다는 생각이 들기도 합니다."

어느새 차가 호후시의 고류사[30]에 도착했다.

"지금은 쇠락했지만 과거 꽤 큰 사찰이었던 곳입니다."

문 교수는 주변을 둘러보며 앞으로 걸어 나갔다. 조민국은 사진을 찍느라 여념이 없었다.

"아시겠지만 이 절은 임성 태자가 창건한 절입니다."

그리 길지 않은 길을 걸어 그들은 본당 앞에 멈춰 섰다.

"여기에도 백제와 왜의 관계를 밝힐 중요한 유물이 있습니다."

"그게 뭐죠?"

"임성 태자의 칼입니다."

"칼?"

"7세기 이전에 제작된 것으로 보이는 칼로 그때까지 일본은 철제기술이 발달하지 않아서 거의 신무기나 다름없었죠. 그리고 일본은 그 시절 외날 칼이었지만 임성 태자가 들고 온 칼은 양날이었습니다."

그런 기록은 한국의 역사에는 남아 있지 않았다. 임성 태자가 백제인인지에 대한 기록마저도 없는데 칼에 대한 기록이 있을 리 없었다. 문 교수는 가슴이 서늘했다.

세 사람은 본당의 출입문 앞에 서서 임성 태자의 초상화를 올려다보았다. 거북이를 타고 대한해협을 건너오는 모습의 설화적 그림이었다. 그림에 정신이 팔려 있느라 문 교수 앞에 상큼한 비누 냄새를 풍기는 여자가 지나가는데도 쳐다볼 마음의 여유가 없었다. 그러다 냄새도 실루엣도 익숙해 고개를 돌렸는데 여자는 문 교수가 아는 사람이었다.

---

30   성덕 태자가 603년에 창건한 절. 고류사興隆寺는 사천왕사, 호류사와 함께 성덕 태자가 건립한 일본 7대 사찰의 하나이다.

"오우치 마사코!"

문 교수의 입에서 외마디 비명처럼 그녀의 이름이 터져 나왔다. 스즈키 교수와 조민국이 동시에 그녀를 쳐다보았다. 걸음을 옮기던 마사코 역시 멈춰 서서 문 교수 쪽으로 고개를 돌렸다. 그녀는 분명 오우치 마사코였다. 그러니까 그녀는 임성 태자의 46대 손인 그 가문의 사람이었다. 지난 밤 괴한의 미행을 당했던 여인. 무사하다는 걸 확인하자 문 교수는 괜히 다리에 힘이 빠지는 것만 같았다.

chapter 6

제명이 왕이 되다, 640년

제명의 그리움

641년 산하가 진달래와 철쭉으로 붉게 물들기 시작한 3월의 어느 날 임성 태자에게 비보가 전달되었다. 백제의 제30대 대왕 무왕이 승하했다는 전갈이었다. 임성 태자는 고류사에서 그 소식을 들었다. 그는 본당으로 들어가 결가부좌를 하였다. 왜에서 백제까지의 왕복 뱃길 시간이 넉 달은 족히 되었다. 적어도 임성 태자가 무왕의 승하 소식을 들은 시점보다도 두 달 전에 무왕이 세상을 떠났다는 말이었다.

'그동안 고생하셨소.'

그는 미륵반가사유상[31]을 쳐다보며 삼배를 올렸다.

'무왕이시여, 부디 극락왕생하소서.'

---

31   고류사의 미륵반가사유상은 일본의 국보 1호로 지정되어 있으며, 한국의 국보 83호인 금동미륵보살반가상과 쌍둥이처럼 닮아 있다.

무왕은 임성 태자가 자신의 호적으로 입적시킨 형님의 아들이자 자신의 큰 아들이었다. 소년이었던 부여 장과 자신의 친아들 부여 의광과 함께 백제를 떠나온 세월이 벌써 40년이 훌쩍 넘었다. 이제 손자인 의자가 대왕을 역임할 차례였다. 한편으론 서글프기도 했지만 의자가 대왕의 자리에 오른다니 기쁜 일이기도 했다. 다만 제명과 했던 약속을 지킬 수 있을지 자신할 수 없어 가슴이 아팠다.

임성 태자는 고류사에 머물며 무왕의 승하를 애도했다. 봄과 여름을 보내고 가을이 깊어질 때까지 무왕의 극락왕생을 기원했다. 평온도 잠시, 가을이 깊어지고 거리에 낙엽이 이불처럼 덮이던 11월 또 한 번의 비보가 그에게 전달되었다.

"마마, 백제궁에서 연락이 왔습니다."

그를 보좌하는 대신이 궁에서 온 소식을 전했다. 백제궁은 조메이 왕이 지난 해 완공한 궁이었다. 판개궁에서 백제궁으로 거처를 옮긴 후 1년만의 변고였다.

"무슨 소식이냐?"

"왕께서 위독하시다는 전갈입니다."

임성 태자는 가슴 한쪽이 무너지는 기분이었다. 무왕이 승하한 지 불과 반 년이 지났을 뿐이었다. 그런데 이번에는 셋째 아들인 부여 명, 조메이왕이 위독하다는 연락이었다. 큰아들과 막내아들이 비슷한 시기에 불귀의 객이 될 판이었다.

'내가 너무 오래 살아서 두 아들의 죽음을 보게 되는구나.'

임성 태자는 속으로 눈물을 삼키며 슬픔을 억눌렀다. 그의 삶 전체가 백제를 위한 삶이었다. 무엇보다 제명과 의자가 그 대업을 위해 희생당한 듯하여 더없이 마음이 무거웠다.

"가자."

임성 태자는 채비를 하고 백제궁으로 향했다.

제명왕

공교롭게도 의자가 백제의 대왕으로 오른 그해의 늦은 가을, 왜의 조메이왕이 병으로 세상을 떠났다. 그의 나이 불과 49세였다. 조메이왕이 갑자기 죽자 왜 왕실에서는 엄청난 권력다툼이 시작되었다. 임성 태자와 소가노 우마코가 약속한 조메이와 그의 첫째 왕비인 소가노 우마코의 딸 사이에서 태어난 아들이 천연두에 걸려 죽는 바람에 차기 왕을 누구로 할지 결정을 못하고 혼란스러운 상황이었다. 당시 왜 왕실은 숭불파와 배불파간의 세력이 공존해 있었다.

임성 태자는 소가 대신과 마주하고 앉아 있었다.

"본국 백제에는 소식을 알렸나요?"

"배가 떠났으니 두어 달 후에나 사절단이 오겠지요."

"그나저나 다음 왕으로 어느 분을 옹립한단 말입니까?"

소가 대신은 왜 최고의 권력자이긴 하지만 누구를 왕으로 옹립하느냐에 따라 입지가 달라질 수 있었다. 사설 군대를 보유하고 있는 권력자이긴 했지만 이왕이면 본국 백제의 의지를 따를 수 있는 왕족이 그 자리에 오르기를 바랄 수밖에 없었다.

하지만 다음 왕을 옹립하는 데에 영향력이 있는 임성 태자에게 있어서 문제는 왜 왕실과 소가 대신의 권력 분쟁에서 누구의 편도 들어줄 수가 없다는 점이었다. 그가 묘안으로 떠올린 인물이 제명 공주였다.

"소가 대신, 조메이 왕의 왕비인 제명이 어떻겠소?"

백제에서 무왕의 뒤를 이어 의자왕이 제31대 대왕으로 등극한 지 반년쯤 지났을 때였다.

"왕비를요?"

"생각해보시오. 지금 백제는 의자왕이 다스리고 있지 않소. 제명과 의자왕은 누구보다 각별한 사이이니 백제와의 관계를 더욱 돈독하게 할 수 있다는 말이오."

그건 의자왕의 뜻이기도 했다. 소가 대신에게도 임성 태자는 물론 의자왕에게도 이만한 대안이 없었다.

"좋소. 왕비님이시라면 왜를 충분히 다스릴 수 있을 거라 생각이 됩니다."

소가 대신 역시 제명이 누구보다 총명하며 왕으로서의 자질 또한 충분하다고 생각하고 있었다.

당시 임성 태자는 의자왕의 할아버지로 본국 백제의 절대 신임을 얻고 있었고, 소가 대신 역시 왜 왕실의 거처인 판개궁 못지않은 대저택을 올릴 정도의 권세가였다. 이 두 사람이 마음만 먹으면 왜 왕실의 후계자가 결정되었다.

이렇게 조메이의 왕비인 제명이 임시로 왕을 맡으면서 권력다툼이 일단락되었다. 소가 대신의 세력과 왕권의 세력이 팽팽한 상황에서 제명은 왕을 맡게 되었다.

제명은 642년, 의자가 백제의 대왕이 된 지 1년 후에, 제35대 고교쿠皇極(황극)왕으로 등극하게 되었다. 제명이 왕으로 등극하게 된 것은 의자왕의 힘이 작용한 것이 분명했다. 왜 왕실과 소가 대신과의 권력분쟁에 누구의 편도 들어줄 수가 없었기에 임성 태자가 낸 묘안이었지만 제명을 왕으로 등극시킨 것은 소가 대신에게도 백제와 왜의 관계를 돈독히 할 수 있다는 계산이 깔려 있었다.

왜 왕실은 제명이 왕의 자리에 등극하며 겉으로 보기에는 안정되어 가는 듯 보였다. 조메이왕이 그 동안 왜를 분란 없이 잘 다스린 연유도 있었고, 백제 도래인들이 주류였던 때문이기도 했다.

임성 태자로서는 이대로 왜는 제명이, 백제는 의자왕이 다스리게 되면 훗날 과거 해상강국이었던 대백제의 영광을 다시 찾을 수 있을 것이라 믿었다.

왜 왕가가 정리되면서 임성 태자는 자신의 거처가 있는 고류사로 돌아와 불법의 확장과 강화에만 심혈을 기울이는 삶을 살기 시작했다. 모든 게 안정적으로 돌아가고 있다는 생각이 들었다. 곤지왕의 손자로서 부끄러움 없는 평생을 살아왔다는 자부심도 들었다.

'비록 제명을 의자에게 보내진 못했지만 각자 두 나라의 왕이 되었으니 그것으로 둘이 나를 이해하고 용서하지 않겠는가.'

임성 태자는 고류사에 올린 9층탑을 올려다보며 두 사람이 대업을 이룰 수 있기를 기원했다.

제명의 아들이자 의자의 아들

제명은 의자와의 사이에서 낳은 아들 중대형(나카노 오에)과 조메이 왕과의 사이에서 낳은 아들 대해인이 있었다.

중대형은 기질이 호탕하고 도전적인 반면, 둘째 아들인 대해인은 내성적이고 섬세했다. 중대형은 자신의 친아버지가 의자왕이라는 사실을 모른 채 조메이왕을 친아버지로 알고 자랐다.

하지만 씨를 속일 수는 없는 법. 중대형은 성장할수록 의자의 모습을 닮아갔다. 조메이왕도 임신 3개월째이던 제명이 임성 태자의 명으로 임신 사실을 숨기고 결혼했기 때문에 중대형을 칠삭둥이로만 생각했다. 제명이 복중에 의자의 아들을 품고 자신과 혼인을 했다고는 꿈에도 생각지 못했다. 임성 태자와 제명이 비밀로 하는 한 탄로 날 일은 없었다.

조메이왕이 세상을 떠나고, 고교쿠왕이 된 제명은 백제 본국의 사절로서 중대형을 보내기로 결심했다. 643년, 중대형이 열여섯이 되던 해였다. 제명은 그녀의 결심대로 왕자를 백제로 보냈다. 명분은 본국 대왕의 알현으로 새해 인사차 방문하는 것이지만 제명에게는 다른 뜻이 있었다.

중대형이 백제로 떠나기 전날 제명은 의자왕에게 전할 친서를 아들에게 맡겼다. 부자의 상봉을 알리지 못하는 제명의 마음은 찢어질 듯 저려왔다.

'언제까지 비밀로 해야 하는가? 무덤에 들어갈 때까지 간직하고 가야 할 비밀이겠지.'

제명의 얼굴은 밝지 못했다. 평생을 그리워했던 의자왕이었다. 그를 보지 못한 게 15년 세월이었다. 제명의 첫사랑이자 영원한 사랑이며 그녀의 첫 남자이기도 했다. 백제의 옛 영광을 찾아야 한다는 대의명분이 아니었다면 지금 그녀는 의자왕의 곁에 있을 터였다.

그런 제명의 마음을 모르는 중대형은 어머니의 불안한 표정을 왜 왕실에 대한 염려 때문이라고 읽었다.

"어머님 걱정하지 마세요. 제가 본국 백제의 대왕폐하를 만나 뵙고 우리 왜의 상황을 잘 말씀드리겠습니다."

진실을 알지 못하는 아들을 바라보며 제명은 가슴이 더 저려왔다. 본국 백제의 대왕폐하가 너의 아버님이라는 말이 가슴에서 끓어올랐지만 차마 입 밖으로 꺼낼 수 없었다. 제명은 어린애처럼 아들의 볼을

제명의 아들이자 의자의 아들

쓰다듬으며 말했다.

"부디 몸조심하고 백제 본국의 제도와 문화를 직접 보고 배워 오도록 하여라. 그리고 밀봉된 편지는 아무에게도 보여주지 말고 직접 대왕폐하께 전달해야 한다."

중대형은 어머니의 당부를 잊지 않겠다는 듯 밀봉된 편지를 가슴에 안고 하직인사를 올렸다.

'의자가 저 아이를 마주하면 자신의 아들임을 알아볼까'

제명은 백제로 떠나는 아들을 배웅하며 혼잣말을 했다. 제명은 본국의 의자왕도 중대형도 서로가 부자관계라는 사실을 모른 채 만나는 순간을 만들고 싶지 않았다. 하지만 의자왕에게 다가갈 수 없는 그리움을 그렇게라도 해소하지 않으면 마음의 병이 더 깊어질 것만 같았다.

제명의 근심이나 염려와는 달리 의자왕은 642년 7월에 군사를 거느리고 신라의 40여 성城을 빼앗았으며, 8월에는 신라의 수도인 경주로 가는 요충지인 대야성大耶城을 함락시킴으로써 신라를 위기에 빠뜨렸다. 의자는 아버지 무왕이 세워놓은 탄탄한 왕권을 바탕으로 당나라에게도 지지 않는 대등한 외교를 펼쳤다. 신라를 침공하여 몇 개의 성을 빼앗고는 신라를 고립시키기 시작하였다.

무왕과 의자왕이 이룬 성과들 덕에 조메이왕의 사후 다음 왜왕으로 제명이 되었으면 좋겠다는 의견을 보내는 데에 힘을 실을 수 있었다.

의자왕은 한동안 할아버지인 임성 태자가 제명을 삼촌인 조메이에게 시집보냈다는 사실에 속사정도 모르고 할아버지를 원망했었다. 그러나 의자는 해상강국인 백제의 대왕이 될 사람이었다. 개인의 사사로운 감정보다는 대왕으로서 선조가 이루었던 대백제의 영광을 쌓아올려야 하는 숙명의 왕이었다. 왜를 떠날 때 할아버지의 뜻과 아버지 무왕의 말씀에 순종했던 건 그 숙명을 받아들였기 때문이었다. 그렇다고 제명을 잊은 건 아니었다. 볼 수 없다는 사실이 의자왕의 가슴을 더 사무치게 만들었다. 마음이 허전하고 쓸쓸해지면 이를 악물고 무예와 덕을 쌓는 일에 매진했다.

의자왕이 해동증자라는 소리를 주위에서 듣게 된 연유도 그러한 노력 때문이었다. 그런데 그렇게 사랑했던 제명의 아들이 이제 조금 있으면 백제에 도착한다고 하니 의자는 왠지 모르게 옛 연인을 만나는 것처럼 설레는 마음을 감출 수가 없었다. 그동안 가슴에 켜켜이 쌓여 있던 제명을 향한 그리운 감정이 차 올라 터질 것만 같았다. 제명의 아들이 오기 전날 의자는 한숨도 잠을 이룰 수가 없었다. 의자왕에게 있어서 제명의 아들을 보는 건, 곧 그녀를 보는 것과 다르지 않은 일이었다.

중대형 왕자의 왜 사신 행렬이 사비성 근처에 도착했다는 소식에 의자는 직접 성문 앞까지 나가서 기다렸다. 멀리서 행렬이 다가오자 의자는 자신의 눈을 의심하지 않을 수가 없었다. 말에서 내려 걸어오고 있는 왕자의 모습이 어릴 때 자신의 모습과 너무도 흡사했다. 처음에는 흠칫 놀랐으나 한편으로는 같은 핏줄이니까 닮을 수도 있다고

제명의 아들이자 의자의 아들

생각하자 헛웃음이 나왔다. 왕자는 성문 앞까지 친히 마중 나와 있는 대왕을 보고는 무릎을 꿇고 절을 올렸다. 의자는 흙 위에서 거침없이 절하는 왕자를 일으켜 세우며 말했다.

"먼 길 오느라 고생 많았다. 그대가 고교쿠왕의 아들 중대형 왕자인가?"

중대형은 대왕을 올려다보면서 말했다

"그러하옵니다. 신 중대형, 대왕폐하께 이렇게 늦게 인사 올리게 되어 송구한 마음 금할 길이 없나이다."

"아니야, 아니야, 왕자가 왜에서 어머니를 도와서 큰일을 한다고 들었어. 왕자의 어머니와 나는 임성 태자 할아버지 집에서 같이 자랐지. 너도 알고 있느냐?"

"네, 어머님께 말씀 들었사옵니다."

"그래, 어서 안으로 들어가자."

의자는 왕자의 손을 잡고 성안으로 들어갔다. 주위의 구경꾼들도 모두 쑥덕거렸다

"야, 정말 대왕폐하와 왜의 왕자가 너무 닮지 않았어?"

한 병졸이 곁의 아낙에게 그런 말을 했다. 주변의 사람들도 고개를 끄덕이거나 저마다 한마디씩 거들었다.

대왕폐하와 귀가 닮았다느니, 눈매가 그대로 옮겨 놓은 것 같다느니, 체구가 너무 비슷하다느니….

"쓸데없는 말 그만하고 저리 가슈, 원래 왜 왕실과 우리 백제 본국

은 같은 왕실의 핏줄이니 당연히 닮았겠지, 괜히 무식한 소리를 하고 있어"

몰려들었던 군중들은 병사들이 제지해도 계속 자기들끼리 귓속말로 이어갔다

"그래도 너무 닮았는걸, 그냥 판박이야. 하하하"

말리던 병사들도 친척치고는 너무 닮았다는 인상을 지울 수가 없었던지 왜에서 온 왕자를 계속해서 힐끔힐끔 훔쳐보았다.

왕의 혈육

643년, 백제의 사비성에서 중대형 왕자의 방문을 축하하는 성대한 연회가 열렸다. 의자는 오른쪽에 중대형을 앉히고 왼쪽에는 그보다 세 살 어린 부여 융을 앉혔다. 태자 부여 융은 중대형을 형처럼 잘 따랐다.

"태자는 중대형 왕자에게 인사하여라. 너에게는 6촌 형님이 되시는 분이시다."

중대형이 먼저 일어나서 태자 융에게 인사하였다.

"아니옵니다. 제가 먼저 태자마마께 인사를 드리는 것이 도리에 맞사옵니다."

의자는 중대형을 가로막았다.

"우리끼리 무슨 격식이 필요하겠는가? 형님과 동생처럼 의좋게 지내면 좋지 않은가?"

"대왕폐하, 태자마마는 장차 대백제의 대왕이 되실 분이십니다. 말씀을 거두어주시옵소서."

"왕자도 참 고집이 세구나. 나도 어릴 적 왜의 임성 태자 할아버지 집에 있을 때 사촌과 육촌끼리 재미있게 지냈는데 말이야. 그러면 공식적으로는 태자마마로 모시고 사적으로는 중대형 왕자가 형으로서 부여 융을 잘 이끌어주기를 바란다."

옆에 있던 부여 융도 거들었다.

"형님, 앞으로 잘 부탁드리겠습니다."

"태자마마, 잘 부탁드리겠습니다."

부여 융은 아버지 앞에서 자신 있게 말했다.

"형님, 제가 말을 타고 백제의 모든 영토를 구경시켜 드리겠습니다."

중대형은 부여 융이 듬직해 보였다. 이 둘을 양옆에 두고 있자니 의자는 세상을 다 얻은 것 같은 승리감마저 들었다. 더구나 중대형은 제명의 아들이 아닌가. 의자왕은 중대형을 보며 왜에 두고 떠나왔던 제명에 대한 그리움을 달래었다. 15년이 넘는 세월 동안 얼굴도 보지 못했던 제명이었다. 그의 아들을 보며 그리움을 달래야 한다는 사실이 아쉽지만, 그나마 제명의 소식도 듣고 그의 아들과 마주하고 있으니 여한이 없었다. 의자는 밤이 깊도록 술을 마셔도 어쩐지 그날은 취하지 않았다.

눈물로 지은 제명의 편지

　어느덧 연회가 끝이 났다. 중대형은 부여 융과 함께 태자의 처소로 향했다. 왕비도 자신의 처소로 돌아간 후 의자는 내전에 홀로 남아 중대형이 은밀하게 전해준 제명의 편지를 가슴에 품었다.

　제명과 헤어진 후, 처음으로 받아보는 그녀의 체취가 담긴 편지였다.

　'백제의 대왕이 되면 꼭 너를 백제로 부르겠다는 약속을 지키지 못했구나.'

　의자는 백제를 떠나기 전 제명과 그런 약속을 했다. 뿐만 아니라 할아버지인 임성 태자 역시 제명을 백제로 보내겠노라 약속했다. 하지만 사랑보다는 정치적 논리를 따를 수밖에 없는 자신들의 처지를 모두 숙명이라 생각했다. 그래도 사랑과 그리움은 사라지지 않았다.

　의자는 조용히 품에서 제명의 편지를 꺼내들었다. 한순간도 잊지 못했던 여인이었다. 백제의 대왕이 되면 같이 살 날을 참고 기다려 왔던 여인이 보낸 편지였다. 전쟁터를 누비는 용맹한 의자였지만 가슴이 떨려서 제명의 편지를 열어볼 수가 없었다. 아무도 없는 텅 빈 내전에는 호롱불이 바람에 가녀리게 춤을 추고 있었다. 호롱불 그림자가 제명이 춤추는 것처럼 바람에 흔들렸다. 그 그림자에 따라 의자의 마음도 흔들렸다. 의자는 용기를 내어 밀봉된 편지를 뜯었다. 편지에는 제명이 또박또박 정성스럽게 써내려간 낯익은 필체가 눈에 들어왔다.

> 모두가 내 것이 아니더이다.
> 내가 만든 버선도
> 심지어는 내 아들마저도
> 내가 자란 고향도
> 나의 사랑하는 사람도
> 내 추억마저도 내 것이 아니더이다.
> 모든 것을 체념한 후에 해와 달이 보이더이다.
> 체념 뒤에는 절망이 오지 않는다는 것을 이제야 알았습니다.

　제명의 마음을 담은 시 한 수가 제일 먼저 눈에 들어왔다. 의자는 시를 읽으면서 제명의 마음을 짐작할 수 있었다. 그 시 구절 다음에 제명의 절절한 마음이 붓 끝에 닿아 있었다.

사랑하는 임께, 가슴에 담아둔 이야기를 하렵니다. 지금까지 한시도 당신을 잊은 적이 없습니다. 이게 여자의 숙명이라면 받아들이겠습니다. 한평생 살아가는 인생, 무슨 욕심이 그리 많고 미련이 많겠습니까. 허나 보고 싶은 사람에 대한 그리움만은 이길 방법이 없는 것 같습니다. 아침에 해가 뜨고 저녁에 달이 뜨는 것은 무엇이 보고 싶어서 저렇게 하루도 빠지지 않고 고개를 내밀까요? 바다만 건너면 내 임이 있는데 아침에는 햇님 속에 저녁에는 달님 속에 내 마음을 담아, 그리운 내 임을 오늘도 가슴에 품어봅니다. 모든 것을 다 다스려도 사랑하는 마음을 다스릴 길이 없사옵니다.

여기까지 읽어 내려가자 의자의 가슴에도 뜨거운 기운이 서서히 끓어오르기 시작했다. 그렇게 사랑했던 제명을 잊지 못하고 아버지 무왕의 강요에 의해 정략결혼을 해야 했던 의자, 아버지 무왕이 그랬던 것처럼 귀족 세력들의 힘을 빌리기 위해서 힘 있는 귀족을 결혼으로 묶을 수밖에 없었던 슬픈 현실을 받아들여야만 했다. 그땐 의자도 젊은 나이였다. 젊은 혈기와 제명에 대한 약속을 잊지 못해 반항도 해보았지만 거대한 왕실의 힘 앞에서는 한 마리의 힘없는 어린 양의 투정에 지나지 않았다.

편지를 내려다보는 의자는 제명에 대한 미안함과 섭섭함이 가슴에 범벅이 되어 혼란스러웠다. 그 섭섭함이라면 의자가 대왕에 자리에 오르는 것을 기다리지 못하고 그녀 또한 조메이왕과 결혼을 하지 않았던가. 할아버지의 강요에 의해서 결혼을 했다지만 의자는 제명의 결혼소식을 듣고 바닷가에서 왜를 바라보며 피를 토하듯 소리쳤던 그 날을 잊을 수가 없었다. 자신 또한 아버지의 요구와 백제의 현실 앞에 무릎을 꿇고 말았다는 사실 때문에 미안했다. 그렇게 솟구치는 서운함과 미안함을 달래지 못한 채 편지를 읽어 내려가던 의자는 깜짝 놀라지 않을 수가 없었다.

…당신이 백제로 떠나고 두 달 후에 배 속에는 사랑의 결실이 태동하기 시작했어요. 혼자서 당신의 아이를 키우며 당신을 기다리려고 했어요. 그런데 임성 태자 할아버지께서 저의 임신 사실을 숨기고 삼촌인 조메이왕에게 시집을 보내게 된 것입니다. 소가노 가문의 딸인 첫 번째 왕비가 죽자 저를 두 번째 부인으로 보내게 된 것입니다. 삼촌인 조메이왕은 저에게 너무도 따뜻하게 잘 대해주었습니다. 임신 사실을 숨기고 왜의 왕비가 된 후에 당신의 아들을 낳았습니다.

가슴이 찢어지고 눈물이 앞을 가려 의자는 더 이상 제명의 편지를 읽어 내려갈 수가 없었다. 조메이왕과 결혼한 사실을 섭섭해했건만 그건 모두 자신의 아들을 감추기 위한 어쩔 수 없는 선택이었던 것이다. 그런 뼈아픈 사실을 15년 세월이 지난 후에야 깨달은 자신의 무지몽매함에 심장이 칼로 베인 듯 통증이 몰려왔다. 제명이 홀로 가슴에 숨긴 채 견디며 살아왔을 세월들이 느껴졌다. 그런 제명의 결정이 결국 의자를 위한 일이었다는 사실을 오늘에서야 깨달았다. 의자는 슬

폼으로 혼미해지려는 정신을 가다듬고 다시 제명의 편지를 읽어 내려 갔다.

당신 앞에 늠름하게 서 있는 중대형 왕자가 바로 당신의 아들입니다. 당신의 아들이 왜왕에 봉해져서 아버지를 도울 수 있도록 도와주세요. 중대형은 자신의 친아버지가 당신이라는 사실을 꿈에도 모르고 있으니, 반드시 비밀로 해주시길 바랍니다. 이 비밀은 제가 살아 있는 한 지키고 싶습니다. 사랑하는 임이시여, 부디 할아버지가 그렇게 꿈꾸시던 대백제의 꿈을 이루신 후에 이 가련한 여인, 제명을 한 번만 안아주소서, 오늘도 달님 속에서 당신의 얼굴을 지켜보고 있습니다.

의자는 편지를 다 읽고는 떨리는 손으로 물 잔을 집어서 벌컥 마셨다. 하지만 마음은 쉽게 진정되지 않았다. 백촌강의 강물을 모두 마셔버린다 해도 이 숙명의 어처구니없음으로 인해 빚어진 슬픔과 아픔을 달랠 길이 없을 것만 같았다. 지금 당장이라도 왜로 달려가 제명을 안아주고 위로해주고 싶지만 그럴 수 없는 자신의 현실이 안타까웠다.

'중대형이 내 아들이라니, 모두들 나를 똑같이 닮았다고 하는 이유가 있었구나. 하룻밤의 첫사랑이 이런 축복을 내려주시다니 천지신명이시여, 감사합니다.'

의자의 뺨에는 뜨거운 눈물이 흐르고 있었다. 그 눈물의 의미는 제명에 대한 고마움과 사랑이 용광로처럼 의자의 가슴을 데웠기 때문이었다.

피의 형제

　백제를 방문하는 동안 중대형은 백제의 여러 율령들과 제도를 부러워하였다. 정확한 율령에 따라서 제도와 관습이 정해지고 어느 개인의 자의적인 판단에 의해 결정이 이루어지지 않고 율령체계에 따라서 움직이는 제도를 보고 감탄하였다. 왜로 돌아가면 반드시 왜에서 백제와 같은 율령제도를 만들려고 백제의 율령과 관제를 적기 시작했다. 부여 융은 중대형과 함께 당나라가 보이는 황해에서부터 옛 도읍지인 한성까지 그리고 남쪽의 바닷가에까지 며칠간 말을 달려서 백제의 영토를 샅샅이 둘러보았다. 신라의 국경지대인 대야성에 이르러 부여 융은 중대형에게 말하였다.

　"형님, 이 땅이 아버님 의자 대왕께서 신라 놈들에게서 빼앗은 대야성입니다. 이 성의 성주가 신라 김춘추의 사위였는데 아버님께서 목을 베었습니다."

중대형은 할아버지 임성 태자가 항상 하신 말씀을 기억하고 있었다. 성왕을 배신하고 목을 베어 간 원수의 나라 신라에게 반드시 응징을 해야 한다고 입버릇처럼 말씀하셨다. 그가 고개를 끄덕이자 부여 융은 의기양양하게 말을 이었다.

"아버님의 전략은 신라를 포위하여 경주를 구석으로 몰아넣어 고립시킨 후에 멸망시키는 것입니다. 그 신라 고립의 전초가 이 대야성 함락입니다. 신라는 이 대야성을 뺏긴 후에 길목을 차단당하여 당나라와도 고구려와도 연결이 되질 않아 고립되어 가고 있습니다."

부여 융은 말을 마친 후에 중대형을 쳐다보고는 허리에 차고 있던 칼을 앞으로 내밀며 다짐하듯 말했다.

"형님, 오늘 이 자리에서 약조를 하나 하실 수가 있는지요?"

중대형은 갑작스런 부여 융의 질문에 당황하면서 대답하였다.

"태자마마, 무슨 일이든 태자마마가 원하시면 이 한 몸 바쳐 대백제의 건설에 동참하겠나이다."

"형님은 제가 벌써 무슨 말을 하려는 건지 알고 계시는군요. 형님이 왕이 되시고 제가 백제의 대왕이 되면 우리 힘을 합쳐서 삼한의 통일을 이룹시다. 그것이 아버지 의자 대왕의 뜻이기도 하고요."

"태자마자, 목숨을 바쳐 삼한의 통일에 이바지하겠나이다"

아름다운 백강(백촌강)을 보고 사비로 올라왔다.

"이 백강이 왜에서 백제로 들어오는 통로입니다. 이 백강이 우리를 이어줄 것입니다."

중대형은 아름다운 백강을 쳐다보며 말하였다

"왜에 있는 백성들이 고향을 그리워하여 아스카에 흐르는 강을 백제천으로 이름 짓고 고향을 그리워하고 있습니다."

"삼한을 통일하고 황해 건너 저 대륙을 호령하던 조상들의 땅을 찾아야 할 것입니다. 형님, 본국 백제와 왜가 힘을 합하면 무엇이 두렵겠습니까?"

중대형은 전쟁을 한다면 또 귀족들의 반대가 심할 수밖에 없다는 것을 알고 있었다. 그중에서 소가 대신의 반대가 심할지도 모른다. 다른 세력은 견제할 대상이 아니었지만 만약 전쟁을 위해 군사를 일으킨다면 소가 대신 세력의 협조를 구하지 않을 수 없었다. 소가 대신의 세력은 이미 왜 왕실을 능가할 정도로 힘을 갖추고 있었다. 대백제 부활이 가장 큰 소명이었던 소가 대신의 선조인 목협만치 장군의 유지는 희미해지고 말았다. 지금의 소가 대신 세력은 권력의 늪에 빠져서 헤어 나오지 못하고 있었다. 한번 권력에 물들면 부모도 형제도 못 알아보고 미친개처럼 날뛰는 것이 권력의 속성이라고 했던가? 중대형은 부여 융의 마음을 알기에 머릿속의 걱정은 지워버리고 큰소리로 외쳤다.

"삼한의 통일을 위하여."

중대형과 부여 융은 어쩌면 이미 서로가 한 아비의 자식이라는 사실을 무의식적으로 느끼고 있었던 것인지도 몰랐다. 피가 피를 알아보는 순리에 의한 것이었으리라. 둘은 서로에게 강렬한 결속력을 느끼기도 했고 누구보다 의지할 수 있는 사람이라는 걸 느끼고 있었다. 다만 그들이 한 피를 나눈 형제라는 사실을 모르고 있을 뿐이었다. 두 사람은 무왕 시절부터 의자왕에 이르기까지 조금씩 회복해 나간 백제의 영토를 나흘 정도 둘러본 후 사비성으로 돌아왔다.

아들을 아들이라 부르지 못하고

중대형이 왜로 떠나기 전날, 의자는 그를 따로 불렀다. 내전으로 들어오는 왕자를 의자는 쳐다보고 또 쳐다보았다. 중대형은 자신의 얼굴에 검불이라도 묻어 그런 줄로 알고 손으로 얼굴을 비비며 마른세수만 해댔다.

"자, 이리 와서 술 한잔 받아라."

의자는 아들을 아들이라 부르지 못하는 아비의 심정을 가슴에 깊이 숨기고, 그 마음을 술잔에 담아서 아들에게 술을 따라주었다. 중대형은 두 손으로 술잔을 들고 어쩔 줄을 몰라 했다.

"어서 마셔라, 내 마음을 담은 술이니라."

의자의 마음을 알 리 없는 중대형은 의자가 따라주는 술을 조심스레 마시고는 공손하게 왕에게 술을 따랐다. 의자는 그의 얼굴에서 얼핏 제명의 모습을 보았다. 의자는 다시 물끄러미 중대형을 쳐다보았다.

"대왕폐하 제 얼굴에 무엇이 묻었습니까? 제 얼굴을 뚫어지게 쳐다보시니까 민망하기 이를 데가 없사옵니다."

의자는 도둑질하다가 들킨 사람처럼 표정을 가다듬고 말하였다.

"아니다. 그냥 너를 보니까 내가 왜에서 지냈던 날들이 생각났을 뿐이다."

"대왕폐하께서 어릴 때 왜의 임성 태자 할아버지 댁에서 저희 어머니와 같이 자라셨다는 이야기를 들은 적이 있사옵니다. 대왕폐하의 어릴 적 이야기를 듣고 싶사옵니다."

중대형이 의자의 어릴 적 이야기를 꺼내자 의자는 제명과의 아름다운 사랑이 머릿속에서 어제의 일처럼 스쳐 지나갔다. 대왕의 자리에 오르면 무엇이든지 할 수 있을 줄 알았는데, 사랑하는 여인을 지켜보아야만 하는 가슴 시린 사랑의 아픔은 대왕의 자리에서도 어찌할 수 없었던 것이다. 의자는 술잔에 추억을 담아서 들이켰다.

"나와 너의 어머니 제명 공주는 사촌간이었어. 너의 어머니는 어릴 때부터 총명하고 어른스러웠어. 나보다 두 살 위였으니까 내가 누나라고 부르면서 잘 따랐지."

의자는 세월이 이렇게나 흘렀는데도, '제명'이라는 이름이 입에서 나오자 자신의 얼굴이 달아오르는 것을 느꼈다. 의자는 얼굴이 화끈거리며 붉어지는 것을 감추려고 술 두 잔을 연거푸 마셨다. 그리고 속으로 생각했다.

'내가 아직도 제명을 옛날처럼 사랑하고 있는 것일까?'

옛날이야기를 하다보니까 의자는 제명과 뛰놀던 그 시절의 의자로 돌아간 것 같은 느낌을 받았다. 제명과 함께한 마지막 바닷가의 추억은 의자에게 잊을 수 없는 기억의 파편이었다. 거기에 술이 곁들여지니까 구름 위에 둥둥 떠 있는 느낌이 들었다. 제명과의 아스라한 추억들이 의자를 엄습해 오자, 의자는 다시 황홀한 꿈을 꾸는 듯 몸에 전율이 일어났다. 중대형은 의자의 모습을 보고는 걱정이 되는지 한마디 했다.

"폐하, 어디 편찮으신 데가 있으신지요?"

의자는 꿈에서 깨어나듯 머쓱해졌는지 중대형에게 술을 따르면서 말했다.

"어머니는 잘 계시지?"

의자는 처음으로 제명의 안부를 물었다. 제명의 소식을 이미 다 듣고 있었지만 아들에게 직접 듣고 싶었다.

"네, 어머니는 잘 지내십니다. 왜의 왕으로 봉해진 후에 백제 본국의 상황에 걱정을 많이 하고 계십니다. 신라와 전쟁을 하고 계시는 의자 대왕님을 어떻게 도우면 좋을지 대신들에게 대책을 강구하라고 말씀하십니다."

의자왕과 제명의 사랑을 알지 못하는 중대형은 본국 백제를 걱정하는 어머니의 마음을 그냥 나라 사랑에서 온 줄 알고 당연한 듯이 말하고 있었다. 의자는 그의 말 한마디 한마디가 가슴에 사무치게 들렸다.

"왕자는 어머니를 잘 도와 드려라. 앞으로 어머니를 편하게 해드리기 위해 네가 모든 업무를 맡아서 시행하도록 하라. 그리고 어려운 상황이 있으면 네가 직접 나에게 보고하도록 하라."

의자는 제명의 무거운 짐을 덜어주기 위하여 차기 왕이 될 중대형에게 섭정의 지위를 인정한 것이었다.

"대왕폐하의 분부를 받들어 모시겠나이다."

술이 얼큰하게 취하자 의자는 '너는 내아들이다'라는 목소리가 목젖까지 올라왔다. 의자는 갑자기 중대형의 손을 잡았다. 그의 따뜻한 손이 제명의 손길처럼 느껴졌다.

"그대는….'

의자는 말을 잇지 못하였다

"대왕폐하 무슨 하실 말씀이라도, 분부만 내려주시면 소신 목숨을 바쳐서 받들겠나이다."

의자는 마음속으로 외쳤다.

'너는 내 아들이야. 목숨을 소중히 보존하라. 그것이 효의 기본이다.'

중대형은 의자의 마음을 이해하지 못하고 술이 취하신 것이라 생각했다.

"너는 오늘 여기서 나하고 약조를 하나 하거라."

"분부만 내려주시옵소서."

"너는 어머니를 지켜 드리고 절대 어머니에게 순종한다는 약조를 내 앞에서 하거라."

"대왕폐하, 저는 목숨을 걸고 폐하 앞에서 약속드리겠나이다. 어머니를 괴롭히는 무리가 있으면 제가 단호히 처단하겠나이다. 그리고 무조건 어머니 말씀에 순종하겠나이다."

의자는 다시 한 번 중대형의 손을 잡고 얼굴을 뚫어지게 처다보았다. 그 순간 지금 가면 다시 못 만날 수도 있는 아들을 가슴에 안아보고 싶었다.

"내가 너를 한번 안아보고 싶구나, 괜찮겠느냐?"

중대형은 의자의 속마음도 모르고 시키는 대로 하였다.

"뜻대로 하시옵소서."

의자는 아들을 와락 껴안았다. 중대형의 심장소리가 의자의 심장에 전달되었다. 아들을 가슴에 품으니 그 옛날 제명을 처음 가슴에 품을 때와 같은 울림이 의자의 머리를 뒤흔들었다. 의자는 자신도 모르게 눈물이 쏟아졌다. 아들에게 눈물을 보이지 않기 위해 소매로 닦으면서 더욱 꼭 중대형을 껴안았다. 그런데 그 순간 중대형에게도 짜릿한 전율이 전달되었다. 의자왕의 가슴이 무엇인가를 말하고 있다는 느낌을 지울 수가 없었다. 한참을 안고 있다가 의자는 중대형을 풀어주면서 말했다.

"이제 되었다. 내일 먼 길 가려면 들어가서 쉬도록 하라."

중대형은 무엇이 되었다는 것인지 이해하지 못한 채 의자의 방을 빠져나왔다. 의자는 아들이 나가는 모습을 보고 마음속으로 수백 번 외쳤다

'아들아 잘 가거라, 이 못난 아비를 용서해다오.'

사랑은 바닷물에도 젖지 않는다

백제로 떠났던 중대형은 반년 만에 왜로 돌아왔다. 중대형은 무엇보다 의자왕의 따뜻한 품을 잊을 수가 없었다. 백제로 떠났던 아들이 돌아온다는 소식에 제명이 제일 먼저 난파진 나루터까지 마중 나갔다. 난파진은 백제에서 왜로 진입하기에 가장 좋은 항구였다. 그 일대에 백제촌이 형성되어 있었다.

아들의 무사귀환을 누구보다도 손꼽아 기다리던 제명은 배에서 내리는 아들을 꼭 껴안아 주었다. 중대형은 어머니의 품에서 왜 의자왕의 가슴이 연상되는지 알 수 없는 야릇한 느낌을 받았다.

"그래, 먼 길에 수고가 많았다. 백제의 의자 대왕폐하는 무탈하시던가?"

제명은 자신도 모르게 의자의 안부를 묻는 자신이 부끄러웠던지 얼굴색이 빨갛게 달아올랐다. 왕자는 어머니의 마음을 눈치 채지 못하고 대답했다.

"네 어머니, 대왕폐하께서는 어머님의 걱정을 많이 하고 계시던데요. 저에게 어머니에게 잘해드리라고 몇 번이고 말씀하셨습니다."

제명은 눈망울에 맺힌 눈물을 아들에게 보여주지 않으려고 애써 고개를 옆으로 돌렸다.

"그래, 고마우신 분이시구나. 바람이 차니까 어서 들어가자."

제명은 흐르는 눈물을 보이지 않으려고 서둘러 앞장서서 가마로 들어갔다. 중대형은 어머니의 가마 옆으로 말을 타고 가면서 어머니에게 말하였다.

"의자 대왕 폐하께서는 어렸을 적에 어머니와 같이 자랐다는 말씀을 하셨습니다. 사촌누나이신 어머니를 잘 따르고 좋아했다고 하셨습니다. 어머니도 어릴 때 의자 대왕을 좋아하셨나요?"

가마 속의 제명은 흐르는 눈물을 주체할 길이 없어 아들에게 대답도 못하고 눈물만 닦았다. 의자의 가슴속에 아직도 자신의 자리가 조금이라도 남아 있다는 사실에 슬프고도 가슴이 아리어 오는 것은 무슨 이유 때문일까? 제명의 심정은 아랑곳하지 않고 중대형은 어머니를 놀리기라도 하듯 혼잣말을 했다.

"어릴 때 어머니도 좋아하셨구나. 어머니와 의자 대왕의 표정을 보면 나도 알 수 있다고요. 의자 대왕께서 꼭 어머니께 전해드리라는 편지가 이 가슴속에 있는데 이걸 어떡하죠?"

의자가 보냈다는 편지 이야기를 듣자 제명의 가슴은 어린 시절로 돌아간 것처럼 콩닥콩닥 뛰기 시작했다. 제명은 아무렇지 않은 듯 한마디 했다.

"어머니를 놀리면 못쓴다. 그 편지는 백제 본국과 왜의 중요한 외교 문서일 것이야."

"어머니, 죄송합니다. 갑자기 어머니께서 심각해하시기에 분위기를 바꿔보려고 농담한 것뿐입니다. 제가 농이 지나쳤다면 용서해주십시오."

제명은 아들에게 속마음을 들키지 않게 소리 내어 웃었다.

"하하하 너도 속았지? 나도 일부러 농을 한 것인데. 너도 깜빡 속았구나."

"아니, 어머니께서 어떻게 저를 놀릴 수가 있사옵니까? 어머니께서 웃음을 보이시니 저도 절로 웃음이 나옵니다."

둘의 웃음소리가 바람에 날려서 잠들고 있는 새를 쫓아버릴 정도로 분위기를 바꿔놓았다.

제명은 중대형이 건네준 의자왕의 편지를 가슴속에 묻어 둔 채 차마 펼쳐볼 용기가 나지 않았다. 그녀에게도 의자왕의 편지는 15년만의 소식이었다. 꿈속에라도 나타나줄까 싶어 밤마다 임을 기다리는 심정으로 잠자리에 들곤 했던 세월이었다. 가슴이 새까맣게 타들어가 이젠 숯이 되어버렸는데 이제야 의자왕이 손수 쓴 편지가 도착했다. 이젠 무던해질 만큼 세월이 지났다 생각했는데 사랑하던 그 시절의

사랑은 바닷물에도 젖지 않는다

감정이 그대로 피어올라 제명의 얼굴을 붉게 만들었다.

제명은 결심을 하고 내전에서 잠자리를 시중드는 모든 시녀들을 물러가게 하였다. 의자왕의 편지이니 혼자만 읽고 싶었다. 호롱불을 밝히고 창문을 여니 보름달이 하늘에서 제명을 보고 웃고 있는 것 같았다. 떨리는 손으로 편지를 열었다. 낯익은 글자가 먼저 눈에 들어왔다. 읽어볼 용기가 나지 않아 살포시 서찰을 얼굴에 갖다 대었다. 의자의 체취가 서찰에 묻어나는 것 같았다. 가끔 보고 싶어서 백제의 하늘을 하염없이 쳐다보곤 했다. 아스카에 비가 내리면 그 비가 백제에도 내려 제명의 마음이 전하는 눈물이라고 알려주고도 싶었다. 마음대로 바다를 건너가는 구름이 되거나 철새가 될 수 있다면 휑하니 의자왕의 얼굴이라도 보고 돌아올 수 있지 않을까 망상에 젖어 지낸 나날들도 수없이 많았다. 세월이 흘러 잊혀지기는커녕 사랑이 더 깊어졌다는 걸 의자왕의 편지를 손에 들고 나서야 비로소 깨달았다.

제명은 한참 동안 편지를 얼굴에 묻고 있다 보니 어릴 때 같이 놀며 사랑을 나누었던 그 시절로 돌아가고 싶다는 생각이 들어 몸서리를 쳤다. 15년의 세월. 제명의 가슴에 못이 박혔고 그 못은 영원히 빠지지 않을 못이라는 걸 이제야 깨달았다. 제명은 호흡을 가다듬고 천천히 서찰을 펼치고 글자 한 자 한 자를 가슴에 화인처럼 각인시켜 넣으며 읽어나갔다.

사랑하는 누님에게

의자가 이렇게 글로써 누님에게 사죄를 올립니다. 사랑하는 여자 하나를 지키지 못하는 놈이 어떻게 대왕이 되어서 대백제를 호령하겠습니까? 저는 누님 생각만 하면 아직도 가슴이 아려 잠들지 못하고 밤을 새고 맙니다. 그런 날이 수백 일 수천 일입니다. 혹 잠에 들었다가도 잠에서 깨어나면 내가 보는 저 달을 제명 누님도 보고 계실까? 이런 생각으로 새벽을 맞이하고는 했습니다. 아침에 해가 뜨면 누님도 같은 해를 맞이하고 있겠지. 하늘의 저 달과 해에게 내 마음을 봉해 바다 건너의 누님에게 전해주고 싶었습니다. 대백제의 부활을 위해 운명을 받아들인 나의 결정이 이 순간처럼 야속하게 느껴지기는 처음입니다. 누님을 생각하면 할수록 가슴이 더 메어 차라리 생각하지 말자 다짐해도 그럴수록 누님 생각에 사무쳐 흘린 눈물이 강물을 이룰 정도입니다. 그래도 삼한의 통일을 위해 나의 책무를 다해야 하겠기에 그리운 마음, 사랑하는 마음 감추고 대왕으로서의 본분을 다해왔습니다. 어찌할 수 없는 숙명이니 받아들이고 잊어야 한다고도 저 자신을 다잡았습니다.

그런데 중대형 왕자가 백제에 온 후 그 마음의 불꽃이 더 살아났습니다. 누님과 저의 사랑의 결실이 저 아이라니, 저의 가슴은 화살을 맞은 것처럼 더욱 아파왔습니다. 누님으로 인해 처음으로 사랑을 알았고 저는 그것이 인생의 전부인 줄 알았습니다. 그 결정체인 아이가 세상에 존재할 줄은 꿈에도 생각해보지 못했습니다.

누님, 아들을 아들이라 부르지도 못하고 보내야 하는 저의 마음을 아시는지요? 저의 마음이 이러한데 누님의 마음은 어떠하시겠습니까? 누님 조

사랑은 바닷물에도 젖지 않는다

금만 기다려주십시오. 제가 대백제를 건설한 후에 할아버지 임성 태자께 약속드린 일이 있습니다. 반드시 누님을 찾으러 가겠습니다. 그전에 할아버지와의 약속을 지키기 위해 신라를 정벌하고 삼한의 통일을 이룬 후에 떳떳하게 누님을 만나러 가겠습니다.

사랑하는 누님, 몸은 전쟁터를 누비지만 제 마음은 항상 누님에게 있습니다. 누님이 주신 버선을 항상 가슴에 품고 전쟁터를 달리고 있습니다. 이제 곧 삼한을 통일할 대백제의 건설이 눈앞에 다가오고 있습니다. 조금만 기다려주시면 제가 이때까지 해드리지 못한 사랑을 몇 갑절 누님에게 갚아드리겠습니다. 누님에게만은 항상 사랑받는 의자가 되고 싶습니다.

제명은 편지를 읽는 내내 소매가 젖을 정도로 흐르는 눈물을 주체할 수 없었다. 사랑이 무엇인지, 목숨과도 바꿀 수 있는 사랑이 이런 것인지, 서로 만날 수 없기에 사랑의 깊이가 더 깊어지는 것은 아닐까? 의자와 결혼을 해서 살았더라면 이런 고귀한 사랑이 이루어질 수 있었을까, 제명의 머릿속에서 온갖 상념들이 춤추고 있었다. 어차피 한번밖에 살 수 없는 인생인데 차라리 모든 것을 버리고 백제로 가서 의자의 시종이라도 돼서 옆에서 바라볼 수만 있다면 얼마나 좋을까 하는 생각도 했었다. 하지만 그 생각이 어이가 없어 자신도 픽 웃고 말았다. 편지를 읽는 동안 제명은 눈물을 흘리기도 했고 행복의 미소를 짓기도 했다. 의자왕은 여전히 자신을 사랑하고 있다는 그 사실이 그녀에겐 가장 큰 행복이었다.

'그래 내가 의자왕을 위해서 여기서 할 수 있는 모든 것을 하면서 조용히 기다리자.'

그 순간 제명의 마음에는 물결치는 파동이 사라지고 잔잔한 평화가 찾아왔다. 달을 쳐다보며 혼자 속삭였다.

"의자 대왕 폐하, 사랑하옵니다."

결단

의자왕을 만나고 온 이후에 중대형은 달라졌다. 대백제 건설에 대한 의자왕의 확고한 의지를 확인한 중대형은 어머니를 대신하여 철저한 개혁정책을 시도하였다. 본국 백제를 지원하기 위한 군제개편과 율령을 백제식으로 바꾸고 왜의 호족들이 지니고 있는 사병의 수를 왜 왕실에서 직접 관리하게 하였다. 이는 의자왕과의 밀약으로 추진하였던 것이다.

중대형의 이런 개혁정책에 가장 반기를 든 사람이 소가 가문의 수장인 소가노 이루카蘇我入鹿였다. 당시 소가 가문의 세력은 왜 왕실을 능가할 정도로 성장해 있었다. 이런 상황이다 보니 소가노 이루카의 방자함은 하늘을 찌르고 있었다. 중대형은 소가노 이루카가 어머니 제명의 눈에서 눈물을 흘리게 만든 사건을 똑똑히 기억하고 있었다. 권력투쟁에서 패배하고 지방으로 쫓겨간 야마시로 오에가 세력을 모아서 반역을 모의한다는 정보가 입수되었을 때였다. 소가노 이루카는 그를 죽이려고 군사를 모았다. 642년, 제명은 소가노 이루카 대신을 불러서 당부했다.

"쇼토쿠 태자의 아들인 야마시로 오에를 죽이시면 아니됩니다."

제명은 소가노 이루카에게 강하게 이야기했다. 그러나 소가노 이루카는 거만하게 큰소리로 말했다.

"역적의 무리를 살려두라니요? 말씀이 지나치신 것 같습니다. 그는 이 소가노 이루카를 죽이려고 하였습니다. 악의 뿌리를 반드시 걷어내어야 왜 왕실이 튼튼해집니다. 마음을 강하게 가지시기 바랍니다."

제명도 지지 않고 말했다.

"그는 쇼토쿠 태자의 아들이오. 무슨 반역을 했단 말이오? 그냥 지방에서 조용히 살게 내버려두시오. 나의 이 간곡한 부탁을 들어주실 수 없겠소?"

제명은 야마시로 오에를 살리기 위해 간절한 마음으로 부탁했다. 그러나 소가노 이루카는 거만하기 이를 데 없이 말했다.

"왕의 자리를 누가 만들어줬는데 그런 말을 하십니까? 그냥 살려둘 수 없습니다."

"그러면 나를 먼저 죽이고 야마시로를 죽이세요."

"듣기 싫습니다."

왕실 내전을 박차고 일어나는 소가노 이루카를 중대형은 분노의 눈으로 지켜보았다. 소가노 이루카는 왕의 말도 무시한 채 야마시로 오에의 본거지를 소탕하기 위해서 군사를 일으켰다.

　야마시로 오에는 643년 12월 20일 겨울, 소가노 이루카가 일으킨 군사에 쫓겨서 이카루가사斑鳩寺로 피신했다. 소가노 이루카는 열흘 동안 그곳을 포위하고 자결하라고 소리쳤다. 자신의 손에 피 묻히기를 꺼려했기 때문이었다. 결국 12월 30일 쇼토쿠 태자의 아들 야마시로 오에는 자신의 가문과 명예를 지키기 위하여 일족들과 함께 자결했다. 이 사건으로 쇼토쿠 태자의 대가 끊어지게 되었다. 이후 반소가노 세력은 완전히 자취를 감추었으며, 몇 대에 걸쳐 왜 왕실의 외척은 모두 소가 가문이 차지하였다.

　제명이 왕이 된 것도 임성 태자와 소가 가문의 타협의 산물이었다. 백제 본국에 우호적인 소가 가문은 의자왕의 지지도 받았기에 그들은 무소불위의 권력을 휘둘렀다. 그런데 중대형이 어머니 제명을 대신하여 정치의 전면에 나서자 소가 가문과의 대립은 불가피하였다. 임성 태자는 이미 칠십이 훨씬 넘어서 정치에는 손을 떼었고 임성 태자와 밀약을 맺은 소가 가문의 실질적 권력자였던 소가노 우마코는 이미 세상을 뜬지 오래여서 중대형과 소가 가문의 충돌을 중재할 사람이 아무도 없었다. 하지만 중대형은 소가 가문의 세력을 약화시키지 않는 한 결국 왜 왕실이 그의 놀음에서 벗어날 수 없다는 걸 알고 있었다.

　중대형은 늦은 밤에 증조할아버지 임성 태자를 방문했다. 임성 태자는 자신이 죽을 날이 얼마 남지 않았다는 것을 알기에 마지막으로 왜 왕실의 안정을 위해서 전쟁은 없어야 한다고 생각하고 있었지만, 소가노 우마코가 세상을 뜬 이후에 그의 손자인 소가노 이루카가 권세를 남용하여 백성의 원망을 사고 있다는 말을 듣고 있었다. 또한 그는 왕실과 관리의 인사를 독단적으로 자행하며 왜 왕실을 무시하는 발언도 서슴지 않고 있었다.

"할아버님, 소가노 이루카를 어떻게 하면 되겠사옵니까? 저에게 지혜를 주시옵소서."

임성 태자는 중대형이 무엇을 말하려는지 미리 알고 무겁게 입을 열었다.

"섣불리 움직였다가는 네가 먼저 당한다. 지금 소가노 이루카가 병권을 쥐고 있기 때문에 군사를 일으키는 것은 절대로 안 된다. 그리고 왕실 내부에서 사람을 죽이는 전쟁은 더더욱 용납할 수 없다."

"그러면 계속 이렇게 왕실이 농락당하는 것을 참아야만 하옵니까?"

"본국 백제의 의자왕께 의논드리도록 하라. 분명 대왕폐하의 지시가 있을 것이다. 그 지시를 따르도록 하라."

임성 태자는 중대형이 젊은 혈기에 혼자 일을 치르면 반드시 노련한 소가노 이루카에게 당할 것을 알기에 백제 본국의 의자왕에게 보고한 후에 명분을 쌓고 일을 결행하라는 암묵적 승인이었다. 중대형은 할아버지 임성 태자가 무슨 말씀을 하시는지 이미 알기에 큰절을 하고 물러나왔다. 임성 태자를 만난 이후에 중대형은 어머니의 왕권에 항상 도전하는 소가노 이루카를 제거하기 위해 의자왕에게 편지를 보냈다.

대왕폐하, 곤지왕의 유훈을 받들어 왜 왕실과 소가 씨가 맺은 형제의 약
속을 지키려고 선대왕들이 무던히 노력하였고 본국 백제에서도 소가 씨의
세력을 인정해주었으나, 그 도가 너무나 지나쳐서 본국 백제와 왜의 왕권을
위협하기에 이르렀나이다. 소가 씨가 본국 백제의 혼란을 틈타서 왕을 살해
하고 마음대로 왕 위에서 군림하는 형국이 되었나이다. 이에 어머님의 왕권
을 더욱 강화시키고 본국 백제 왕실과의 관계를 더욱 돈독히 하기 위해서
소가노 이루카를 제거하고자 하옵니다. 부디 윤허하여 주시옵소서.

중대형의 편지는 빠르게 백제에 보내졌다.

의자왕은 중대형의 편지를 받고 심각한 고민에 빠졌다. 곤지왕 할
아버지와 소가의 조상인 목협만치 장군의 맹약을 깨트리기가 후손된
입장에서 너무나 힘들었던 것이었다. 곤지왕께서는 후세에 이런 일이
일어날 줄 알고 유훈으로 후손들에게 맹약을 남기신 것은 아닐까? 중
대형의 비밀편지를 받고 의자왕은 잠을 이룰 수가 없었다. 그러나 사
랑하는 누나인 제명의 목숨이 위험해질 수 있다는 생각에 의자는 곤
지왕의 사당 앞에서 무릎을 꿇고 사죄하고 중대형에게 소가노 이루카
의 암살을 승인하였다. 그러나 비밀리에 조용히 처리해야 한다는 말
을 잊지 않았다. 소가 가문을 따르는 무리들의 힘이 세므로 섣불리 건
드렸다가는 오히려 이쪽에서 다칠 우려가 있어, 빈틈없이 그리고 큰

충돌 없이 진행하라는 지시를 내렸다.

　백제 본국 의자 대왕의 암묵적인 허가가 내려지자마자, 중대형은 소가노 이루카를 제거하기 위한 책략을 서두르기 시작했다. 645년 중대형의 측근인 나카토미 가마타리 中臣鎌足 와 함께 소가노 이루카 제거 작전에 돌입하였다. 어디를 가든지 최고의 무사를 거느리고 다니는 소가노 이루카를 제거하기 위해서는 왜 왕실의 어전이 암살하기에 가장 적합한 장소로 떠올랐다. 개인 호위대를 이끌고 들어갈 수 없는 어전에서 이루카를 처단하는데 걸림돌이 하나 있었다. 그것은 다름 아닌 어머니 제명이었다. 제명이 보는 앞에서 소가노 이루카의 목을 베어야 한다는 것이 결심을 늦추게 했다. 만약에 어머니께 이 사실을 이야기한다면 반대할 것이 분명하기 때문이었다. 중대형은 어머니에게도 비밀로 하고, 나카토미 가마타리에게 왕실의 어전에서 소가노 이루카의 목을 벨 것을 지시했다.

　여느 때처럼 소가노 이루카는 왜 왕실의 부름을 받고 판개궁 입구에 호위무사와 무기를 남겨두고 어전으로 들어왔다. 이날도 소가노 이루카는 제명의 의견을 이것저것 간섭하면서 혼자 결정을 하였다. 이를 옆에서 지켜보던 중대형이 소가노 이루카에게 먼저 시비를 걸었다.

　"소가노 이루카 경은 말씀이 지나친 것 아니옵니까? 모든 결정은 본국 백제의 대왕폐하의 지시를 받아 왕께서 결정하시는 일인데, 어째서 경께서는 모든 것을 지시하고 계십니까?"

갑작스런 왕자의 도전에 소가노 이루카는 기가 찬 듯이 대꾸하였다.

"이보시오, 왕자, 왜 왕실이 누구 덕분에 유지되고 있는데 그러시오. 나도 본국 백제 대왕폐하의 지시를 받고 이러는 것 아니요? 오늘 갑자기 왜 이러는 거요?"

중앙에 앉아 있던 제명은 중대형을 나무라는 투로 이야기했다.

"왕자는 말이 지나치다. 소가 경은 왜 왕실의 든든한 버팀목이야."

"아니옵니다. 어머니, 그렇게 가만히 두시니 소가 경이 왜 왕실을 우롱하고 있지 않습니까."

소가노 이루카는 중대형의 이 말을 듣고는 참을 수 없다는 듯이 앞으로 튀어나와 왕자를 내려다보며 협박했다.

"왕자는 목숨이 두 개인 줄 아시오? 그냥 하던 대로 잠자코 있으면서 우리가 던져주는 떡이나 받아먹으시오."

왕자도 일어나며 싸움을 크게 걸었다.

"이놈 어느 안전이라고 협박을 하느냐? 네놈이 쇼토쿠 태자의 아들을 죽인 것을 다 알고 있다. 이제 나까지 죽이려고 덤비느냐"

소가노 이루카는 성질을 참지 못하고 왕자를 밀치며 소리쳤다

"이놈이 죽고 싶어서 환장을 했나? 제 어미를 왕이 되게 해주었더니, 은혜를 몰라도 유분수지 따끔한 맛을 한번 보여줘야겠구나."

소가노 이루카는 어전에서 중대형에게 발길질하기 시작하였다.

"그만들 하시오."

제명의 피 끓는 소리가 울렸다.

이때 명령을 기다리던 나카토미 가마타리는 어전 뒤에서 나타나 중대형에게 발길질하고 있는 소가노 이루카의 목을 일격에 베어버렸다. 순간 어전은 피로 물들었고, 그것을 바라본 왕은 그 자리에서 혼절하였다. 왜 역사상 가장 충격적인 '을사의 변乙巳の變' 사건이었다.

중대형은 소리쳤다

"어머니를 빨리 의원에게 모셔라."

소가노 이루카의 피로 어전은 순식간에 아수라장이 되었다. 중대형 왕자는 소가노 이루카의 목을 궁궐 밖에 걸라고 명을 내리고, 어전에서 모반을 꾀한 죄로 효수하였음을 알리라 명하였다.

소가노 이루카의 아버지인 소가노 에미시는 이 사건에 분노했으나, 다음 날 모반죄로 효수된 아들의 목이 아스카 네거리에 걸린 것을 보고 자결하였다. 소가노 에미시 역시 그의 아들 이루카의 행동이 지나치다 걱정을 했고 결정적으로 쇼토쿠 태자의 아들을 자결하도록 압박한 일을 두고 이제 가문이 몰락할 때가 되었음을 걱정했었다. 그런 연유로 그는 스스로 자결하고 말았다. 이로써 목협만치에서 내려오는 백제의 충신인 소가 씨 집안도 권력의 마약 앞에는 무릎을 꿇고 역사에서 사라지게 되었다.

645년 6월, 중대형 왕자와 나카토미 가마타리가 중심이 되어 일으킨 '을사의 변'에 의하여 소가노 이루카가 살해되었고, 다음 날 고교쿠왕인 제명은 그 충격에 못 이겨 왕의 자리를 내어놓게 된다. 중대형은 어머니를 끝까지 만류했으나 제명은 아들에게 왕의 자리를 물려줄 것을 명하고 스스로 왕위에서 물러났다. 그러나 중대형은 소가 가문을 따르던 군부 세력들을 진정시키기 위하여 곧바로 왕위에 오르지 않고, 외삼촌인 가루 왕자를 어머니의 허락을 받아 제36대 고토쿠왕으로 추대하였다. 이는 일본 역사상 최초의 국왕 생존 시에 이루어진 양위였다. 모든 실권은 중대형 왕자가 쥐었으며, 고토쿠왕은 민심을 잠재우기 위한 임시방편으로 왕위에 등극했던 것이다.

고토쿠왕의 사후에도 중대형은 왕으로 즉위하지 않았다. 아직 소가노를 따르는 무사세력들의 반발도 거셌기에 왕의 자리를 사양하였다. 효심이 지극한 그는 제명에게 다시 한 번 왕의 자리를 맡아 달라고 간곡히 부탁하였다.

"어머니 한 번만 더 왕의 자리를 맡아주시기 바랍니다. 그것은 본국 백제의 의자 대왕 폐하의 분부이시기도 합니다. 민심을 추스르기 위해서라도 어머니께서 왕의 자리를 맡아주셔야 합니다. 밑의 일은 제가 알아서 다 처리할 것이옵니다. 소자는 어머니가 계신 한 절대 왕의 자리에 오르지 않겠다고 의자 대왕 폐하께 약조드렸나이다."

제명은 아들의 간곡한 부탁과 사랑하는 의자왕의 분부가 있었다는 말에 마지못해 왕의 자리를 수락하였다. 그리하여 제명은 일본 역사상 최초로 두 번 왕의 자리에 오른 전무후무한 왕이 되었다. 제명은 처음 왕위에 올랐을 때 붙여진 이름인 고교쿠(황극) 왕에서 본래 이름인 제명의 이름을 따서 사이메이(제명) 왕으로 즉위하였다.

chapter 7

백가제해 百家濟海, 2018년

664년, 가을의 그림

"이게 〈다무봉연기회권 多武峯緣起絵巻〉[32]이라는 그림입니다."

오우치 마사코는 궁사가 책상 위에 천천히 펼치는, 기록을 적어놓은 그림을 내려다보며 말했다. 그녀의 곁에 문 교수와 조민국 그리고 스즈키 교수가 모여 있었다. 문 교수는 마사코에게 여러 차례 위험을 알리려 전화를 걸었다는 사실을 말하면서 마사코와 갑작스럽게 가까워진 기분이 들었다. 그건 조민국과 스즈키도 비슷한 기분이었다. 한 가지 다행이라면 자신을 미행하는 사람들이 있다는 사실을 마사코도 알고 있었다는 점이었다.

---

[32] 아스카 신사에 있는 이 그림에는 일본 역사상 가장 충격적이었던 천황의 어전에서 일어난 살해사건 당일의 정황이 자세하게 묘사되어 있다. 두 명의 자객이 번갈아 휘두른 칼에 소가노 이루카는 목이 잘려나갔다. 다이카(대화) 개신을 중심으로 신사와 관련이 있는 장면을 방문객들에게 보여주기 위해 이곳에 전시하고 있다.

"연구 발표 이후에 이상한 전화가 계속 걸려와서 명함에 있던 그 전화번호를 그 다음날로 바꾸었어요. 그래서 아마 통화가 안 된 거예요. 걱정해주셔서 감사해요."

그녀는 세 남자가 택시를 타고 따라갔던 시바하라 주택가에 살았다. 집 앞에 택시가 도착했을 때 서둘러 집 안으로 들어갔다고 말했다.

"별로 얻을 게 없다는 판단이 서면 더 이상 저를 뒤쫓지 않겠죠. 저보다는 문 교수님이나 스즈키 교수님이 몸조심하셔야 할 것 같아요."

마사코는 오히려 문 교수 일행에 대해 걱정을 해주었다. 분명한 건, 문 교수든 스즈키 교수든 마사코든 누군가의 주목을 받고 있다는 사실이었다. 어떤 결론에 도달하기 전까지는 항상 긴장하고 있어야 한다는 말이었다.

문 교수는 마사코의 얼굴을 잠깐 바라보았다가 시선을 거두었다. 남자 열도 당해낼 수 있을 만큼 당차 보였다. 그녀는 그러니까 두 번이나 천황을 지낸 제명 천황을 닮은 구석이 많았다. 어찌되었건 마사코 역시 왕족의 피가 흐르는 여자였다. 그녀의 말마따나 문 교수 일행이 안위를 더 걱정해야 할지도 몰랐다.

문 교수 일행은 그녀의 청을 받아들여 나라현 사쿠라이시의 단잔신사談山神社까지 동행했다. 그녀는 그녀의 차로 이동했고 세 남자는 조민국이 모는 차로 이동하는 바람에 문 교수는 마사코와 한 마디도 나누지 못했다. 단잔신사로 들어와 궁사를 만나고 그림을 볼 수 있게

청하고 그림이 나와 펼쳐질 때까지도 마사코는 별다른 말 없이 그저 미소만 가끔 지어 보였을 뿐이었다.

"아무나 볼 수 없는 그림입니다."

마사코가 입을 열었다. 문 교수도 〈다무봉연기회권〉이 있다는 말은 들었지만 실물을 보기는 처음이었다. 그림이라기보다 한 권의 책이었다. 7세기 중후반 왜의 상황과 당시의 왕궁인 판개궁의 분위기 그리고 소가노 이루카가 살해당하는 장면이 담긴 역사 그림책이었다.

마사코는 그림을 지나치다 싶을 정도로 꼼꼼하게 들여다보았다. 그저 단순한 감상의 수준이 아니었다. 그녀는 전문 연구자의 관찰보다도 더 꼼꼼하고 면밀하게 그림을 관찰했다. 다른 목적이 없다면 학구열이 강하다는 인상을 풍겼다.

한 시간 남짓 그림을 살피던 마사코가 조용히 신사를 빠져나갔다. 조민국은 사진을 찍을 수 없다는 사실 때문에 휴대폰 동영상으로 그림을 촬영했고 문 교수는 하나의 필체라도 놓치지 않을 태세로 그림을 기억에 넣느라 눈을 크게 뜨고 그림을 살폈다. 스즈키 교수도 마찬가지였다.

신사의 사당을 빠져나온 그들은 신사 앞의 작고 초라한 기념품 가게 옆의 찻집에 앉았다.

"그런 말 들어 보셨는지 모르겠지만….."

입을 다물고 있으리라는 예상과 달리 마사코가 먼저 말문을 열었다.

"하루 종일 태양의 빛을 받아들인 사물들이 해질 무렵이 되면 그 빛을 발산한답니다. 특히 붉은 계열의 사물들이 그 빛을 발산하는데 그 빛이 아름다워 사람들은 그 시간을 황홀하게 기억한다고 하지요. 그게 바로 노을인데 노을의 빛은 그러니까 세상의 물질들이 뿜어내는 빛인 셈입니다. 은밀하게 자신의 몸에 가둬놓았던 빛을 말이죠."

마사코는 제 앞에 놓인 녹차 잔을 조용히 비웠다. 스즈키 교수와 조민국은 그녀가 무슨 말을 하는지 알아차리지 못했지만 문 교수만은 그녀가 하려는 말의 뜻을 조금은 이해할 수 있을 것 같았다.

"마사코 양, 우린 뭔가 같은 걸 찾아다니는 듯한데 아닙니까?"

마사코는 슬쩍 미소를 지은 후 그 질문에는 대답을 하지 않았다.

"그럼, 내일 저의 다른 목적지가 어디인 줄도 아시겠네요. 그럼 내일 뵙죠."

마사코는 그 말만 남기고 훌쩍 자리에서 일어나 자신의 차를 향해 걸어갔다. 문 교수 일행은 딱히 그녀를 잡을 명분을 찾을 수가 없었다. 그렇다고 그녀를 이대로 보내기에도 석연찮은 구석이 너무 많았다.

"교수님, 마사코 양이 무슨 말을 한 겁니까?"

조민국은 마사코가 차를 타고 사라진 후에야 문 교수에게 물었다. 스즈키 교수도 문 교수를 빤히 바라보았다.

"나도 잘 모르지. 다만 짐작만 할 뿐인데."

"문 교수님, 그 짐작이 뭡니까?"

"빛을 잔뜩 머금은 뭔가가 스스로 빛을 발하기를 바란다는 거잖습니까. 그러니까 자신이 찾는 뭔가가 스스로 자신을 드러내기를 바란다고 말해야 할까요?"

"교수님, 그건 논리적으로 이치가 맞질 않는데⋯."

"세상 살면서 논리적이지 않은 일 한 번도 경험해보지 못한 사람처럼 말하는군. 세상엔 비논리적인 일들도 많아. 그렇다고 마사코 양이 비논리적인 일을 두고 하는 말은 아닐 거야. 그처럼 눈에 띄는 뭔가가 나타날 거라는 거지."

"좋습니다. 그럼 내일 행선지는 어디란 말입니까?"

"그건 저도 잘 모르겠습니다. 단잔신사에 왔으니 제 짐작으로는⋯."

문 교수도 확실한 답을 말할 수는 없었다.

"일단 숙소로 돌아가지요. 하루가 마치 한순간에 지나가 버린 듯하네요."

아닌 게 아니라 세 사람은 거의 녹초가 되었다. 역사적 사료를 찾아 헤맨 하루였다. 찾아낸 사료들을 바탕으로 머리를 굴려 그 사료들의 의미까지 헤아리려다 보니 육체노동을 한 것보다 훨씬 큰 피로감을 느꼈다.

세 사람은 교토의 호텔로 돌아갔다. 스즈키 교수는 집 안을 정리한 후 내일 새벽에 다시 호텔로 오겠다는 말을 남기고 집으로 돌아갔다. 그의 집은 니죠 거리에 있는 한 낡은 오피스텔이라고 했다. 문 교수 역시 아내가 독일로 공부를 하러 떠난 뒤 집을 줄여 대학 부근의 오피스텔에 살고 있었다. 한국이나 일본이나 기러기 아빠들의 모양새가 비슷비슷했다. 백제나 왜에서 살아온 그 시대 사람들의 삶도 비슷하지 않았을까.

숙소로 돌아온 조민국은 샤워를 끝낸 후 문 교수에게 다시 물었다.

"내일 마사코 양을 어디 가면 만날 수 있다는 말입니까?"

"모르긴 몰라도 이시부타이石舞臺(석무대)[33]일 거야."

"이시부타이라면 소가노 우마코의 무덤을 말씀하시는 거죠? 지난번에 잠깐 들렀잖습니까."

"그랬지. 그런데 그땐 그곳이 중요하다는 생각을 못했지. 사실 백제와 관련된 어느 곳이든 중요하지 않은 곳이 없는데, 제명 공주와 의자왕에 초점을 맞추고 움직이다 보니 놓치는 건지도 모르고."

문 교수가 꼼꼼하게 부연 설명을 했다. 조민국은 문 교수의 얼굴을 쳐다보며 마른세수만 했다. 조민국도 이제 서서히 긴장이 되는 듯했다.

"마사코가 정말 거기 나타날까요?"

"〈다무봉연기회권〉은 그 안에 내용도 많이 담고 있지만 사실 가장 중요한 건 소가노 이루카를 살해한 장면이야. 소가 대신의 사실상 마지막 권력이라고 해도 과언이 아니겠지. 그렇다면 다음 여정지로 소가 대신의 선조랄 수 있는 사람의 유적지로 찾아가지 않을까 싶었던 거지."

"그야말로 짐작이네요. 마사코를 못 만날 수도 있겠네요."

---

33 이시부타이 고분石舞臺古墳·아스카사飛鳥寺·다카마쓰총 고분高松塚古墳 등 사적 15개소를 사적으로 지정하고 있으며, 1980년 아스카촌明日香村 보존특별조치법을 제정하여 옛 도읍을 보존하도록 하였다. 아스카무라에 있는 이시부타이는 소가노 우마코의 무덤이다.

조민국은 체념하듯 말했다. 그는 어느새 팩 소주 네 개와 한국에서부터 가져온 사발면에 뜨거운 물을 부어 안주를 만들어놓고 있었다.

　"오늘 우리 행적을 잘 생각해봐. 쇼토쿠 태자의 이카루가 궁에서 고류사로 간 다음에 단잔신사로 왔지. 쇼토쿠 태자 다음에 임성 태자 그리고 소가 가문의 마지막 권력자의 죽음을 간직한 그림을 보았잖아. 모르긴 몰라도 마사코 양도 우리랑 동선이 비슷했을 거 같아서 짐작해 본 거야."

　"그럼, 교수님은 내일 교토로 가실 계산이셨던 겁니까?"

　"명확하게 거기로 가야겠다는 생각은 해보지 않았는데 마사코를 만난 후에야 그런 확신이 들었지. 뭐 마사코가 안 나타나면 어쩔 수 없고."

　"에이, 교수님도 참. 있으면 좋고 없어도 그만이라고 하면 그걸 어떻게 믿습니까."

　조민국이 털털하게 웃었다.

　"그리고 마사코 양은 일본인이니까 우리와는 다르게 여기저기 수도 없이 다녔을 텐데요. 게다가 역사를 공부하는 학자인 듯한데."

　"그러게 나도 그 점은 의문이긴 해. 굳이 왜 이즈음 백제와 관련된 유적지들을 둘러보느냐 말이지."

　문 교수도 달리 할 말이 없었다. 하지만 한 가지 확실한 건 마사코가 반드시 내일 교토에 있는 이시부타이에 나타날 것이라는 사실이었다. 스즈키 교수의 집도 교토이니 자연히 만날 터였다. 교토는 예전에도 수차례 가보았지만 지금 꼼꼼하게 확인해야 할 무엇이 생겼을 터였다.

"내일도 피곤할 테니 일찍 눈 붙여둬."

문 교수는 조민국이 잠든 후에도 몇 시간 동안 지금까지 둘러본 유적지들의 연관성에 대해 생각해봤다. 여러 다른 가정들을 세워보기도 했다. 하지만 결론은 한결같았다. 그들은 모두 백제인이었다는 점이었다. 백제의 정세에 따라 왜 왕실의 분위기가 변했다는 말이기도 했다.

거대한 돌무덤

　문 교수와 조민국은 간단하게 우유와 토스트로 아침을 해결한 후 호텔 앞 택시 승강장 쪽으로 내려갔다. 스즈키 교수와 만나기로 한 장소였다.

　"스즈키 교수님 댁에 별일 없나 모르겠네요."

　조민국이 승용차가 들어오는 쪽을 살피며 혼잣말처럼 중얼거렸다. 그는 호텔 입구 쪽으로 달려오는 차 한 대가 좀 지나치게 빠른 속도로 돌진해오고 있다는 기분이 들었다. 정차할 요량이라면 차의 속도를 줄여야 하는데 조민국의 눈에 들어온 차는 속도를 줄이기는커녕 더 속도를 높여 호텔 정문을 향해 달려오고 있었다.

　"교수님, 저 차 너무 빨리 오는 거 같지 않나요?"

　문 교수가 고개를 들어 차가 돌진해 오는 방향을 쳐다보았다. 그가 뭐라 대답을 하기도 전에 누군가 두 사람을 등 뒤에서 거칠게 밀어 기둥 쪽으로 몰아붙였다. 돌진해오던 차는 그대로 밀고 들어와 카트를 모아놓은 보관대를 들이받았다. 카트가 튕겨져 나가고 보관대는 부서지고 말았다. 주변에 서 있던 사람들이 놀라 비명을 질렀다. 호텔 직원이 로비에서 뛰어나왔다.

"큰일 날 뻔했습니다."

스즈키 교수였다. 그는 숨을 헐떡거리더니 차를 향해 뛰어갔다. 조민국과 문 교수도 그의 뒤를 쫓았다.

조민국이 먼저 차량 곁에 서서 차창 안을 들여다보았다. 사람들이 하나 둘 모이기 시작했고, 호텔 직원이 어디론가 전화를 걸어 도움을 요청하는 듯했다.

조민국은 얼굴을 바짝 들이대고 차 안을 살폈다. 선팅이 짙게 되어 있어 안이 제대로 보이지 않았다. 움직이는 형체가 보이긴 했지만 도무지 알 수가 없었다. 차량을 살펴보니 왼쪽 전조등이 완전히 박살났고 범퍼도 절반 가까이 움푹 찌그러들었다.

"우릴 공격한 거 맞죠?"

조민국은 씩씩거리며 운전석 쪽의 문 손잡이를 잡고 문을 열려고 기를 썼다. 차 안에서 문이 잠겨 있는지 열리지 않았다.

어디선가 사이렌 소리가 들렸다. 그러자 검정색의 세단은 몸을 한 번 부르르 떨더니 조금씩 후진을 했다. 본네트 이음새에서 연기가 조금씩 뿜어져 나오고 있었지만 개의치 않는 눈치였다. 주변에 모인 사람들이 사진도 찍고 차 안을 들여다보려 몸을 구부렸다가 차가 움직이자 뒤로 물러났다. 그 사이 호텔 쪽으로 구급차가 달려왔다. 사이렌 소리가 가까워지자 세단은 급하게 후진을 하더니 구급차와는 반대 방향으로 재빨리 내빼고 말았다. 사람들이 손을 뻗어 제지하려 했지만 막을 수 있는 상황이 아니었다. 문 교수와 스즈키 교수도 그저 도망가는 차량을 넋 놓고 쳐다보았다.

"진짜 큰일 날 뻔했습니다. 어디 다치신 데는 없죠?"

스즈키 교수가 문 교수와 조민국의 몸을 살폈다.

"이제 확실하게 알았습니다. 저놈들이 누군지 대충 짐작도 가고요. 우리가 진실을 밝힐까봐 두려워하는 거 같습니다. 그렇지 않고서야 교수님이나 저를 차로 들이받으려 할 이유가 없지 않습니까."

조민국이 씩씩거렸다.

"그러게. 앞으로 더 조심하던가. 아니면 바로 일본을 떠나던가 해야 하지 않을까 싶네요."

"그럴 수 없습니다. 저놈들이 바라는 것일 테니까요."

조민국은 제 성질을 이기지 못해 찌그러진 카트를 발로 걷어찼다.

"별로 큰 문제라고 생각을 안했는데, 마사코 양도 그렇고 좀 전의 사건도 그렇고 우릴 심각하게 바라보는 인간들이 있는 모양입니다."

조민국은 어깨를 으쓱거려 보였다. 특별히 그럴만한 이유가 없어 보였다. 굳이 이유라면 역사의 미스터리를 풀 수많은 역사적 유물들을 찾아다니고 있다는 것일 터였다. 그 미스터리가 풀리지 않기를 바란다는 뜻이기도 할 터였다. 만약 좀 전의 사건이 테러가 목적이었다면 더 이상 찾아다니지 말라는 경고인 셈이었다.

"아무튼 10년 감수했습니다. 그래도 찾아다닐 건 다녀야겠죠."

조민국은 덤덤하게 말했다. 사건 현장에 모여 구경을 하던 사람들이 하나둘 제 갈 길을 갔다. 호텔 직원은 문 교수와 조민국을 살피느라 주변을 맴돌았다.

"괜찮으십니까?"

호텔 직원이 물었다. 문 교수가 고개를 끄덕거렸다.

"경찰에 신고할까요?"

문 교수는 스즈키 교수와 조민국을 번갈아 보았다.

"신고는 무슨. 아무도 다친 사람 없으니까 그냥 지나가죠."

문 교수의 생각에 스즈키 교수와 조민국은 딱히 반기를 들 명분이 없었다.

"사실상 신고할 명분도 없는데."

문 교수의 말대로 누군가 눈에 띄게 다친 사람이 없었다. 호텔 측에서 카트와 보관대 일부를 변상받기 위해 신고해야 할 상황이었다. 게다가 차량으로 문 교수와 조민국을 노리고 달려들었다는 상황을 이해시킬 수가 없었다. 결국 호텔 측에서 감시카메라에 잡힌 차량을 조사해 수리비를 청구하겠다는 말을 들었다.

"혹시 차량 소유주를 찾게 되면 우리에게도 꼭 알려주십시오. 302호로 알려주시면 됩니다."

조민국이 호텔 직원에게 그렇게 부탁한 후, 세 사람은 교토로 향했다. 하지만 뒤가 내내 찝찝했다. 조민국은 운전하는 동안 룸미러로 뒤를 살피곤 했다. 보관대를 부수고 달아난 차는 보이지 않았다. 하긴 거의 반파된 차를 끌고 다니면 너무 쉽게 눈에 띄니 오늘은 미행이나 테러를 포기할 법했다.

　"진짜 조심하셔야 합니다. 저쪽 사람들도 바짝 경계를 하고 있는 모양입니다."

　그들이 탄 차가 이시부타이에 도착한 건 정오에 가까워서였다.

　"과연 마사코가 여기에 나타날까요?"

　차로 이동하는 동안 조민국이 문 교수의 짐작을 스즈키 교수에게 알려주었는데 그에 대한 스즈키 교수의 반응이었다. 두 사람이 부정하는 통에 문 교수 역시 자신의 예측을 믿을 수가 없었다.

　문 교수는 마사코에 대한 생각은 접고 이시부타이를 둘러보기 시작했다. 며칠 전 들렀을 때는 대충 둘러보았던 유적이었다. 그땐 알지 못했는데 유적 중심으로 깊이 들어가 살펴보니 이시부타이는 백제 양식의 거대한 무덤이었다. 문 교수는 충격을 받았다. 익히 들어 알고 있었지만 천황의 무덤보다 더 큰 규모의 무덤이었다. 송파에 있는 석촌동 백제고분과 너무나 비슷했다. 백제 기단식 적석총基壇式積石塚 무덤이었으며 규모에도 놀랐다. 적석묘는 다듬어진 할석을 이용하여 계단식으로 쌓아올린 고분으로서, 석촌동 1～4호분과 형제처럼 닮아 있었다.

"문 교수님도 아시겠지만 이 무덤의 주인은 다름 아닌 백제 장군 목협만치의 후손 소가노 우마코입니다. 왜 왕실의 무덤보다 규모가 크죠."

소가노 우마코의 이시부타이 무덤을 보면 그의 세력이 어떠했는지 짐작이 가고도 남았다. 현재의 일본인들도 교토의 이시부타이 무덤이 백제의 무덤 형식과 일치한다는 것에는 이견이 없었다. 목협만치 장군의 후손이 죽어서도 고향을 잊지 못하고 백제 속에서 잠든 것이다. 그 무덤을 보면서 문 교수가 말했다.

"…중대형에 의한 소가 가문의 멸망은 백제와의 연결고리 가운데 하나가 끊어진 것이지. 소가 씨가 왜에서 권력을 남용했을지언정 본국 백제에 대한 충성심은 누구 못지않게 컸지. 그러나 과유불급이라고 했던가, 너무 큰 욕심이 화를 불러일으킨다고, 세력이 너무 커져 왜 왕실을 넘보는 수준에 이르자 중대형의 칼에 쓰러진 거야."

문 교수는 설명을 하면서도 그 규모에 놀라 입을 다물지 못했다. 조민국도 마찬가지였다.

문 교수는 소가 가문의 몰락이 백제에 미친 영향을 곰곰이 생각해 보았다. 개로왕 전사 이후 곤지왕과 함께 왜로 이동하여 온 목협만치 장군은 곤지왕을 도와 왜에서 백제 왕실의 지원 아래 왜 왕실의 든든한 후원자가 되었다. 그리고 목협만치 장군의 충성심은 변함이 없었다. 피로서 맺은 목협만치 장군과 곤지왕의 맹약은 뜨거웠지만 세월이 흘러감에 따라 그 맹약의 열기는 식어갔고, 목협만치의 후손인 소가노 우마코는 막강한 병권을 바탕으로 왜 왕실을 능가하는 권력을 휘두르게 된 것이다. 그러나 그 후손들의 백제 사랑은 누구보다도 강했다. 본국 백제의 대왕에게 충성하고 천황들의 견제세력으로 백제의 대왕이 소가 가문 세력들을 이용하였을 수도 있었다는 생각이 문교수의 뇌리를 스쳤다. 아무튼 목협만치 후손인 소가 가문은 백제와 왜 왕실을 이어주는 튼튼한 버팀목의 역할을 충실히 이행했다. 소가노 우마코는 불교 수용에 적극적인 성향을 보여, 쇼토쿠 태자와 연대하여 불교 수용에 반대하는 배불파排佛派이자 국신파國神派인 모노노베노 모리야物部守屋를 제거했다. 이것은 물론 본국 백제의 승인이 없으면 불가능했다. 소가노 우마코는 소가노 이나메의 아들로, 요메이 천황, 스이코 천황의 외삼촌이었다. 584년 9월에 백제계 소가노 우마코 대신이 백제에서 보내준 미륵석상을 이시카와石川의 자택에 모셔다 불전을 세웠으며, 이듬해 2월 소가노 우마코 대신은 오노노오카大野丘 북쪽에 목탑을 세우고 기둥 밑에 부처님 사리舍利 용기를 모셨다. 왜 왕실 최초의 부처 사리가 백제로부터 건너왔다.《부상략기》에 따르면, '593년 1월 소가노 우마코 대신이 소망했던 아스카 땅의 호코사法興寺(법홍사)의 기둥을 세우던 날, 대신은 모두 백제옷百濟服을 입었으며 구경하던 사람들이 기뻐했다. 이때 부처님 사리가 든 용기를 기둥의 받침 속에 넣었다'라고 했다. 일본 고대 불교 문헌이 백제 성왕 때 성행한 사리신앙을 입증하고 있는 것이다. 그만큼 소가 집안의 권력은 왜에서 절대적이었다.

그러나 절대적 권력은 끝내 부패하는 법. 그 절대적 권력이 오히려

거대한 돌무덤

소가노 집안을 망하게 하는 원인이 되었다. 권력은 마약과 같은 것이어서 중독이 되면 현실을 깨닫지 못하는 것일까? 절대 권력은 반드시 망하며, 권력은 공기와 같은 것이다. 손에 쥐고 나면 다 얻은 것 같지만 자신도 모르는 사이에 빠져나간다. 권력을 잡을 때는 천하를 얻은 것 같지만 그 권력은 곧 공기처럼 사라지는 허상인 것을 역사에서 가르쳐주고 있었다. 역사는 반복한다. 그 반복 속에서 실패를 되풀이하지 않도록 가르쳐주는 것이 우리의 역사라는 것을 요즘 정치인들이 배웠으면 좋겠다는 생각을 하면서 문 교수는 씁쓸한 웃음을 지었다.

소가 가문 세력을 처단한 중대형 왕자는 왜 왕실의 권위를 회복하였으며 소가노 이루카가 잡고 있던 병권을 회복하고 직접 통솔하게 되었다. 따라서 소가노 이루카를 따르던 일부 세력들은 지방으로 쫓겨가서 복수의 기회를 노리고 왜의 토착세력들과 합류하여 중대형의 동생인 대해인에게 접근한다. 곤지왕 이후 왜의 양대 축이었던 소가 가문은 150여 년 동안 왜의 최고 실세로 무소불위의 권력을 휘두르다가 중대형에게 몰락했지만, 백제무사인 목협만치의 후손인 소가 가문은 백제의 무사정신을 그대로 왜에 남겨두었다. 그것이 오늘날까지 내려오는 사무라이 정신이 아닐까 하고 문 교수는 되짚어 보았다. 소가 대신의 이러한 무사 권력이 후대에 이어져 일본의 막부세력이 등장하는 원인이 되기도 했다. 병권을 쥐고 있었던 목협만치 장군들의 후손들이 200년 넘게 지속된 그 정신과 문화가 일본 무사에게 스며들어 막부시대의 탄생을 알린 것이라고 문 교수는 추론하고 있었다.

세 사람은 이시부타이를 둘러보며 오늘의 사건에 대해 더 얘기했다.

"괜한 노파심인지도 몰라. 급발진일 수도 있고. 급발진이었다면 당황해서 도망간 거겠지. 만약 그게 아니라면 진짜 조심해야겠지. 차로 밀어붙였다는 건….."

문 교수는 다음 말을 입에 담진 않았다.

"살인이죠. 작정하고 테러를 한 거라면 우릴 죽이려고 했다는 거죠."

"그렇진 않을 거라 생각해요. 딱히 원한이 없잖아요. 역사 유물들 속에서 미스터리를 해결하려는 학자들을 그렇게까지 할 리가 없지 않겠습니까."

"장담할 수는 없지만 일본이 꾸준히 반도를 침략해온 건 신라인들에 대한 증오가 배어 있어. 자국의 정치적 상황을 해결해야 하는 이유도 있었지만 그보다는 백제를 멸망시킨 원수에 대한 증오가 더 강했다고 봐. 그런 심리일 수도 있겠지."

"그럼, 우리를 신라의 후손으로 본다는 건가요?"

"그런 건 아니고. 그런 증오라는 거지. 상황이 정반대이기도 하고. 누군지 모르지만, 우리를 누군가 음해하려 한다고 가정한다면 말이야. 우린 사실 과거 백제의 기록과 진실을 찾아내려고 하고 있잖아. 그런 논리라면 사실 일본에서 우리를 반겨주어야 하는 거거든. 그런데 그렇지가 않잖아. 일본 역사학계도 그렇고. 뭔가 밝혀서는 안 되는 거야. 밝혀질 때 일본이라는 나라의 근간 자체가 흔들릴 수도 있으니까."

거대한 돌무덤

"그걸 밝힌다고 해서 흔들릴까요? 원래 우린 하나였다는 사실을 인정할 뿐이죠. 소수 정치인들이나 흔들릴지 모르죠."

"그렇지 않을 거야. 백제 멸망 후 일본 사람들은 한반도 사람들보다 더 월등해지려고 노력했어. 과거의 흔적들을 철저하게 지우면서 말이야."

"얼마 전엔 천황이 그런 발표를 하기도 했잖아요. 모계 쪽이 백제계 사람이라고. 제가 볼 땐 차마 천황이 백제계 후손이라고 하면 난리가 날까봐 살짝 방향을 튼 거라고 봐요. 진실을 알고 있는 사람들도 사실은 전폭적으로 밝힐 순 없는 거죠. 민족의 감정도 소중한 거니까."

스즈키 교수가 부연 설명을 해주었다.

"진실을 밝히면 어떻게 되는 거죠?"

조민국이 문 교수에게 물었다.

"백제와 일본이 실은 하나였다는 것, 그러니 우리가 서로 증오할 이유가 없다는 것, 백제 멸망 이후부터 이어온 증오를 풀어내고 화해의 시작을 알리게 되는 게 아닐까?"

문 교수의 답에 스즈키 교수가 웃음을 지으며 박수를 쳤다. 감추거나 지우고 혹은 왜곡된 역사를 밝히는 일은 결국 근원을 찾아가는 길이 될 터였다. 하지만 의도적으로 과거사를 지우고 왜곡해온 사람들의 입장에서 보자면 그건 돌아갈 수 없는 길이었다.

"백제와 분명하게 선을 긋고 왜라는 국호를 버리고 일본이라는 국호를 썼으며 백제사를 《일본서기》로 만들어버린 대해인의 심정 같은 사람도 많을 거야. 그렇지만 끝까지 백제를 지키고자 했던 중대형과 같은 심정의 일본 학자들도 매우 많지. 우린 그냥 원래 있었던 걸 되찾는 정도라고나 할까."

"그런 우리에게 대접이 좀 심하네요. 차로 돌진하질 않나."

조민국의 넋두리에 진지해지려던 분위기가 화기애애해졌다.

문 교수는 두 사람과 이야기를 나누면서도 사방을 둘러보았다. 마사코가 나타나리라 기대하는데 어디에서도 마사코의 모습을 찾을 수가 없었다. 어쩌면 두 사람의 짐작대로 그녀는 나타나지 않을 것만 같았다. 아침 일찍 다녀갔을 수도 있었다.

거대한 돌무덤

오우치 가문 최후의 여자

세 사람은 이시타부이를 둘러본 후 근처 간이식당으로 향했다.

"그것 보세요. 마사코 양이 여기로 오겠습니까?"

조민국의 말이 채 끝나기도 전에 식당 입구가 활짝 열리더니 마사코가 등장했다. 그녀의 등장에 놀란 조민국과 스즈키가 의자에서 벌떡 일어났다.

"왜 다들 놀란 얼굴이세요?"

"진짜 오실 줄 몰랐거든요. 그것도 이 식당으로 곧장 나타나다니."

"눈치채셨을지도 모르겠지만 사실은 당신들 미행했어요. 제 나름대로 댁들에 대한 정보도 찾아봤고요."

문 교수는 자신도 모르게 침을 꿀꺽 삼켰다. 조민국은 물론 스즈키 교수의 눈도 휘둥그레졌다.

"지난번에 도와주신 건 고맙지만 그래도 믿을 수 있는지 보려던 것이었으니까, 양해 바랍니다."

"그래, 믿을 수 있던가요?"

"문 교수님은 한국에서 백제학의 대가이시라는 거 알게 되었고요. 조민국 씨는 교수님 나가시는 대학교에 조교라는 게 사실이라는 것도 알았습니다. 문 교수님이 쓰신 〈백제와 왜의 재정립〉이라는 학술논문도 읽어봤고요. 스즈키 교수님은 우리 역사학계에 이단아로 알려진 분이라는 것도 알았습니다. 《역사의 공생》이라는 책도 읽어봤고요."

마사코가 줄줄이 세 사람의 이력을 읊어댔다.

"제가 이러는 건, 세미나에서 주제 발표 후부터 협박 전화나 문자도 그렇고 미행하는 사람들도 생기고 그래서 찾아본 겁니다."

그녀의 걱정을 이해할 수 있을 것 같았다. 일본은 현재 우경화되어 가고 있었다. 정치와 사회는 물론 문화에서 역사까지도. 이런 시류에 마사코도 그렇고 스즈키 교수 역시 일본 사회에 반기를 든 셈이었다. 문 교수는 식당 밖을 내다보았다. 과거 백제의 거리였을 거리엔 간간이 관광객이 한가롭게 거닐고 있었다. 햇살이 따갑게 내리쬐고 있었다. 낮은 주택들의 담장을 따라 꽃들이 도열해 있었고 개들은 한가롭게 낮잠을 자고 있었다. 좀 후텁지근했지만 은혜로운 시간이었다. 무엇보다 문 교수가 감사하게 생각하는 건 임성 태자의 46대 손인 오우치 마사코를 만난 일이었다. 게다가 임성 태자 가문에서 지금은 사라져 버렸거나 어딘가에 은밀하게 감추어져 있을 《씨족기》를 만들었다는 사실이었다. 스즈키 교수에게 말하지 못했지만 문 교수는 지금 그걸 찾기 위해 일본을 헤매고 다니는 중이었다. 어쩌면 호텔 앞에서 자신들을 향해 돌진했던 이들도 그렇고 곤지 신사 앞에서 미행하는 듯했던 청년들도 《씨족기》의 행방을 찾는 것인지도 모른다. 심지어 마사코 역시. 그렇다면 망설이거나 그럴 필요가 없겠다는 판단이 섰다.

"좋아요. 마사코 양은 뭔가 찾으러 다니고 있죠."

문 교수는 작정하고 말했다.

"맞아요."

"찾으려는 게 《신찬성씨록》 이전에 쓰인 《씨족기》죠?"

문 교수의 말에 이번엔 마사코가 놀라 눈을 동그랗게 떴다. 그건 조민국이나 스즈키 교수도 마찬가지였다.

"그걸 어떻게…."

"제가 궁금한 건…. 임성 태자의 후손이라면 그 《씨족기》를 찾아다니는 게 이상한 일도 아닐 겁니다. 정작 궁금한 건 왜 지금이냐는 것입니다."

마사코는 물잔을 들어 잔 가득 담겨 있던 물을 비웠다.

"그건 그럴 수밖에 없었으니까요."

마사코는 애매한 답변을 내놓았다. 뭔가 말할 수 없는 개인적인 사정이 있다는 걸 느낄 수 있어서 문 교수는 더 이상 그에 대해 묻지 않았다.

"저는 다시 고류사로 갈 건데 같이 가시겠어요?"

문 교수는 마사코가 그곳에 간다면 뭔가 제대로 보지 못한 게 있을 수도 있다는 기분이 들었다. 문 교수는 스즈키와 조민국을 둘러보았다. 두 사람은 빠르게 고개를 끄덕거렸다. 마사코는 이미 식당 문을 열고 밖으로 나가고 있었다.

임성 태자의 유산

"교수님, 그《씨족기》는 그냥 전설 아닙니까?"

"전설이라고들 말하지. 그래야 더 이상 그 자료를 찾지 않을 테니까."

"문 교수님, 기록상에는《신찬성씨록》을 제작하기 전에 잠깐 왕가의 족보를 정리하려고 제작하려 했다는 기록이 있습니다."

"저도 그 기록은 봤습니다. 그런데 정작 중요한 건 조금이라도 기록을 했었다면 그 기록은 어디에 갔으며, 궁극적으로 왜 제작을 그만두었느냐는 겁니다."

문 교수가 찾으려 하는 것이《씨족기》이기도 하지만 정말 중요한 건 왜 제작을 그만두었는지에 대한 기록이었다.《씨족기》를 찾는다는 건 사실상 불가능할지도 몰랐다. 그렇다면 중단된 연유를 알아내는 일 또한 불가능한 일일 터였다. 그런데 마사코가 찾으려 하고 문 교수 역시 찾고 있는 《씨족기》는 존재했다. 일본의 여러 기록에 존재하는 게 그 실체를 증명하는 것이라 보았다. 다만 아직까진 누구도 찾지 못했다는 점이었다.

"1,400년 전의 기록이고 만약 그때부터 누군가 의도적으로 중단했다면 아마 전설로 끝나지 않을까요?"

조민국의 말도 옳았다. 그래도 문 교수가 마지막으로 찾아내야 하는 유물은 바로 《씨족기》였다. 마사코는 해가 지는 서편을 한번 둘러본 뒤 차에 올라탔다.

"당최 알 수가 없는 여자네."

문 교수 일행도 서둘러 차에 탄 후 마사코의 뒤를 따랐다.

그녀는 문 교수와 조민국이 묵는 호텔 주차장에 차를 주차했다. 문 교수와 조민국을 미행했다던 말이 거짓이 아닌 모양이었다.

네 사람은 거리로 나왔다. 해가 지기 시작하면 거리의 네온 간판들이 일제히 불을 밝혔다. 젊은이들과 관광객들로 거리가 메워지고 있었다.

마사코는 골목골목을 돌더니 '구다라'라는 간판의 집으로 들어갔다. 조민국이 더듬더듬 간판 아래 작게 적힌 글자를 읽어 내려갔다.

"백제식의 한식? 백제 시대에 한식이 있었나요?"

"그냥 그렇게 이름 붙인 거겠지. 그게 아니라면 떡 위주의 주식이 나오는 걸까?"

문 교수와 스즈키 교수는 서로를 쳐다보며 웃었다. 시내 한복판에도 백제(구다라)가 있었다. 그건 부정할 수 없는 현실이었다. 네 사람은 방에 자리를 잡았다. 마사코는 '백제 정식'이라는 음식을 주문했다. 나머지 세 사람도 그녀와 동일한 음식을 주문했다. 궁금증을 참지 못한 조민국이 마사코에게 물었다.

"백제 정식이라는 음식에 뭐가 나오죠? 사실 백제 시절에는 지금처럼 밥을 지어서 먹던 음식문화가 아니었잖습니까."

"맞아요. 그땐 쌀로 떡을 해 먹거나 아니면 쪄서 먹는 정도의 음식이죠."

"그럼?"

"백제 지역의 정식이라고 생각하면 됩니다. 여담이지만 그리고 사실로 확인된 이야기인지 증명할 수는 없지만 임진란 때 왜는 백제 지역의 백성들의 목숨은 그대로 보존해주려고 했다고 하더군요. 신라 지역 쪽 백성들은 무식할 정도로 살육을 하면서 말이죠."

"저도 들은 이야기이긴 합니다. 그러니까 호남과 충남은 과거 백제의 마지막 흔적이 남아 있던 지역이었죠. 경상도 쪽은 신라의 흔적이 있는 곳이고. 왜에서 조선을 침략해 왔을 때 그들 역시 자신들의 선조가 백제라고 인식하고 있었다는 말이죠. 그래서 백제 쪽 지역에서 살아가던 백성들은 자신들의 선조라 생각해 살육을 하지 않았다는 말이 있어요."

"교수님, 그 말 진짭니까?"

조민국이 놀라 엉덩이를 들썩이며 물었다.

"명확한 사료가 존재하지 않으니까 진짜라고 말할 수는 없지. 도요토미 히데요시가 '백제 지역의 양민들은 해치지 말라'라고 말한 기록이 문서로 존재하지 않는 한 사실이라고 말할 수는 없겠지. 일본 전국 시대를 통일하고 신흥세력을 억제하기 위해 일으킨 전쟁인데 굳이 그렇게 지역을 나누어 나름의 배려를 했다고 믿는 학자들도 없고."

"만약 사실이라면 정말 슬픈 일이네요."

슬픈 일일까? 자신의 선조를 공격할 수밖에 없다면, 슬픈 일일 수도 있을 것이다. 제명 천황 사후 왜가 왜라는 이름을 버리고 '일본'이라는 이름을 새롭게 정립하면서 과거의 선조와 단절했던 그 시간에 대한 반성이기도 한 때문이었다. 문 교수는 조용히 잔을 들고 물을 마시는 마사코의 얼굴을 쳐다보았다. 스즈키 역시 말없이 제 앞에 놓인 수저만 내려다보았다.

마사코의 말대로 전라도식의 성찬이 상에 놓였다. 꼬막에서 홍어회, 수육, 젓갈이 많이 가미된 고들빼기김치, 죽순채, 꽃게장, 홍어찜, 굴비구이 등등. 상다리가 부러지도록 넉넉한 음식이 상에 깔렸다. 찬에도 가격을 매기는 일본 식당 풍경에서는 보기 힘든 성찬이었다.

"찬에 일일이 가격이 매겨져 있기는 해요. 한 접시 더 주문하면 그만큼 나중에 계산서에 포함이 되죠."

마사코가 반주로 주문한 소주를 각자에게 돌리며 설명해주었다.

"소주를 좋아하실 거 같아서 화장실 다녀올 때 소주를 주문했어요."

특히 조민국의 입이 크게 벌어졌다.

"이렇게 신세를 져도 되나 모르겠네요."

조민국이 두 교수와 마사코의 눈치를 살폈다.

"그럼 갚으시면 되죠."

마사코가 미소를 지었다. 하지만 그 미소 끝에는 차가운 기운이 서려 있었다. 문 교수는 그런 마사코의 미소를 읽어냈지만 내색하진 않았다. 과거 백제의 도시라지만 어쨌든 일본 한복판에 와서 백제 정식을 대접받는다는 사실만으로도 감격스러운 때문이었다.

"이 집엔 손님이 없나 보네요."

"웬걸요. 지금 방마다 다 찼을 겁니다. 이 식당 인기가 좋아서 예약하지 않으면 음식을 맛볼 수가 없어요. 주말 예약은 적어도 2주 전에 해야 가능하고요."

"너무 조용해서요."

"일본 사람들 어딜 가나 조용조용 이야기하잖아요. 아마 우리 방이 가장 시끄러울 거예요."

마사코가 호쾌하게 웃으며 말했다.

문 교수는 한국의 떠들썩한 식당 풍경과는 대조적이라는 생각이 들었다. 이런 일본 사람들을 보면서 문 교수는 의문이 들곤 했다.

'분명 우리와 같은 민족인데 1,400년의 세월이 두 지역의 사람들을 이렇게 다르게 만들 수가 있을까? 언어도 통하지 않고 생각도 완전히 다르고 얼굴 생김새까지 달라지고 있다. 분명 1,400년 전에는 같은 말을 사용하였고 생각도 같은 사람들이었는데 단절이 이렇게 무

서운 결과를 가져오는구나.'

문 교수의 이런 상념을 깨며 목소리 하나가 그의 귀에 파고들었다.

"마사코 양, 오늘 고류사엔 왜 또 들르신 겁니까?"

스즈키 교수가 젓가락질을 멈추고 마사코에게 물었다.

"임성 태자님은 우리가 매년 제사를 지내는 분이세요. 그리고 오늘이 그 제삿날이기도 하고요."

"아, 그래서 사람들이 많았던 거군요."

"그래요. 그분들은 우리 가문 분들은 아니지만 기일에 맞추어 행사를 하는데 그 행사에 참석하는 거예요. 우리 가문에서 지내는 제사는 따로 진행이 되고요."

문 교수와 조민국은 음식을 먹고 잔을 기울이며 마사코의 이야기를 들었다.

"여기 계신 분들도 다 아시겠지만 오우치 가문의 시조는 백제의 임성 태자입니다."

문 교수는 그녀가 자신을 비롯해 스즈키 교수와 조민국을 저녁 자리에 초대한 이유를 천천히 설명하기 시작한 것이라 생각했다. 또한 그녀가 문 교수와 조민국을 미행한 이유도 명확하게 밝힐 것이라 믿었다.

"…임성 태자는 곤지왕의 후손으로 백제의 왕자였습니다. 일본 문헌에 등장하는 것은 그의 후예로 자처하는 일본 유력 호족 오우치 씨가 14세기 무렵, 숨겨왔던 족보를 찾아내고 그들의 뿌리를 찾기 시작하면서부터입니다. 역사에 기록이 없어서 한국에서는 잊혀졌다가 오우치 요시히로가 1398년(조선 정종 1년) 7월 정종에게 자신의 선조가 백제 위덕왕의 둘째 아들 임성 태자임을 확인해 달라는 공문을 조선의 조정에 보내면서 알려지게 되었죠."

문 교수도 어느 정도 알고 있는 이야기들이었다. 상 위의 음식들은 전라도 본토의 맛에 비할 바는 아니지만 대체적으로 깔끔하고 담백한 편이었다. 말이 중단된 사이 마사코도 제 앞의 음식들을 비웠다. 상위의 음식들이 한 가지 다른 점이 있다면 각자 개별의 반찬이 따로 있고 나눠 먹을 수 있는 반찬이 있다는 점이었다. 다른 사람들의 숟가락이나 젓가락이 닿을 수밖에 없는 찬들은 모두 개인 반찬이었고 국자 등을 이용할 수 있는 찬은 모두의 찬이었다. 그리고 나눠 먹어야 하는 찬에는 그 찬의 전용 젓가락이나 국자가 모두 따로 있었다. 일본식의 전라도 정식이라는 생각이 들었다. 왁자지껄 시끄럽게 떠들며 젓가락 부딪히고 하나의 찌개 그릇에 숟가락 넣어 퍼먹는 그런 정감은 없었다. 그래도 맛은 나쁘지 않았다. 일본 한복판에서 밥을 먹으며 수십 가지의 찬을 곁들일 수 있다는 것만으로도 행복했다.

제 몫의 밥과 국을 모두 비운 마사코가 수저를 놓고 냅킨으로 입을 닦았다.

"고류사에는 임성 태자가 일본에 파견될 때 백제왕에게 하사받았다는 검이 보존되어 있습니다. 혹시 검을 보신 적이 있나요?"

마사코가 좌우를 둘러보며 물었다. 문 교수는 물론 스즈키 교수도 고개를 저었다.

"가능할진 모르겠지만 내일 제가 청을 넣어 임성 태자님의 검을 한 번 보여드리도록 해보겠습니다."

"진짜 가능합니까? 1,400년 전의 검인데."

"쉽진 않겠지만 부탁을 해봐야죠. 어쨌든 현재로서는 제가 오우치 가문의 직계 후손이거든요. 직계 손녀가 좀 보고 싶다는데 임성 태자 님도 보라 하지 않으시겠어요?"

마사코의 얼굴이 약간 붉어졌다. 눈여겨보지 못했는데 소주가 채워 져 있던 그녀의 잔이 비어 있었다. 문 교수가 병을 들어 그녀의 잔에 술을 따랐다. 한국처럼 두 손으로 술을 받지는 않았다. 그녀는 그저 잔에 채워지는 술만 쳐다보았다.

"임성 태자가 세우신 5층 석탑은 둘러보셨죠? 전 탑을 돌 때마다 임성 태자가 행복하셨을까 그런 생각을 해보곤 해요. 어쨌든 고향을 떠나 타향에서 죽음을 맞이하신 분이시니까요. 지금은 비록 일본인이 되었지만 우리 일본의 뿌리는 백제잖아요."

문 교수는 그녀의 입으로 직접 그 말을 들으니 기분이 묘했다. 마사 코는 심포지엄에서도 분명 백제의 우수성을 알리는 발표를 했고 임성 태자의 후손이긴 하지만 누가 보아도 전형적인 일본 사람의 분위기를 풍겼다.

"한일관계가 험악해지고 있어요. 저나 여러분들이 찾는 뭔가로 관 계의 진실을 알린다고 해서 크게 달라지리라 생각하진 않아요. 하지만 그런 노력들이 시작되어야 언젠가는 편한 관계로 발전하겠죠. 우리의 극우세력들이 험한 운동을 벌이며 한국에 대한 적개심을 불러일으키는지 그 이유를 알면 서로 이해할 수 있지 않겠느냐고 생각했습니다. 모든 병에는 그 원인이 있습니다. 지금 일본인들이 한국에 대해 반감을 가지고 적개심을 드러내는 것은 그 원인의 뿌리가 백제 시대로 거슬러 올라가야 하겠죠."

문 교수는 이야기를 듣는 동안 오랜 세월 한일관계에 대해 깊은 고뇌로 평생을 보냈던 스승의 얼굴이 떠올랐다. 지금은 비록 세상을 떠나셨지만 그가 한일관계를 밝히고자 했던 가장 큰 이유는 증오와 미움의 뿌리를 밝혀 그것을 제거하려는 것이었다. 백제나 왜나 하나의 뿌리에서 출발한 민족이니 그게 옳다 여겼다. 지금 마사코는 그와 유사한 이야기를 하고 있었다. 젊은 여자의 경험으로는 사실 이끌어내기 힘든 논리였다. 그래서 문 교수는 그녀의 발언이 적잖이 놀라웠다. 심포지엄에서 주제 발표를 하는 것과는 달랐다. 사석에서 자신의 진심을 이야기하는 자리였고, 분명한 세계관을 바탕으로 하지 않으면 나오지 않을 말들이었다.

다른 한편으론 그녀가 그저 《씨족기》만 찾으려 하는 게 아닐지도 모른다는 생각이 들었다. 대단히 중요한 기록이긴 하지만 단순히 《씨족기》 하나를 찾기 위해 자신의 청춘을 모두 바칠 것 같진 않았다. 오우치 가문이라 해도 그건 오래전 과거의 역사였다.

상 위의 음식들을 물리자 차와 과일이 나왔다. 흡족한 저녁식사였다.

"임진왜란 이후 조선과 일본의 관계가 불편해지기 시작하면서 오우치 가문의 많은 기록들이 폐기되거나 사라졌어요. 세월이 흐르면서 더더욱 심해졌죠."

사라진 역사들. 문 교수는 물론 스즈키 교수 역시 그 점을 가장 안타까워했다. 현재의 사료들만으로 고대국가 시절의 백제와 왜의 관계를 명확하게 밝힌다는 건 사실 불가능한 일인지도 몰랐다. 하지만 실마리를 찾아낸다면 사라지고 폐기되었다고 믿었던 사료들이 하나 둘 세상에 모습을 드러낼지도 몰랐다. 그 단초가 《씨족기》였다.

임성 태자의 유산

제명 천황과 오우치 마사코

　한동안 방 안엔 열기로 채워진 침묵만 맴돌았다. 먼저 입을 연 사람은 스즈키 교수였다.

　"마사코 양 혹시 문 교수님하고 조민국 군을 향해 돌진했던 차에 대해서 아십니까?"

　스즈키 교수의 질문은 의외였다. 마사코는 전혀 놀라는 눈치가 아니었다.

　"우리나라 사람들도 그렇겠지만 한국 사람들도 때론 지켜야 할 신념이 생기면 목숨도 내놓고 그렇지 않던가요?"

　그녀는 담담하게 말했다.

　"문 교수님 뒤를 밟다가 보았죠. 카트 보관대를 엉망으로 만들던 장면도 보았고요."

"아무리 증오가 깊다 해도 굳이 그럴 필요가 있을까 싶네요."

이번에는 조민국이 입을 열었다.

"증오와는 다른 거라 생각해요. 자신이 믿는 진실을 지키려는 것일 수도 있어요. 일부 과격하신 분들이야 단순한 증오 때문이라고 말하겠지만 그 증오 역시 자신이 믿고 따르는 진실을 지키기 위한 행동이었을 겁니다."

"경고였을 텐데. 진실을 찾는 사람들 앞에서 그런 경고가 무슨 의미가 있겠습니까?"

"잘은 모르겠지만 아마 앞으로 더 심해질지도 몰라요. 우치다 료헤이[34]의 길을 이어온 사람들이니까요."

마사코의 목소리는 여전히 높낮이가 없었다. 시종일관 차분했다.

"저도 불과 지난해까지만 해도 일본인의 역사적 자부심으로 똘똘 뭉쳐서 살아온 여자였어요."

그녀는 자신의 앞에 놓인 찻잔을 만지작거리다 손을 거뒀다.

"그냥 그렇다는 거예요."

뭔가 더 할 말이 있는 듯했지만 그녀는 그 이상의 말은 하지 않았다. 조민국이 조용히 입맛을 다셨다.

"뭐 부족한 거라도 있으셨어요? 요리라도 하나 시킬까요?"

---

34 우치다 료헤이內田良平(1874년 2월 11일~1937년 7월 26일)는 일본의 국가주의자, 우익운동가, 아시아주의자이다. 1901년 대아시아주의와 천황주의를 표방하고, 흑룡회를 설립하였고, 천우협을 통해 이용구와 결탁하여 일진회를 움직여 한일합방청원운동을 일으켰다.

제명 천황과 오우치 마사코

"아, 아닙니다."

조민국이 손사래를 쳤다. 그 바람에 방 안에 작은 웃음소리가 맴돌았다.

"아시겠지만 사이메이, 즉 제명 천황은 우리 오우치 가문에서 모시는 조상으로 바로 임성 태자의 손녀라는 것은 알고들 계시죠."

문 교수는 제명 천황에 대해 언제부터인지 모르지만 마음 한구석에 깊은 애정이 자리잡고 있었다. 천황의 삶을 살았지만 사실 비운의 여자이기도 했다. 평범하게 한 남자의 아내로 살아갈 수도 있었을 운명이 하루아침에 뒤바뀌고 만 여자였다.

"그 내용이 기록으로 남아 있습니까?"

"남아 있다고 들었어요. 아직 찾진 못했고요. 현재 역사학계도 그렇고 심지어 일본 정부조차 그 사실을 숨기려고 하고 있지요. 아마 《씨족기》 안에 모두 들어 있겠죠."

잃어버린 백제의 흔적을 현재의 일본은 왜 지우려고만 할까? 일본 천황의 가계가 백제왕족이라고 밝혀지면, 일본의 뿌리 자체가 흔들릴 수 있는 엄청난 사건이기도 하고 현재 한국과 일본의 관계도 완전히 바뀔 수 있는 대사건일 것이었다. 하지만 두 나라가 진정으로 화해의 문을 열 수 있는 길이기도 하지 않은가.

"오우치 가계의 족보에 의하면, 백제 27대왕 위덕왕은 두 아들이 있었는데 일본으로 건너간 아좌 태자와 임성 태자였습니다. 위덕왕의 동생인 백제의 28대왕 혜왕은 70이 넘은 노인으로 귀족 세력의 하수

인으로 조카인 아좌 태자를 죽이고 왕위에 오른 인물입니다."

문 교수는 마사코의 말을 들으면서 그 시절의 풍경이 눈앞에 펼쳐지는 듯한 착각이 들었다. 쌍범 당도리선을 타고 가와치 해변에 도착한 임성 태자와 그를 마중 나왔을 쇼토쿠 태자의 모습. 그들을 구경 나왔을 백제 도래인들과 왕족들. 당시 백제의 왕자는 일본으로 건너가 백제의 영토인 일본의 실정을 살피고 돌아오는 것이 관례로 되어 있었다. 아좌 태자도 597년 일본으로 건너가서 쇼토쿠 태자의 초상화를 그린 기록이 남아 있었다. 《일본서기》에는 무왕이 임성 태자의 아들로 기록되어 있었다.

"아좌 태자가 위덕왕의 큰아들이고 그 동생이 임성 태자라는 말씀이시죠?"

조민국이 질문도 답도 아닌 말을 꺼냈다.

"그런데 《삼국사기》의 기록에는 없습니다. 아좌 태자와 임성 태자를 어떻게 받아들여야 할지 역사를 공부하는 학자로서 난감한 부분이죠."

이야기를 하면서 조민국은 마사코의 표정을 살폈다. 마사코는 확신에 찬 어조로 말했다.

"역사적으로 중요한 아좌 태자와 임성 태자가 왜 한국의 기록에는 사라진 것일까요? 백제와 왜의 관계를 무시하기 위해서 후대에 고의적으로 지운 거겠죠. 불편한 관계를 지워버린 거죠. 일본의 권력자들이 조선과의 관계를 정복해야 할 대상으로 받아들이면서 남아 있던 고대의 기록들마저 어디론가 숨기거나 폐기했거나 그랬을 겁니다. 그

와중에 백제를 철저히 한반도의 변두리 조그만 나라였다는 것을 보여주기 위해 고의적으로 역사가 기술되었겠죠."

아좌 태자에 대해서 역사학자들은 암살되었을 가능성도 배제하지 않았다. 그리고 임성 태자는 형님인 아좌 태자의 아들을 아좌 태자가 죽자 자신의 아들로 입적시키고 그를 무왕으로 옹립하였다는 이야기가 《신찬성씨록》에 기록되어 있었다. 무왕은 어릴 때 일본에서 자랐으며, 그 무왕의 아들이 백제의 마지막 왕인 의자왕이었다. 거기까지 생각이 미치자 문득 문 교수는 제명 천황이 어떻게 해서 임성 태자의 손녀가 되는지 확실한 역사적 사실을 밝히고 싶었다. 야사가 아닌 사료에 입각한 역사적 진실을 밝히고 싶었다. 그 사실 하나를 밝히는 것만으로도 한국과 일본의 관계를 명확하게 밝힐 수 있기 때문이었다.

"그러면 아좌 태자와 임성 태자 그리고 백제의 무왕까지는 연결이 되는데, 또한 제명 천황이 임성 태자의 손녀라는 역사적 심증도 있고 야사에도 일부분 등장하는 걸로 아는데 그런 비논리적인 근거들 말고 혹시 역사적인 근거가 있습니까?"

마사코는 문 교수의 말을 듣고 생각에 잠긴 눈치였다. 그 사이 식당 도우미가 배를 깎아 내왔고 스즈키 교수와 조민국이 화장실을 한 번 다녀왔다.

"안타깝게도 그 부분에 대해선 《일본서기》에도 기록이 없습니다. 그러나 제명 천황의 기록을 살펴보면 의문점이 한두 군데가 아닙니다. 거기에서 합리적인 가설을 만들고 역사적인 맥락에서 연결고리를 찾아보면 실마리가 나오지 않을까 생각하고 있습니다. 저희 집안에는 선조들에 대해 입에서 입으로 전해지는 이야기가 있습니다. 임성 태자의 첫째 아들이 백제의 무왕이 되고, 셋째 아들 '부여 다물'이 다무라 황자로 조메이 천황이 됩니다. 《일본서기》에도 다무라 황자田村皇子가 조메이 천황이 되었다고 기록은 되어 있지만 다무라 황자가 어디에서 왔는지 정확하게 기술되어 있지 않습니다. 《일본서기》에는 비다쓰 천황의 방계 후손일 것이라고만 적고 있을 뿐, 그 다무라 황자가 누구인지에 대해서는 밝히고 있지 않은 것이죠. 그것은 역시 추론이긴 하지만 임성 태자의 아들 부여 다물이 일본의 천황이 되었다는 것을 감추기 위해서였을 겁니다. 그래서 확신이 들더군요. 부여 다물이 다무라 황자라고 말입니다. 그리고 임성 태자의 둘째 아들, 부여 의광의 딸이 바로 제명 공주인 거죠. 그 제명 공주가 삼촌이자 남편인, 조메이 천황이 죽은 후에 제명 천황이 된 것이고요."

마사코는 숨도 쉬지 않고 확신에 찬 목소리로 말한 후에 물 잔의 물을 단숨에 비웠다. 세 명의 남자가 마사코의 이야기를 넋 놓고 들었다.

"마사코 양도 아시겠지만 그런 추론으로 역사를 기록할 수는 없다는 거 잘 아시죠. 제명 천황과 백제의 마지막 왕인 의자왕이 연결되어 있음을 알 순 있지만 역사적 기록으로 남기려면 절대적으로 유물이 필요합니다."

"의자왕과 제명 공주는 둘 다 임성 태자의 손자와 손녀로 4촌간이 된다는 건 알고 계시죠."

문 교수는 의자왕과 제명 공주가 어릴 때 같이 자랐기 때문에 자연스럽게 사랑의 감정이 싹텄을 것이라고 생각했다. 그렇다면 제명 천황이 일본의 운명을 걸고 백제를 구하기 위해 백촌강 전투에 임했던 이유, 즉 역사적 미스터리가 한 껍질 벗겨지는 기분이 들었다.

"백제의 대왕이 된 의자는 제명의 남편이자 삼촌인 조메이가 죽자, 왜의 왕으로 의자왕이 사랑하는 제명으로 임명하게 된 거죠. 그런데 《일본서기》에는 고의적으로 이런 사실을 숨기고 있죠. 역사적 사실을 숨기기 위해 거짓말을 하다보니까 《일본서기》에 여러 가지 오류가 나타나게 되는 이유이기도 하고요."

마사코는 어느 역사학자보다도 더 확신에 찬 목소리로 이야기했다.

"마사코 양은 여느 역사학자보다도 진보적인 면모가 있네요. 쉽지 않은 생각입니다. 그렇다고 상상이나 추론만으로 이런 이야기를 구성해 낸 거라 생각하진 않습니다. 그 근거의 힘이 어디에서 나오는 거죠?"

문 교수는 정작 묻고 싶었던 질문을 피하고 에둘러 물었다. 마사코도 문 교수의 그런 의중을 알아차린 듯했다.

"사실 저는 조상들의 뿌리에 관심이 별로 없었어요. 일본뿐 아니라 한국에서도 젊은이들이 자기 조상에 대해 관심을 갖거나 하나요? 자신들의 조상에 관심을 가질 만한 여유도 없고요. 제 이야기는 굳이 말하자면 우리 집안에 전해져 내려오는 이야기들이에요. 할아버지가 아버지에게 아버지가 다시 자식에게 그 자식이 성장해서 다시 그 자식에게. 마치 《코란》처럼 말이죠. 가문의 이야기를 아주 지겹도록 듣지요. 게다가 집에 있는 책이라곤 고대사에 관계된 역사책이 전부였어요. 어려서부터 전 동화책이나 소설책이 아니라 집 안에 굴러다니는 일본고대사나 백제와 고구려 등의 고대사를 읽으며 자랐죠. 그걸 동화로 생각하고 읽었으니까요. 그런데 그때 읽었던 동화 속의 이야기가 모두 현실에 나오는 거예요. 물론 대학에 가서도 접하긴 했지만 어려서부터 읽어왔던 모든 게 설화나 신화가 아니라 사실이며 진실이고 혹은 왜곡되었다는 걸 알게 되었죠. 다른 사람들처럼 진실을 왜곡하지 않고 옳게 바라볼 수 있도록 해주신 점들은 우리 부모님께 감사할 일이죠. 살면서 저는 그 동안 몰랐는데 사실들을 확인하면서 우리 가문이 일본과 백제에 있어서 매우 중요한 가문이었다는 걸 깨달았죠. 그러다 우리 집에 굴러다니는 책이나 전해져 오는 그런 이야기들 너머에 다른 무엇이 있을 거란 생각을 하게 된 겁니다. 그걸 찾아야 해요. 그래서 저 역시 《씨족기》가 필요한 거죠."

　마사코는 왜 이런 의문을 갖게 되었는지, 진보적인 역사학자가 되었는지, 문 교수 일행에게 이토록 친절하게 한 끼의 식사를 대접하는지 그리고 왜 이제 와서 가문에서 사라진 족보를 찾으려 하는지에 대해서는 말하지 않았다. 아직 그녀가 말할 때가 아니거나 말하고 싶지 않은 이유가 있을 터였다. 스즈키 교수가 그런 질문을 하려다 문 교수의 눈치를 본 후 입을 닫았다.

왜의 마지막 왕, 일본의 첫 번째 천황

"제명 천황과 의자왕 사이에서 태어난 중대형 왕자에 대해서 가지고 계신 사료가 있나요?"

"사실 그에 관한 사료가 거의 없는 편이죠. 앞으로 찾아내겠지만."

마사코는 잠시 뜸을 들였다.

"집안 어른들로부터 중대형 왕자는 백제를 사랑한 마지막 왕자라고 들었습니다. 그는 의자왕의 도움으로 왜의 왕권을 강화시킨 인물이기도 하고요. 아버지 무왕의 절대적 신임을 받고 있는 소가노 이루카 집안의 전횡을 태자인 의자는 보고 있을 수밖에 없었을 겁니다. 그러나 의자가 640년 대왕의 자리에 오르자 상황은 달라졌습니다."

문 교수는 소가 가문과 백제의 무왕 그리고 제명과 의자왕의 풀리지 않는 관계를 풀 수 있는 실마리를 어쩌면 마사코에게서 얻을 수 있을지도 모르겠다는 생각이 들었다.

"그러면 왜의 최고 실권자였던 소가 대신 세력을 처단한 '을사의 변'이 백제 의자왕의 승인하에 이루어졌다는 말씀인가요?"

"당시 본국 백제를 등에 업고 세력을 잡고 있던 소가 대신 세력은 막강했을 겁니다. 백제와 왜의 통로 역할을 했습니다. 그러나 의자왕이 백제의 대왕이 된 후에 의자왕은 제명에게 사사건건 시비를 거는 소가 대신 집안을 멀리하기 시작했다고 합니다."

마사코의 이야기를 듣고 문 교수는 소가노 이루카를 제거하는데 제명이 공조를 하였는지를 두고 오우치 가문 사람들은 어떻게 생각하는지 궁금했다.

"중대형 왕자가 어머니인 고교쿠 천황 앞에서 소가노 이루카를 죽였는데 어머니 제명의 승인하에 이루어졌던 것입니까?"

"집안 어른들 이야기로는 아닌 것 같아요. 중대형은 임성 태자와 본국 백제의 의자왕의 암묵적인 승인은 받았지만, 마음씨가 착하고 여린 어머니가 알면 반대할 것이 분명해서 미리 이야기를 하지 않았던 것 같아요."

문 교수는 그녀의 앞에서 소가노 이루카가 무참히 살해되는 광경을 목격하고 그녀의 심정이 어땠을까 하고 의문이 들었다.

〈다무봉연기회권〉이라는 그림에 아주 상세하게 그 상황이 묘사되어 있었지만 제명의 마음까지 알아낼 수는 없었다. 다만 매우 파격적인 사건인 것만은 틀림이 없었다.

"그러면 을사의 변 이후에 제명이 어떤 행동을 했는지 적혀 있는 기록은 있나요?"

"자신의 앞에서 소가노 이루카가 참살되는 모습을 목격한 고교쿠 천황은 큰 충격을 받고 다음 날 양위를 선언했습니다. 그건 《일본서기》에도 나와 있는 이야기이고요. 중대형은 어머니를 끈질기게 설득했지만 어머니 제명은 고집을 굽히지 않았다고 해요. 할 수 없이 중대형은 어머니 제명의 친오빠인 가루輕 황자를 민심을 수습하기 위하여 고토쿠 천황으로 옹립하고 자신은 황태자에 올랐던 겁니다. 을사의 변 공신들이 실권을 쥐게 되었죠. 이시카와는 우대신, 아베노 우치마로는 좌대신에 기용되었고, 가마타리의 스승인 승려 민旻은 정치 고문을 맡았습니다. 정권을 장악한 중대형 왕자는 그동안 난립하던 호족 세력을 평정하고 왜왕 중심의 정치 체제를 세우는 작업에 착수하고, 호족과 관료들의 충성서약을 받았고, 본국 백제의 제도와 율령을 왜와 통일시켰으며, 소가 대신 등의 호족 세력을 무력화시키고 확실하게 왜의 왕권을 확립하게 되었다는 게 우리 집안에 전래된 이야기입니다."

문 교수는 제명의 친오빠인 고토쿠 천황에 대해서 궁금해졌다. 그는 나이도 많았지만 왕의 자리에 올랐는데 가만히 있었을까 하는 궁금증이 들었다.

"고토쿠 천황과 실권자인 중대형과의 관계는 어땠나요?"

마사코는 목이 말랐는지 물 한 모금을 마시고는 대답했다.

"아시겠지만 그 당시에는 천황으로 불리지 않았잖습니까. 지금 천황으로 불리니까 편의상 그냥 천황이라는 호칭을 사용하겠습니다. 처음에는 고토쿠 천황과 중대형의 관계는 좋았어요. 둘 사이에는 밀약이 있었습니다. 어머니 제명이 극구 천황직을 사양하니 임시로 맡아 주기로 양해가 되어 있었습니다. 그런데 시간이 지날수록 고토쿠 천황은 욕심을 부리게 되었어요. 그 욕심이 화를 불러일으켜 고토쿠 천황은 중대형과 대립하다가 패배하자, 그 충격으로 사망하게 됩니다. 고토쿠 천황이 사망하자 효심이 강한 중대형은 어머니 제명을 다시 간곡히 설득하여 다시 제명 천황으로 즉위시키게 한 것입니다. 이로서 제명은 일본 최초로 두 번의 천황에 오르는 유일한 인물이 된 것이죠."

사료를 통해 익히 파악해 알고 있는 내용이었지만 그 격변의 순간들은 언제 이야기를 접해도 가슴을 뛰게 했다. 역사에서 가정은 존재하지 않는다지만 만약 제명이 천황이 되지 않았다면 백촌강 전투가 존재했을까 싶기도 했다. 또한 백촌강 전투의 패배를 기점으로 왜에도 많은 변화가 일어났고 결국엔 '왜'에서 '일본'으로 국호가 바뀌었으며 그 동안의 역사적 기록들이 하나 둘 폐기되거나 왜곡되거나 은밀히 어디론가 사라져버린 시기이기도 했다. 그 시절 너무도 많은 역사적 사실들이 그렇게 사라져 갔다.

"그러면 마사코 양의 조상이신 임성 태자는 언제 돌아가셨습니까?"

"기록에 의하면 임성 태자는 657년 11월에 81세를 일기로 세상을 떠났다고 되어 있습니다. 유골은 야마구치 현 야마구치 시 쇼후쿠사에 안치되어 있고요. 지금도 후손들이 참배하고 있죠. 저도 아버지한테 들어서 알게 된 이야기인데⋯."

마사코가 문 교수와 조민국을 슬쩍 쳐다보았다.

"일본에서는 임성 태자의 유물이나 기록이 존재하지만 한국에서는 임성 태자는 유령처럼 떠도는 신세가 되어 있다면서요? 일본 고대국가의 기틀을 세운 분이기도 해서 저는 한국에서도 당연히 추앙시할 거라 믿었는데 기록조차 없더군요. 백촌강 전투를 기점으로 한 그 시기부터 백제와 연관된 많은 기록들이 사라졌다는 게 가슴이 아프더군요."

마사코는 임성 태자가 한국에서 대접받지 못한 것이 못내 아쉬운 듯 물 잔을 만지작거렸다.

"임성 태자에 관한 사료가 전혀 한국에는 없어서 저도 답답하기만 했습니다."

문 교수는 마사코를 위로하기 위해 자신의 속마음을 이야기하였다. 한편으로는 1,400년이나 지난 자신의 조상을 잊지 않고 그 흔적을 쫓는 그 집안의 집념이 문 교수를 감동시켰다.

마사코는 짐을 챙겼다. 식당 영업시간이 끝나가고 있기도 했다. 그녀는 문 교수를 향해서 마지막 말을 남겼다.

"문 교수님, 그리고 스즈키 교수님하고 민국 씨, 저도 그렇지만 여러분들도 왜곡된 역사의 진실을 바로잡아 주실 거죠. 역사는 누가 의도적으로 감추려 해도 언젠가는 진실이 밝혀집니다. 임성 태자 할아버지의 그 바람이 조금이나마 한국과 일본에 전달되기를 바랍니다.

저희 집안에 가훈 같은 게 있습니다. 저는 어렸을 때 무슨 바보 같은 가훈인가 싶었는데, 역사적 사실들을 찾으러 다니며 왜곡된 진실들을 만나면서 저희 집 가훈이 새삼 제 마음을 울렸습니다. '우리는 백제의 자손이다.' 아버지도 돌아가실 때 마지막 유언으로 그런 말씀을 하셨죠. 그땐 아버지가 정말 이해가 되질 않았어요. 이제야 조금 아버지를 이해할 수 있을 것 같습니다. 그리고 새삼 할아버지 임성 태자와 제명 천황 그리고 의자왕의 삶에 대해서도 보이더군요. 그들이 얼마나 고독한 시대를 견뎌 왔는지를요."

그녀의 마지막 말이 문 교수의 코끝을 찡하게 만들었다. 왕의 고독은 평민의 고독과는 달랐다. 더군다나 나라의 부활을 위해 사랑하는 사람을 바다 건너에 두고 자신의 인생을 희생해야만 했던 왕이라면 그 고독의 깊이가 깊고도 깊을 터였다. 문 교수도 의자왕의 흔적을 찾아 떠돌며, 제명 천황의 길을 찾아 걸으며 그들이 감당했어야 하는 외로움과 쓸쓸함의 깊이를 느꼈다. 그들의 운명을 현재는 가치조차 매기지 못하고 있지 않은가. 가치는커녕 그들이 태어난 시간까지도 정확한 기록이 존재하지 않았다.

"마사코 양, 잘 알았어요. 우리의 힘이 닿는 데까지 그렇게 할 겁니다. 제가 못하면 민국이 이 친구가 끝까지 진실을 찾아낼 것입니다. 전체 역사를 뒤질 순 없지만 백제와 일본의 관계에서 사라져버린 사실과 진실만은 꼭 찾아낼 겁니다. 그런데 한 가지 질문이 있어요. 마사코 양이 이렇게 열심히 역사를 뒤지고 다니는 이유가 뭔가요? 그저 임성 태자의 후손이라는 이유 때문인가요?”

마사코는 그 질문에도 역시 대답하지 않았다.

“그럼《씨족기》의 행방에 대해 우리도 열심히 찾아보겠습니다. 마사코 양도 혹 단서를 찾게 되면 우리에게 연락을 주세요.”

식당 밖으로 나온 일행이 가로등 아래 서서 서로에게 인사를 했다. 마사코는 문 교수와 스즈키 교수 그리고 조민국과도 일일이 악수를 했다. 문 교수는 그녀의 손이 조금 축축하지만 따뜻하다는 느낌을 받았다. 문 교수는 그녀의 손을 통해 말할 수 없는 슬픔이 느껴졌다. 그저 괜한 기분인지도 몰랐다.

‘역사에서 기록된 모든 모습들이 진실일까? 역사적 기록과 진실은 과연 무엇일까? 비록 역사에 기록되지 못하더라도 역사의 발전에 조금이나마 힘이 된 사람들은 그 기록이 없더라도 그 분의 역사적 보탬을 후손들이 찾아 주는 것이 도리가 아닐까?’

문 교수는 스즈키 교수와 조민국을 쳐다보며 한국의 역사를 다시 한 번 바로잡아야겠다고 다짐했다. 어딘가에 존재할《씨족기》를 찾게 된다면 한국은 물론 일본의 역사학계 나아가 한국이라는 나라와 일본이라는 나라를 재정립할 수 있는 기회가 올 수도 있지 않을까. 어쩌면 진실을 밝히는 일은 끝이 보이지 않는 증오를 순화시켜 박애의 감정으로 새롭게 거듭나게 만들어줄 수 있는 단초인지도 모를 일이었다.

백제인

문 교수와 조민국은 모처럼 느긋하게 아침을 맞이했다.

"조센징은 물러가라!"

문 교수는 시위대의 목소리로 아침을 맞이하는 게 씁쓸했다.

"위안부는 스스로의 선택이다!"

이른 아침부터 호텔 밖 거리 광장에 모인 우익 단체들의 구호가 들렸다. 도가 지나친 발언들. 극렬 우익주의자들의 발언이었다. 조민국은 창밖을 내다보다 시선을 거두었다.

그는 뉴스를 보겠다며 텔레비전을 틀었다. 작정이라도 한 듯 텔레비전의 방송에서도 대부분 험한 시위만 보도되고 있었다. 문 교수는 리모트 컨트롤을 들고 채널을 돌려보았지만 한결같이 동일한 방송만 흘러나왔다.

조민국이 화장실에 들어간 그 잠깐 사이에도 거리의 시위대들은 목청껏 소리를 높여 떠들어댔다.

　방송에서는 혐한 시위를 메인 뉴스로 방송했다. 그들은 극우주의자들 중심으로 반한감정을 부추기고 있었다. 아베 수상은 일본의 헌법을 바꾸어 전쟁을 할 수 있도록 하는 헌법수정을 공약으로 내걸고 은근히 반한감정을 부추겨서 정치적으로 이용하려고 하고 있었다. 독도 문제와 소녀상 철거 문제 등을 반이성적으로 거론하며 한국 사람은 돌아가라고 확성기를 틀고 거리를 휘어잡고 있었지만 누구 하나 말리는 사람이 없었다.

　문 교수는 그 시위현장을 지켜보면서 가슴이 아파왔다. 현재 일본의 극우파 정치인들은 거의 백제의 후손들이라는 연구결과를 와세다대학의 어느 교수가 발표했다가 압력에 굴복하여 일주일 만에 취소한 해프닝에 대해 스즈키 교수가 말해준 적이 있었다. 문 교수는 혐한 시위대를 보면서 그가 한 말이 떠올랐다.

　"저들도 분명히 자신들의 조상이 백제인이라는 사실을 알고 있지 않을까? 백제인이라는 사실을 알면서도 저들은 왜 저렇게 한국 사람들을 미워할까? 그 원인은 무엇일까?"

　"백제인이 조상이라는 것은 모르겠지. 가르치지 않으면 영원히 모른 채 살다 가는 거고. 그래서 교육이 중요한 거지. 지금의 정권이 마음만 먹으면 어떤 왜곡과 거짓도 가능해질 거야. 더 오래 현재 집권당이 권력을 잡은 채 흘러가면 일본에서 진실 찾기란 더 어려워지겠지."

문 교수는 문득 그런 생각이 들었다. 백제를 멸망시킨 신라에 대한 복수가 아직 남아 있는 것인지도 모른다. 그 신라가 멸망한 지도 천년이 넘었는데 그 원한이 아직도 이어지고 있는 것인가. 그렇게 해석하지 않으면 근거 없는 미움의 뿌리를 이해할 수가 없었다.

자신들의 뿌리가 한국인임을 알면서도 왜 저렇게 악을 쓰면서 욕을 할까?

조민국이 방을 나갔다가 커피 두 잔을 들고 돌아왔다.

"교수님, 마사코 양이 임성 태자의 46대 손이라고 하셨죠?"

"그래."

"마사코 양을 보면 우리 한국 사람들보다 더 한국인 같다는 생각이 들더라고요. 정확하게 말하면 백제인이라고 말해야 하겠지만 말이에요. 거리에 있는 사람들도 알 만한 사람들은 알 텐데…."

문 교수는 한참 동안 창밖을 바라보다가 천천히 입을 뗐다.

"모든 것이 정치의 이해관계 속에서 일어나는 일들이기 때문이겠지. 백제가 멸망한 후에 백제는 일본이라는 나라로 다시 태어났지만, 백제를 멸망시킨 신라, 즉 한반도에 대한 증오는 가슴속 뿌리 깊이 일본인들에게 남아서 후손들에게 전해져 내려오고 있는 것이라는 생각이 드네."

"유전자 전달과도 같은 거군요."

"유전자 전달?"

"유전적으로 전해진다는 거 말입니다."

"그건 학문 용어로 유전자 인식이라고 하는 거야."

"아, 네. 유전자 인식. 제가 그 단어가 갑자기 생각이 안 나서."

"사실 유전자 전달과도 같은 의미로 볼 수도 있지. 개념만 알고 있으면 되는 일이니까."

"그러게요. 돌아가면 다시 공부 좀 해야겠습니다. 그런데 우린 그렇다 쳐도 사실 마사코 양이 열심히 자기 조상의 족보를 찾아다닌다는 게 좀 이해가 안 되요. 마사코 양 말대로 요즘 젊은 친구들이 어디 족보 같은 거 따지기나 하나요?"

"사람은 다 다르니까. 그리고 마사코 양은 우리랑 입장도 다르고. 그런데 너 혹시 마사코한테 관심 있는 거 아냐? 내가 알기로 넌 여자라면 질색을 했잖아. 학과 후배들한테 말도 제대로 못 붙이면서."

조민국이 펄쩍 뛰었다.

"제가 그랬나요? 아닙니다. 저도 관심이 있죠."

"내가 알기로 네 입에서 나온 여자 이름을 들어본 건 처음이다."

"교수님도 참. 그냥 궁금해서 그런 거죠."

"그런데 얼굴은 왜 빨개져?"

"제가요? 교수님, 아니라니까요."

조민국은 슬그머니 거울 속의 자신을 들여다보았다. 일본 사람들은 조민국이 들여다본 거울 속의 사람과 다르지 않았다. 왜와 백제 즉 일본 사람과 한국 사람은 그 뿌리가 같다는 말이었다. 문 교수는 민국에게 한국과 일본의 역사적 관계를 분석해주는 것이 필요할 듯하여 자신의 평소 생각을 정리하면서 말했다.

"도요토미 히데요시의 임진왜란으로 복수를 하려 했지만 그들은 실패했어. 다시금 언젠가는 복수를 하기 위해 칼을 갈고 있었는데 그 기회가 손쉽게 찾아온 거야. 그것이 한일합병으로 이어져 그들은 백제의 원수를 갚았다고 생각했지. 한일합병 이후에 그들은 합병의 정통성을 내세우기 위해서 백제를 내세우기도 했어. 그때부터 역사 왜곡이 본격화되기 시작했을 거야. 백제의 후손이었던 그들이 1,400년 만에 복수를 하게 된 것이지. 백제의 식민지였다는 사실을 왜곡하여 백제가 자신들의 식민지였다며 임나일본부설로 날조하면서 백제와 왜가 하나였다는 것을 그들 스스로가 발표했던 일이 있었지. 그것이 식민지 시대를 합리화하는 '내선일체'의 이념으로 이용되기도 하였던 것이야. 일본은 모든 것을 무력으로 정벌하고 인간존엄성을 짓밟으며 타락의 길로 접어들고 있었잖아. 그것을 일깨워준 사람이 한국 사람들이었어. 한국 사람들은 끝까지 굴복하지 않고 일본을 타이르고 잘못을 깨우쳐 주었던 거고. 어떤 때는 그것이 무력으로 나타나서 항일운동으로 표출되었지만 그것은 교만한 일본인에 대한 준엄한 꾸짖음이었어. 그런데도 일본은 그 말을 듣지 않고 스스로 패망의 길로 들어선 거야. 그 이후 한국이 독립하고 무서운 속도로 일본을 따라잡자, 일본은 또 다른 위기의식을 느끼면서 한국을 경계하기 시작했지. 이 모든 것이 정치적인 논리로 발생한 것이지. 일반인들은 한국인이나 일본인이나 스스로 같은 민족이라고 느끼고 있어. 형제끼리 서로 잘

되면 얼마나 좋겠어. 그러나 정치하는 사람들은 달라. 그들은 항상 적을 만들어야 살아갈 수 있거든. 가장 만들기 쉬운 적이 바로 형제이자 이웃인 한국을 적대시하는 것이고. 이제 우리가 그 깊은 불신의 고리를 끊어야만 해.″

문 교수는 확신했다. 그들의 외침은 패망한 백제의 사무치는 원한에 그 뿌리가 있는 것이라고. 억울하게 망한 백제의 한이 고스란히 담겨 있었다. 그 백제의 후손이 일본이라는 나라를 세우고 조상의 원수를 갚기 위한 피나는 노력을 해오고 있었다. 임진왜란에서부터 한일합병에 이르기까지 백제의 후손은 그 핏속에서 자신도 모르는 암시에 의해 끌려다니듯 항상 한반도를 그리워하고 있는 것이라고. 엄밀한 의미로 해석해보자면 일본인들도 역시 역사의 피해자였다.

거리의 험한 시위대가 광장에서 멀어질 즈음 호텔 방으로 전화가 걸려왔다. 문 교수는 스즈키 교수이겠거니 싶었다. 스즈키 교수도《씨족기》의 존재에 대해 알고 있었고 그 역시 그 족보만이 역사의 진실에 다가가는 실마리가 되리라 확신하고 있었다.

"…네, 맞는데요."

조민국이 전화를 받았다.

"아, 네! 잘 주무셨습니까?"

통화를 하는 조민국의 얼굴이 빨갛게 달아오르고 있었다.

"잠시만요. 교수님 마사코 양입니다."

문 교수가 수화기를 건네받았다.

"마사코 양, 이른 아침부터 무슨 일이시죠?"

조민국은 문 교수의 곁에 바짝 붙어 서서 귀를 기울였다. 문 교수가 그에게 눈치를 줬지만 막무가내였다. 그러거나 말거나 싶어 문 교수는 마사코와 통화를 계속했다.

"누가 아버지가 쓰셨던 서재를 샅샅이 뒤졌더라고요. 어제저녁에 전화 드리려다가 쉬시는데 방해될까 봐 아침에 전화 드리는 겁니다."

마사코의 목소리가 조민국의 귀에도 들린 모양이었다. 그의 얼굴이 잔뜩 일그러졌다. 조민국은 오른손으로 주먹을 쥐고 왼손 바닥을 내리쳤다.

"뭐가 없어진 건지 잘 모르겠어요. 아마《씨족기》를 찾았겠죠. 하지만 집에 없는 건 분명해요."

잠시 망설인 다음 마사코가 말했다.

"전화 드린 건 다름 아니라 한국의 공주엘 좀 다녀와야 할 거 같아서요."

"갑자기 공주는 왜 가시려고 하시죠?"

"《씨족기》의 단서를 무령왕릉에서 찾아보고 싶어요."

'《씨족기》의 단서가 무령왕릉 속에 있다는 것인가?' 문 교수는 마사코의 이야기를 듣고 뒤통수를 한 대 얻어맞은 듯 충격이 몰려왔다. 문 교수가 당황하고 있을 때 수화기에서 마사코의 목소리가 들려왔다.

"문 교수님 언제 한국으로 떠나세요? 이왕이면 교수님하고 민국 씨 안내를 받았으면 해서요."

마사코의 말이 조민국의 귀에도 들렸는지 그의 입이 귀에 걸렸다.

"오늘 고류사에 다녀오기로 했잖습니까. 임성 태자의 검을 볼 수 있다고 해서요."

"아, 고류사에 들렀다가 한국으로 가시자고요. 네, 가능합니다."

마사코와 시간 약속을 하고 문 교수는 통화를 끝냈다.

"일단 한국에 들어갔다가 다시 나오자. 나도 무령왕릉에 가보면 뭔가 새로운 답을 찾아낼 수 있을지 모르겠다는 생각이 드네."

조민국은 문 교수의 말을 듣고 분주하게 움직이기 시작했다. 그의 얼굴에서 신명이 묻어났다. 문 교수는 그런 조민국의 모습이 밉지 않았다. 그에게서 1,400년 전 사랑을 완성하지 못하고 결국 연인을 만나지 못한 의자왕의 모습이 보였다. 그 시절 지금처럼 일본을 오가는 게 쉬웠다면 둘의 관계는 달라졌을까? 아니 왜와 백제의 역사, 일본과 한국의 관계가 달라졌을지도 몰랐다. 그 동안 문 교수는 스즈키 교수에게 전화를 걸었다. 그도 동참했으면 좋겠다고 말했지만 중국 세미나에 다녀와야 한다며 돌아가는 길에 들르겠다고 약속을 했다.

'백제 25대 대왕. 무령왕. 곤지왕의 아들이기도 하며 임성 태자에게는 증조할아버지이다. 마사코의 입장이라면 찾아가 보는 게 당연하겠지.'

문 교수는 분주하게 돌아다니는 조민국을 뒤로하고 창밖을 내다보았다. 이제 시위대는 보이지 않았다. 평화로운 거리가 눈앞에 펼쳐져 있을 뿐이었다.

임성 태자의 검

　고류사의 궁사는 돌돌 말려 있던 비단을 천천히 풀었다. 그는 손에 흰 장갑을 끼고 있었다. 접견실에 있는 사람이라곤 문 교수와 스즈키 교수 그리고 조민국과 마사코가 전부였다. 실내에는 숨소리조차 들리지 않았다. 비단이 비단을 스치는 소리만 접견실을 메웠다.

　드디어 임성 태자가 평소 들고 다녔던 검이 그 모습을 드러냈다. 한 팔 길이의 검이었다. 죽는 그 순간까지 임성 태자가 지녔다는 검이었다.

　1,400년 이상을 잠자고 있던 칼이었다. 백제에서 몸을 피해 왜로 건너오며 오른손에 쥐었던 운명의 칼이기도 했으며 왜를 사랑하면서도 백제를 지켜야만 했던 애정의 칼이기도 했다. 제명과 의자를 사랑하지만 대백제의 부활을 위해 슬픔과 희생을 받아들여줄 것을 청했던 칼이기도 했다. 고독한 칼이자 심장을 에이게 하는 칼이었다.

문 교수는 가슴이 벅차올라 숨을 제대로 쉴 수 없을 지경이었다. 일본의 검은 그때까지만 해도 외날 검이었다. 그런데 임성 태자의 칼은 양날이었다. 철기 기술의 차이를 현저하게 보여주는 검이었다.

궁사는 분리되어 있던 손잡이와 부속품 등을 조립해 하나의 빛나는 칼로 재현해 보였다.

백제가 멸망하기 전 임성 태자는 먼저 세상을 떠났다. 하지만 그의 영혼은 백제를 맴돌았을 것이다. 신라의 간계와 지방 호족과 신하들의 배신으로 결국 백제가 몰락할 때 그의 영혼도 백제의 하늘에 머물렀으리라. 거의 평생을 바쳐, 사랑하는 손녀와 손자의 운명까지 바꿔가면서 지키고자 했던 백제는 멸망하고 말았다. 그리고 지금 화려했던 시절의 백제에 대한 기록은 희미하게만 남아 있었다.

일본의 오사카 일대에서 백제의 흔적을 만날 뿐, 정작 백제가 흥하고 멸했던 한국에서는 백제라는 이름을 단 관공서조차 흔하게 만날 수가 없었다.

오랫동안 칼을 들여다보던 마사코가 고개를 끄덕거리자 궁사가 칼을 해체한 후 다시 비단 보자기에 돌돌 말기 시작했다.

"어떠셨어요?"

본당을 빠져나오며 마사코가 문 교수에게 물었다.

"차마 제대로 바라볼 수 없을 정도로 가슴이 벅차더군요. 임성 태자의 검에 대해 알고 있었지만 처음 보기도 했고, 무엇보다 1,400년 전의 검이라는 사실이 저를 겸허하게 만들었습니다. 그 검이 저에게 숨겨진 진실을 빨리 찾아내라고 재촉하는 기분이 들기도 했습니다."

조민국과 스즈키 교수는 고개를 끄덕거렸다.

"막상 검을 보니까 가슴이 울컥해지더군요."

이번에는 스즈키 교수가 말했다. 마사코가 조민국을 쳐다보았다.

"저는 좀 슬펐습니다."

조민국의 대답에 세 사람이 그를 일제히 쳐다보았다.

"임성 태자의 고독이나 희생 같은 게 느껴졌거든요. 왜로 건너와 딱한 번 백제로 가긴 갔지만 고향으로 돌아가지 못했잖습니까. 여우도 죽으면 고향 쪽으로 머리를 둔다는데 하물며 사람은 더하지 않겠습니까. 그런데 지금 우린 역사의 진실을 찾기는커녕 누군가 왜곡된 채로 기록해 놓은 역사를 그저 받아들이고만 있고요. 다른 어떤 유물보다 개인적인 유물이라는 사실에 생각이 미치자 그분이 지금 이 허공을 떠돌며 우리에게 무슨 말인가 전하려 하고 있다는 기분이 들었습니다."

문 교수는 슬며시 미소를 지었다. 조교 하나는 잘 뽑았다는 생각이 든 때문이었다. 조민국이라면 사라진 백제의 역사 찾기에 평생을 바칠 각오가 되어 있다고 믿어도 될 법했다.

"자, 우리 여기서 헤어집시다. 저는 중국에 갔다가 모레쯤 공주로 찾아가지요. 어쩌면 공주에서 마사코 양이 찾고자 했던 《씨족기》의 실마리를 찾아낼 수 있을지도 모르겠습니다. 우리가 놓친 무언가를 보게 될 수 있을지도 모른다는 겁니다. 젊었을 땐 보지 못했던 걸 나이 들어 보게 되는 수가 왕왕 있습니다. 사실만 보았던 시절이 있었는데 어느 정도 나이 들어 똑같은 물건을 바라보면서도 진실을 보게 되는 것과 비슷한 겁니다."

문 교수가 그의 말에 동의했다. 마사코와 조민국은 고개를 갸웃거렸지만 그렇다고 부정하지는 않았다.

"몸조심하시고요. 사실 우리가 평범하게 그저 연구나 하는 학자이긴 하지만 어떤 부류들에겐 굉장한 압박이 될 수도 있겠다는 생각이 들더군요."

스즈키 교수는 세 사람에게 일일이 악수를 청했다. 그는 고류사 주차장에 주차해두었던 자신의 차로 주차장을 빠져나갔다.

2권 계속

백제 왕실과 왜 왕실 가계도

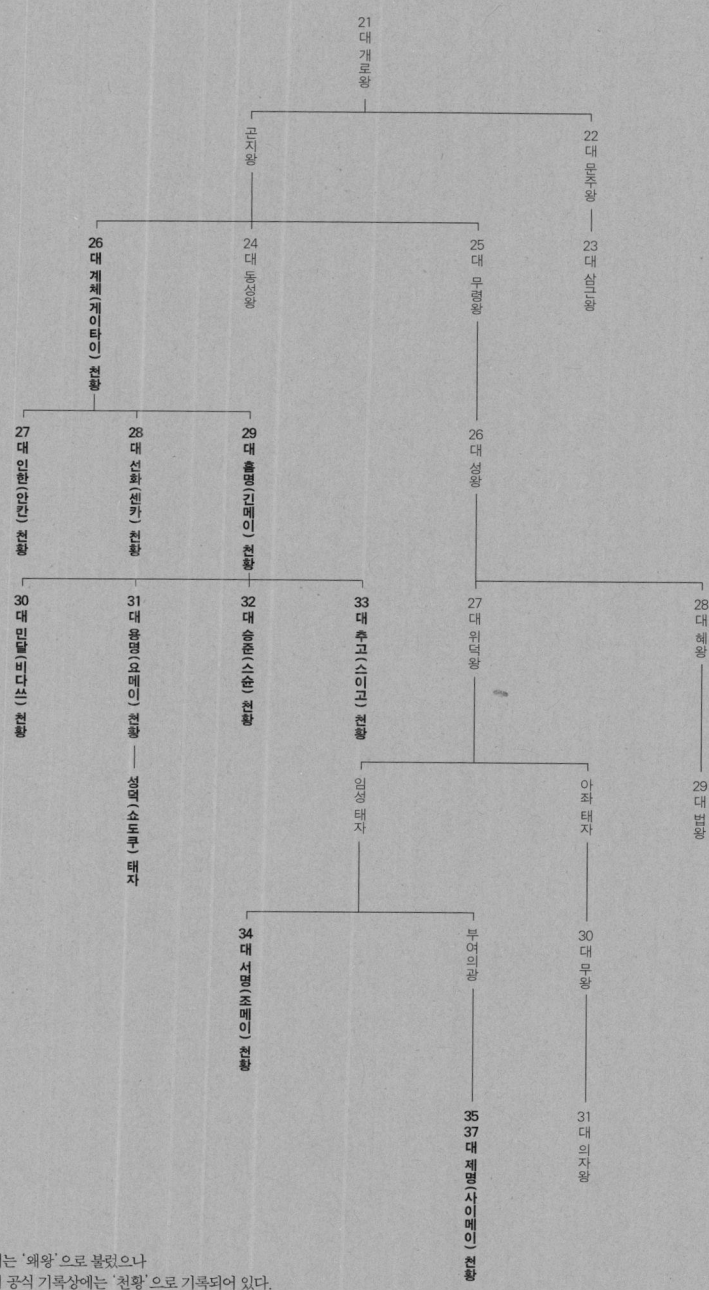

당시에는 '왜왕'으로 불렸으나
일본의 공식 기록상에는 '천황'으로 기록되어 있다.